MICHAEL CRICHTON

Endstation

Buch

Los Angeles, 1971: Der Computerspezialist Harry Benson leidet seit einem Autounfall unter heftigen Anfällen, die ihn aggressiv und gewalttätig machen. Seine in immer kürzeren Abständen einsetzenden Ausbrüche sind so unberechenbar, daß er unter polizeilicher Bewachung ins Krankenhaus gebracht werden muß. Dort erwartet ihn Dr. Roger McPherson, leitender Arzt der neuropsychiatrischen Abteilung. McPherson will Benson einer neuartigen Operation unterziehen. Wenn es gelingen sollte, Benson ferngesteuerte Elektroden ins Gehirn zu implantieren, die weitere Anfälle verhindern können, würde das einen sensationellen Erfolg für seine Forschungsarbeit bedeuten. Doch Janet Ross, Psychologin im Krankenhaus, hat Bedenken. Und ihre Befürchtungen sollen sich bewahrheiten: Zunächst verläuft der hochkomplizierte Eingriff erfolgreich. Doch dann findet Benson heraus, wie er die Funktion der Elektroden selbst steuern kann. Und bevor McPherson und sein Team in der Lage sind einzugreifen, ist Benson aus dem Krankenhaus geflüchtet…

Autor

Michael Crichton, geboren 1942 in Chicago, absolvierte das Harvard College und die Harvard Medical School. Bereits als Student veröffentlichte er unter Pseudonym seine ersten Romane. Viele seiner Bücher wurden auch als Filme Erfolge. Die bekanntesten: *Jurassic Park* – einer der erfolgreichsten Filme aller Zeiten –, *Enthüllung* mit Michael Douglas und Demi Moore, *Coma* und *Nippon Connection.*

Von Michael Crichton außerdem im Goldmann Verlag erschienen:

Airframe. Roman (44263)
Timeline. Roman (45122)

Michael Crichton

Endstation

Roman

Aus dem Amerikanischen
von Alfred Hans

GOLDMANN

Die Originalausgabe erschien 1972 unter dem Titel
»Terminal Man«
bei Ballantine, New York

Umwelthinweis:
Alle bedruckten Materialien dieses Taschenbuches
sind chlorfrei und umweltschonend.

Einmalige Sonderausgabe Februar 2004

Umschlaggestaltung: Design Team München
Umschlagfoto: Photo-rica / Cohadon
Druck: GGP Media, Pößneck
Verlagsnummer: 45666
Made in Germany
ISBN 3-442-45666-5
www.goldmann-verlag.de

Für Kurt Villadsen

»Ich bin zu dem Schluß gekommen,
daß ich die Beweggründe meines Handelns
nur in den seltensten Fällen nennen kann.
Ich weiß nicht, warum ich tue, was ich tue.«

J. B. S. Haldane

»Die Wildnis bezwingt den Siedler.«

Frederick Jackson Turner

Inhalt

Einleitung des Autors 11

Dienstag, 9. März 1971: Die Einlieferung 15

Mittwoch, 10. März 1971: Die Implantation 74

Donnerstag, 11. März 1971: Die Ankopplung 124

Freitag, 12. März 1971: Der Zusammenbruch 153

Samstag, 13. März 1971: Das Ende 254

Bibliographie 283

Einleitung des Autors

Keinesfalls sollten sich Leser, die der Gegenstand dieses Buches abstößt oder abschreckt, der Illusion hingeben, es handele sich dabei um etwas völlig Neues. Schon seit nahezu einem Jahrhundert wird an der physiologischen Erforschung des Gehirns und an Möglichkeiten gearbeitet, das Verhalten von Menschen mit Hilfe der Psychochirurgie, also durch operative Eingriffe ins Gehirn, zu beeinflussen. Jeder hatte seit Jahrzehnten die Möglichkeit, diese Entwicklung zu verfolgen, sich dazu zu äußern, sie zu unterstützen oder sich ihr zu widersetzen.

Auch hat keinerlei Mangel an Publizität geherrscht, denn die neurobiologische Forschung ist so aufsehenerregend, daß die Sonntagsbeilagen der Zeitungen regelmäßig darüber berichten. Aber die Öffentlichkeit hat sie nie richtig ernst genommen. Über so viele Jahre hinweg hat man sich in so unheilverkündender Weise darüber geäußert und so leichtfertig darüber spekuliert, daß die Allgemeinheit die Frage der Bewußtseinssteuerung mittlerweile als etwas ansieht, womit man sich irgendwann in ferner Zukunft beschäftigen wird. Der Durchschnittsbürger sagt sich: schon möglich, daß es eines Tages soweit kommt, aber nicht in nächster Zeit, und es wird keinen der heute Lebenden unmittelbar betreffen.

Wissenschaftler, die auf diesem Forschungsgebiet tätig

sind, haben sich um eine öffentliche Diskussion dieser Frage bemüht. So hat vor einigen Jahren James V. McConnell von der Universität des Staates Michigan zu seinen Studenten gesagt: »Es muß Ihnen klar sein, daß wir imstande sind, das Verhalten von Menschen zu beeinflussen. Wer soll jetzt darüber entscheiden, was getan werden soll? Wenn Sie nicht selbst aktiv werden und mir Vorschläge dazu machen, werde ich das für Sie tun. Dann aber ist es zu spät.«

Manchen Menschen kommt es heute so vor, als bewegten sie sich auf einer vorgegebenen Bahn, sie sind überzeugt, in einer Welt zu leben, in der alles vorbestimmt ist. In ihren Augen geht die Verschmutzung unserer Umwelt ebenso auf Entscheidungen zurück, die in der Vergangenheit getroffen wurden, wie der Verlust der Persönlichkeit und die Verslummung unserer Großstädte – irgend jemand hat für uns entschieden, und wir müssen die Folgen tragen.

Jeder sollte begreifen, daß hinter einer solchen Haltung ein kindischer und gefährlicher Mangel an Bereitschaft steht, Verantwortung zu übernehmen.

Zu diesem Verständnis soll die nachstehende Zeittafel beitragen:

Geschichte der medizinischen Behandlung mit Hilfe der Psychochirurgie

1908 Horsley und Clarke (Großbritannien) beschreiben stereotaktische Operationsverfahren an Tieren.

1947 Spiegel und Mitarbeiter (USA) berichten über die erste stereotaktische Operation an einem Menschen.

1950 Penfield und Fanagan (Kanada) führen an Patienten mit Anfallherden abtragende Eingriffe mit vielversprechendem Ergebnis durch.

1958 Talairach und Mitarbeiter (Frankreich) beginnen mit der Langzeitimplantation stereotaktischer Elektroden ins Gehirn.

1963 Heath und Mitarbeiter (USA) lassen Patienten sich mit Hilfe eingepflanzter Elektroden nach Belieben stimulieren.

1965 Narabayashi (Japan) berichtet, daß 98 Patienten mit gewalttätigem Verhalten mittels stereotaktischer Operation behandelt wurden.

1965 Bisher wurden in verschiedenen Ländern über 24 000 stereotaktische Operationen an Menschen durchgeführt.

1968 Delgade und seine Mitarbeiter (USA) schließen gehfähige Krankenhauspatienten an »stimoceivers« an (Geräte, die aus jeweils über Funk gesteuerten Stimulatoren und Empfänger bestehen).

1969 In Alamogordo, Neu-Mexiko, wird ein Schimpanse unmittelbar über Funk mit einem Rechner verbunden, der Reize programmiert und aussendet, die auf sein Gehirn einwirken.

1971 In Los Angeles wird der Patient Harold Benson operiert.

Los Angeles M. C.
23. Oktober 1971

Dienstag, 9. März 1971

DIE EINLIEFERUNG

1

Sie kamen um die Mittagszeit herunter in die Notaufnahme und setzten sich auf die Bank unmittelbar hinter der Pendeltür, die zum Parkplatz der Einsatzfahrzeuge führte. Ellis, der ältere, war angespannt, besorgt und in sich gekehrt. Morris, der jüngere, aß einen Schokoriegel, dessen Verpackung er in der Tasche seines weißen Kittels zerknüllte.

Von ihrem Platz aus konnten sie sehen, daß das Sonnenlicht draußen das große Schild NOTAUFNAHME wie auch das kleinere Schild mit der Aufschrift PARKEN NUR FÜR EINSATZFAHRZEUGE beschien. In der Ferne hörten sie Sirenengeheul.

»Ist er das?« fragte Ellis.

Morris sah auf die Uhr. »Wahrscheinlich nicht. Dafür ist es zu früh.«

Das Sirenengeheul näherte sich. Ellis nahm die Brille ab und wischte mit der Krawatte über die Gläser. Eine der Schwestern von der Notaufnahme trat zu ihnen und fragte munter: »Sind Sie das Empfangskomitee?«

Ellis warf ihr einen kurzen Blick zu. Morris sagte: »Wir bringen ihn gleich rein. Haben Sie die Unterlagen hier?«

Die Schwester sagte: »Ich glaube schon, Doktor« und ging. Sie wirkte gereizt.

Seufzend setzte Ellis die Brille wieder auf und sah verärgert der Schwester nach. »Vermutlich weiß das ganze verdammte Krankenhaus davon.«

»Ziemlich schwer, eine so große Sache geheimzuhalten.«

Das Sirenengeheul war jetzt ganz nah. Durch das Fenster sahen sie einen Krankenwagen rückwärts auf den Parkplatz fahren. Zwei Sanitäter öffneten die Hecktür und zogen die Trage heraus. Eine ältere Frau lag darauf. Als sie in einen der Behandlungsräume gebracht wurde, hörte man, wie sie nach Luft rang und dabei gurgelnde Geräusche von sich gab. Fortgeschrittenes Lungenödem, dachte Morris.

»Ich hoffe, er ist in guter Verfassung«, sagte Ellis.

»Wer?«

»Benson.«

»Warum sollte er das nicht sein?«

»Immerhin möglich, daß man ihn zusammengeschlagen hat.« Ellis sah verdrießlich aus dem Fenster. Mann, hat der schlechte Laune, dachte Morris. Er wußte, was das bedeutete: Ellis war aufgeregt. Sie hatten so oft zusammen gearbeitet, daß er das Verhaltensmuster des anderen genau kannte. Reizbarkeit unter dem Druck des Wartens – und dann, sobald die Operation begann, völlige Gelassenheit, die an Behäbigkeit grenzte. »Wo zum Teufel bleibt der bloß?« fragte Ellis und warf erneut einen Blick auf die Uhr.

Um das Thema zu wechseln, sagte Morris: »Ist für halb vier alles bereit?« Das war der Termin, der für die Fallbesprechung vorgesehen war, bei der Benson allen Mitarbeitern der Neurochirurgie vorgestellt werden sollte, die mit ihm zu tun haben würden.

»Soweit ich weiß, übernimmt Ross die Vorstellung«, sagte Ellis. »Ich hoffe nur, daß Benson in guter Verfassung ist.«

Über den Lautsprecher meldete sich eine melodische Stimme: »Doktor Ellis, Doktor John Ellis, zwo-zwo-drei-vier. Doktor Ellis, zwo-zwo-drei-vier.«

Ellis stand auf, um zu telefonieren. »Verdammt«, sagte er.

Morris wußte, daß der Anschluß mit der Nummer 2234 zum Tierversuchslabor gehörte. Vermutlich stimmte irgend etwas mit den Affen nicht. Im Verlauf des vergangenen Monats hatte Ellis jede Woche drei Affen operiert, um sicherzugehen, daß er und seine Mitarbeiter wirklich vorbereitet waren.

Er sah Ellis nach, der den Raum durchquerte, um von einem Wandapparat aus anzurufen. Beim Gehen hinkte er leicht. Das ging auf einen Unfall zurück, den er als Kind gehabt hatte und bei dem der rechte Peronaeusnerv durchtrennt worden war. Morris hatte sich schon immer gefragt, ob diese Verletzung etwas damit zu tun hatte, daß Ellis Neurochirurg hatte werden wollen. Auf jeden Fall war er einer jener Menschen, die entschlossen waren, Mängel zu beheben und Dinge in Ordnung zu bringen. Das zeigte sich an seiner stehenden Redewendung den Patienten gegenüber: »Wir kriegen Sie schon wieder hin.« Es sah ganz so aus, als hätte er mehr Schwächen abbekommen als der Durchschnitt: Er hinkte, war bereits in jungen Jahren fast kahl und mußte wegen seiner schlechten Augen eine starke Brille tragen. Das verlieh ihm eine gewisse Verletzlichkeit, die seine Reizbarkeit für andere erträglicher machte.

Morris sah aus dem Fenster. Die nachmittägliche Besuchszeit begann. Angehörige von Patienten fuhren auf den im Sonnenschein liegenden Parkplatz, stiegen aus ihren Autos und hoben den Blick zu den oberen Stockwerken. Ihren Gesichtern war deutlich anzusehen, daß ihnen das Krankenhaus Angst einflößte.

Es fiel Morris auf, wie viele von ihnen sonnengebräunt waren. Trotz des sonnigen, warmen Frühjahrswetters, das in Los Angeles herrschte, war er immer noch so bleich wie der weiße Kittel und die Hose, die er täglich trug. Ich müßte öfter an die frische Luft, sagte er sich. Ich könnte damit anfangen, mittags außerhalb des Krankenhauses zu essen. Natürlich spielte er Tennis, gewöhnlich aber erst spätabends.

Kopfschüttelnd kehrte Ellis zurück. »Es ist Ethel. Sie hat sich die Nähte aufgerissen.«

»Wie ist das denn passiert?« Ethel war ein an sich ungewöhnlich fügsames junges Rhesusäffchen, und die Gehirnoperation, die sie am Vortag an ihr vorgenommen hatten, war komplikationslos verlaufen.

»Ich weiß es nicht«, sagte Ellis. »Es sieht so aus, als hätte sie einen ihrer Arme befreien können. Jedenfalls kreischt sie, und der Knochen liegt auf einer Seite blank.«

»Hat sie sich die Drähte rausgerissen?«

»Ich weiß nicht. Aber ich muß hingehen und die Naht in Ordnung bringen. Schaffen Sie das hier allein?«

»Ich denke schon.«

»Und mit der Polizei kommen Sie auch klar?« fragte Ellis. »Ich glaube nicht, daß die Ihnen Schwierigkeiten machen.«

»Nein, glaub ich auch nicht.«

»Sehen Sie einfach zu, daß Sie Benson so schnell wie möglich in den sechsten Stock bringen«, sagte Ellis. »Dann holen Sie Ross. Ich komme nach, so schnell es geht.« Er sah auf seine Uhr. »Wenn sich Ethel ruhig verhält, brauche ich vermutlich vierzig Minuten.«

»Viel Glück«, sagte Morris.

Ellis warf ihm einen gequälten Blick zu und ging. Als er fort war, kam die Schwester wieder herüber. »Was ist denn mit dem los?« fragte sie.

»Nur ein bißchen nervös«, sagte Morris.

»Kann man wohl sagen«, sagte die Schwester und sah dann schweigend aus dem Fenster, entschlossen, sich nicht so ohne weiteres vertreiben zu lassen.

Morris betrachtete sie geistesabwesend. Nach so vielen Jahren im Krankenhaus war er imstande, auch unauffällige Statussignale zu erkennen. Angefangen hatte er als Assistenzarzt auf der untersten Stufe. Die meisten Schwestern verstanden damals mehr von Medizin als er, und wenn sie müde waren, gaben sie sich keine Mühe, das zu verbergen. (»Ich glaube nicht, daß Sie das so machen sollten, Doktor.«) Nachdem er es im Laufe der Jahre bis zum Facharzt für Chirurgie gebracht hatte, behandelten ihn die Schwestern mit etwas mehr Achtung. Als Oberarzt der chirurgischen Abteilung war er seiner Sache so sicher, daß es ihn nicht störte, wenn manche Schwestern ihn beim Vornamen nannten, und seit er dem neuropsychiatrischen Forschungsteam als fester Mitarbeiter angehörte, wies die förmliche Anrede auf seinen neuen Status hin.

Aber das hier war etwas anderes: eine Schwester, die betont seine Nähe suchte, weil ihn der Nimbus der Wichtigkeit umgab. Schließlich wußte jeder in der Klinik, um was es ging.

Die Schwester sah nach wie vor aus dem Fenster und sagte mit einemmal: »Da kommt er.«

Morris erhob sich und sah hinaus. Ein blaues Polizeifahrzeug näherte sich der Tür der Notaufnahme, wendete und fuhr rückwärts auf den Parkplatz der Einsatzfahrzeuge.

»Schön«, sagte Morris. »Sagen Sie im sechsten Stock Bescheid, daß wir kommen.«

»Ja, Doktor.«

Die Schwester ging. Zwei Rettungssanitäter öffneten die Tür der Notaufnahme. Sie wußten nichts von Benson. Einer fragte Morris: »Warten Sie auf den hier?«

»Ja.«

»Ist das eine Einweisung?«

»Nein, wir nehmen ihn direkt auf.«

Die Sanitäter nickten und sahen dem Polizeibeamten zu, der um den Transporter herumging und die Hecktür aufschloß. Zwei Beamte, die hinten gesessen hatten, kamen heraus und kniffen, von der Sonne geblendet, die Augen zusammen. Dann stieg Benson aus.

Wieder verblüffte Morris die Erscheinung des etwa dreißigjährigen rundlichen Mannes. Benson, der mit verwirrtem Gesichtsausdruck neben dem Polizeiwagen stand und die an den Handgelenken gefesselten Hände vor sich hielt, sah aus, als könnte er keiner Fliege etwas zuleide tun. Als er Morris erkannte, sagte er »hallo« und sah dann betreten zur Seite.

Einer der Polizeibeamten fragte: »Sind Sie hier zuständig?«

»Ja. Ich bin Doktor Morris.«

Der Beamte wies den Gang entlang. »Zeigen Sie uns den Weg, Doktor.«

Morris fragte: »Würde es Ihnen etwas ausmachen, ihm die Handschellen abzunehmen?«

Bensons Blick glitt zu ihm her, dann senkte er ihn wieder.

»Davon hat man uns nichts gesagt.« Die Beamten sahen einander an. »Ich nehme aber an, daß es in Ordnung ist.«

Während er Benson die Handschellen abnahm, kam der Fahrer mit einem Formular auf einem Klemmbrett und hielt es Morris hin. »Überstellung des Verdächtigen ans Krankenhaus.« Er unterschrieb.

»Hier noch mal«, sagte der Fahrer.

Während Morris eine zweite Unterschrift leistete, sah er zu Benson hinüber. Dieser stand ruhig da, rieb sich die Handgelenke und blickte starr vor sich hin. Die Unpersönlichkeit des Ganzen, die Formulare und die Unterschriften erweckten in Morris den Eindruck, UPS bringe ihm ein Paket ins Haus.

»In Ordnung«, sagte der Fahrer. »Danke, Doktor.«

Morris ging den beiden Polizeibeamten und Benson voraus. Die Sanitäter schlossen die Türen. Eine Schwester kam mit einem Rollstuhl, und Benson nahm darin Platz. Die Beamten sahen verwirrt zu.

»Das ist hier bei uns so üblich«, sagte Morris.

Gemeinsam gingen sie zu den Aufzügen.

Der Aufzug hielt an. Ein halbes Dutzend Besucher wartete, um nach oben zu fahren, zögerte aber, als sie Morris mit Benson im Rollstuhl und den beiden Polizeibeamten sahen. »Nehmen Sie bitte den nächsten«, sagte Morris kühl. Die Türen schlossen sich. Der Fahrstuhl schwebte nach oben.

»Wo ist eigentlich Doktor Ellis?« fragte Benson. »Wollte er nicht auch hier sein?«

»Auf der Chirurgie. Er kommt bald nach.«

»Und Doktor Ross?«

»Die werden Sie bei der Vorstellung sehen.«

»Ach ja«, sagte Benson mit einem Lächeln. »Die Vorstellung.«

Der Aufzug hielt an, und sie stiegen aus. Sie hatten den sechsten Stock erreicht. Dort befand sich die chirurgische

Abteilung, die auf besonders schwierige und komplizierte Operationen spezialisiert war. In erster Linie war es eine Forschungseinrichtung, in der man schwerste Herz-, Nieren- und Kreislauferkrankungen behandelte. Die Männer folgten dem Gang bis zum Stationszimmer, das mit seiner Rundumverglasung strategisch günstig in der Mitte des kreuzförmig angelegten Stockwerks lag.

Die diensthabende Schwester blickte auf. Beim Anblick der Polizeibeamten zeigte sie sich überrascht, sagte aber nichts. Morris erklärte: »Das ist Mister Benson. Ist sechs-zehn bereit?«

»Ja«, sagte die Schwester und lächelte Benson aufmunternd zu. Benson lächelte trübselig zurück und sah von der Schwester zum Computerarbeitsplatz in der Ecke des Stationszimmers.

»Haben Sie hier oben einen Arbeitsplatzrechner?«

»Ja«, sagte Morris.

»Und wo ist der Zentralrechner?«

»Im Keller.«

»In diesem Gebäude?«

»Ja. Er braucht viel Strom, und die Hauptstromleitung führt zu diesem Gebäude.«

Benson nickte. Morris überraschten die Fragen nicht. Benson versuchte sich von dem Gedanken an die Operation abzulenken, und auf diese Weise gelang ihm das am besten – schließlich war er Computerfachmann.

Die Schwester gab Morris die für Benson vorbereitete Krankenakte. Der übliche blaue Kunststoffordner mit dem Wappen des Universitätskrankenhauses trug drei Reiter. Der rote stand für Neurochirurgie und der gelbe für Intensivpflege. Den weißen hatte Morris bisher kaum je an einer

Krankenakte gesehen. Er bedeutete, daß Sicherheitsvorkehrungen getroffen werden mußten.

»Sind das meine Unterlagen?« fragte Benson, während ihn Morris den Gang entlang zum Zimmer 610 fuhr. Die Polizeibeamten folgten ihm.

»Ja.«

»Ich wollte immer schon mal wissen, was da drinsteht.«

»In erster Linie ein Haufen unlesbarer Notizen.« In Wahrheit war Bensons außerordentlich dicke Akte ohne weiteres lesbar, enthielt sie doch die Computerausdrucke mit den Ergebnissen verschiedener Untersuchungen. An Zimmer 610 angekommen, ging einer der Polizisten hinein und schloß die Tür hinter sich. Der zweite blieb bei Benson und Morris auf dem Gang. »Reine Vorsichtsmaßnahme«, sagte er.

Benson hob den Blick zu Morris. »Die wollen mit mir kein Risiko eingehen«, sagte er.

Der erste Beamte kam wieder heraus. »Alles in Ordnung«, sagte er.

Morris schob Benson in den großen Raum. Da er nach Süden lag, schien am frühen Nachmittag die Sonne hinein. Benson sah sich um und nickte zufrieden. Morris sagte: »Das ist eins der besten Zimmer, die wir haben.«

»Kann ich jetzt aufstehen?«

»Selbstverständlich.«

Benson verließ den Rollstuhl, setzte sich auf das Bett und wippte einige Male prüfend auf der Matratze auf und ab. Er drückte die Knöpfe der Höhenverstellung, beugte sich dann vor und betrachtete interessiert den von einem Elektromotor angetriebenen Mechanismus unter dem Bett. Morris ging zum Fenster und zog die Vorhänge vor, damit nicht so viel Licht hereinfiel. »Simpel«, sagte Benson.

»Was?«

»Dieser Bettmechanismus. Bemerkenswert simpel. Sie sollten eine Rückkopplungsschaltung einbauen. Die würde die Körperbewegungen des Patienten im Bett automatisch ausgleichen …« Er verstummte. Er öffnete die Türen des Einbauschranks, warf einen Blick hinein, sah sich im Badezimmer um und kam wieder heraus. Es fiel Morris auf, daß sich Benson nicht so verhielt wie andere Patienten. Die meisten ließen sich durch das Krankenhaus einschüchtern, Benson hingegen führte sich auf, als suche er sich ein Hotelzimmer aus.

»Ich nehme es«, sagte er und lachte. Er setzte sich wieder auf das Bett und sah erst Morris und dann die Polizeibeamten an. »Müssen die hier sein?«

»Ich vermute, sie können auch draußen warten«, sagte Morris.

Die Beamten nickten, verließen den Raum und schlossen die Tür hinter sich.

»Eigentlich hatte ich gemeint«, sagte Benson, »ob die überhaupt hier sein müssen?« »Ja.« »Die ganze Zeit?« »Ja. Es sei denn, wir erreichen, daß die Anklage gegen Sie fallengelassen wird.«

Benson runzelte die Brauen. »War das … ich meine, habe ich … war es schlimm?«

»Sie haben ihm ein blaues Auge verpaßt und eine Rippe gebrochen.«

»Aber es geht ihm gut?«

»Ja. Davon abgesehen geht es ihm gut.«

»Ich kann mich überhaupt nicht daran erinnern«, sagte Benson. »Meine sämtlichen Speicherkerne sind gelöscht.«

»Das weiß ich.«

»Aber ich freue mich, daß es ihm soweit gutgeht.«

Morris nickte. »Haben Sie so etwas wie einen Schlafanzug oder dergleichen mitgebracht?«

Benson sagte: »Nein, aber ich kann mir was bringen lassen.«

»In Ordnung. Inzwischen besorge ich Ihnen Krankenhauskleidung. Haben Sie im Augenblick alles, was Sie brauchen?«

»Na klar.« Mit einem Grinsen fügte er hinzu: »'nen Kurzen könnte ich schon vertragen.«

»Darauf werden Sie verzichten müssen«, sagte Morris und verließ den Raum.

Die Beamten hatten sich einen Stuhl an die Tür gestellt. Einer von ihnen setzte sich darauf, der andere blieb stehen. Morris schlug sein Notizbuch auf.

»Sie sollten sich mit dem weiteren Ablauf vertraut machen«, sagte er. »In der nächsten halben Stunde kommt jemand von der Patientenaufnahme und holt sich Bensons Unterschriften für die Verzichtserklärungen auf finanzielle Entschädigung. Um halb vier muß er zur Patientenvorstellung zum Hauptoperationssaal runter. Nach etwa zwanzig Minuten kommt er zurück. Den Schädel kriegt er heute abend rasiert. Die Operation ist morgen früh um sechs Uhr. Haben Sie noch Fragen?«

»Kann uns jemand was zu essen besorgen?« wollte einer der Beamten wissen.

»Ich werde veranlassen, daß die Schwester Essen für Sie bestellt. Werden Sie beide hier sein, oder nur einer von Ihnen?«

»Nur einer. Wir wechseln uns alle acht Stunden ab.«

Morris sagte: »Ich sage den Schwestern Bescheid. Es wäre

schön, wenn Sie sich jeweils im Stationszimmer an- und abmelden könnten. Die Schwestern sind immer gern auf dem laufenden darüber, wer sich hier aufhält.«

Die Beamten nickten. Einen Augenblick lang herrschte Schweigen. Schließlich sagte einer der beiden: »Was ist denn überhaupt mit dem da drin los?«

»Er leidet an einer besonderen Art von Hirnschaden, die zu Anfällen führt.«

»Ich hab den Mann gesehen, den er zusammengeschlagen hat«, sagte einer der beiden. »Ein richtiger Brecher, groß und kräftig, sah aus wie ein Fernfahrer. Man sollte es nicht für möglich halten, daß so ein schmächtiger Bursche« – er wies mit dem Arm auf Bensons Zimmer – »zu so was imstande ist.«

»Wenn er seinen Anfall bekommt, wird er gewalttätig.«

Sie nickten. »Und was für 'ne Operation ist das?«

»Wir bezeichnen sie als Verfahren der Stufe drei«, sagte Morris. Weitere Erklärungen gab er nicht ab. Die Beamten würden sie ohnehin nicht verstehen. Und wenn sie es verstünden, dachte er, würden sie es nicht glauben.

2

Die große neurochirurgische Patientenvorstellung, bei der man alle Chirurgen des Krankenhauses mit ungewöhnlichen Fällen bekannt machte, die sie dann besprachen, fand gewöhnlich donnerstags um neun Uhr statt. Außer der Reihe wurden äußerst selten Termine angesetzt, da es zu schwierig war, alle Beteiligten zusammenzubekommen. Diesmal allerdings waren die Zuschauerplätze im ansteigenden Halbrund um den Operationssaal voller weißer Kittel. Bleiche Gesichter sahen auf Ellis hinab, der sich die Brille auf der Nase zurechtrückte und sagte: »Wie vielen von Ihnen bereits bekannt ist, wird die neuropsychiatrische Forschungsgruppe morgen eine Schrittmacheroperation am limbischen System eines Menschen vornehmen, also das, was wir einen Eingriff der Stufe drei nennen.«

Stumm und regungslos nahmen die Zuhörer diese Mitteilung auf. Das erschien Janet Ross, die in einer Ecke des Raumes nahe bei den Türen stand, sonderbar. Doch wenn man es recht bedachte, kam diese Mitteilung kaum überraschend, denn jeder im Krankenhaus wußte, daß die neuropsychiatrische Abteilung, kurz NPA genannt, schon seit längerem auf einen geeigneten Kandidaten für einen solchen Eingriff wartete.

»Ich muß Sie bitten«, fuhr Ellis fort, »sich bei der Vorstellung des Patienten auf wenige Fragen zu beschränken, denn er ist äußerst empfindsam und leidet an einer sehr schweren Störung. Damit Sie seinen psychiatrischen Hintergrund kennenlernen, bevor wir ihn hereinbringen, wird Ihnen die für ihn zuständige Psychiaterin, Doktor Ross, eine kurze Zusammenfassung geben.« Ellis nickte der Kollegin zu, und sie trat in die Mitte des Raumes.

Janet Ross war schlank und dunkelblond. Auch wenn sie sich für zu knochig hielt und sich häufig ein weiblicheres Äußeres wünschte, war ihr durchaus bewußt, wie sie auf Männer wirkte, und sie hatte nach einem Jahrzehnt in einem vorwiegend von Männern geprägten Beruf gelernt, sich das zunutze zu machen. Sie warf einen Blick zu den steil über ihr aufragenden Reihen von Gesichtern empor und zögerte kurz, die Hände hinter dem Rücken verschränkt.

Dann holte sie tief Luft und trug mit knappen Worten ihre Zusammenfassung vor, wie es bei solchen Vorstellungen üblich war.

»Harold Franklin Benson«, begann sie, »ein vierunddreißigjähriger geschiedener Computerspezialist, war völlig gesund, bis er vor zwei Jahren nach einem Autounfall in der Nähe von Santa Monica für eine uns nicht bekannte Zeitspanne das Bewußtsein verloren hat. Man brachte ihn zur Beobachtung in ein Krankenhaus in der Nähe, das ihn am nächsten Tag ohne auffälligen Befund entließ. Fünf oder sechs Monate lang ging alles gut, bis er an ›Ausfallerscheinungen‹ zu leiden begann, wie er selbst sagt.«

Die Zuhörer schwiegen, ihre Gesichter sahen mit gespannter Aufmerksamkeit zu ihr herab.

»Solche Bewußtseinslücken von jeweils mehreren Minuten Dauer traten etwa einmal im Monat auf und wurden häufig von einer sonderbaren und unangenehmen Geruchsempfindung angekündigt. In vielen Fällen stand der Bewußtseinsverlust in Verbindung mit Alkoholgenuß. Der Hausarzt, den der Patient aufsuchte, hat ihm geraten, weniger zu arbeiten und seinen Alkoholkonsum einzuschränken. Diesen Rat hat Benson befolgt, aber die Blackouts hörten nicht auf.

Vor etwa einem Jahr – also ein Jahr nach dem Unfall – fiel ihm auf, daß sie häufiger wurden und länger dauerten als zuvor. Oft hat er sich anschließend in einer ihm unbekannten Umgebung wiedergefunden. Bei mehreren Gelegenheiten war seine Kleidung zerrissen und sein Körper wies Verletzungen auf, als wäre er in Schlägereien verwickelt gewesen. Aber in keinem Fall konnte er sich erinnern, was während des Bewußtseinsverlusts geschehen war.«

Einzelne Zuhörer nickten. Sie begriffen, was Ross ihnen

mitteilte; man hatte es offenbar mit einem klaren epilepsieähnlichen Syndrom zu tun, das sich möglicherweise chirurgisch behandeln ließ, wobei man allerdings mit Komplikationen rechnen mußte.

»Freunde und Bekannte haben ihm gesagt«, fuhr sie fort, »er verhalte sich anders als früher. Da er aber nichts davon wissen wollte, sind allmählich die Kontakte zu den meisten von ihnen eingeschlafen. Etwa um diese Zeit – also vor ungefähr einem Jahr – gelang ihm bei seiner Arbeit als Informatiker auf dem Gebiet des künstlichen Lebens oder der Maschinenintelligenz eine Entdeckung, die er selbst als monumental bezeichnet. Er will entdeckt haben, daß Maschinen in Konkurrenz zum Menschen stehen und letzten Endes die Weltherrschaft übernehmen werden.«

Jetzt hörte man Flüstern unter den Zuhörern. Was sie da hörten, erregte ihr Interesse, besonders das der Psychiater. Ross sah in der obersten Reihe ihren früheren, inzwischen emeritierten Lehrer Manon, der den Kopf in beide Hände stützte. Manon wußte Bescheid.

»Diese Entdeckung teilte er den ihm verbliebenen Freunden und Bekannten mit, und sie schlugen ihm vor, einen Psychiater aufzusuchen, was ihn sehr verärgerte. Im Verlauf des letzten Jahres hat sich bei Benson die Gewißheit verdichtet, daß es eine Verschwörung der Maschinen gibt, deren Ziel die Übernahme der Macht über die Welt ist.

Dann, vor einem halben Jahr, hat ihn die Polizei unter dem Verdacht festgenommen, einen Flugzeugmechaniker zusammengeschlagen zu haben. Der Verletze konnte ihn nicht als Täter identifizieren, und das Verfahren wurde eingestellt, aber der Vorfall brachte Benson dazu, einen Psychiater aufzusuchen. Er vermutete, daß er möglicherweise tatsächlich der

Täter war. Obwohl er sich das nicht vorstellen konnte, war es ihm nicht möglich, den Verdacht loszuwerden.

Vor vier Monaten, also im November 1970, erfolgte seine Überweisung an die Abteilung für neuropsychiatrische Forschung hier im Universitätsklinikum. Man vermutete aufgrund seiner Vorgeschichte – Kopfverletzung, Anfälle von Gewalttätigkeit, denen sonderbare Geruchswahrnehmungen vorausgingen –, daß er möglicherweise an einem verletzungsbedingten akuten Enthemmungssyndrom leidet, kurz VAE genannt. Es handelt sich dabei um eine organische Erkrankung, die dazu führt, daß bei den Patienten nach gewissen Zeitabschnitten die Hemmschwelle für Gewalttaten sinkt. Wie ihnen bekannt ist, nimmt die NPA ausschließlich Patienten mit organisch bedingten und behandelbaren Verhaltensstörungen auf.

Die Ergebnisse der neurologischen Untersuchungen wie auch das Elektroenzephalogramm waren vollständig normal; die Hirnstromkurve zeigte keine pathologischen Veränderungen. Als man das EEG nach Alkoholgenuß wiederholte, fanden sich Hinweise auf Abweichungen von der Norm, und zwar in Gestalt eines Anfallherdes im rechten Schläfenlappen. Da damit das VAE-Syndrom eindeutig diagnostiziert war, galt Benson von diesem Zeitpunkt an als Kandidat für eine Stufe-eins-Behandlung.«

Um Atem zu schöpfen und damit die Zuhörer die Bedeutung ihrer Aussage in sich aufnehmen konnten, machte sie eine Pause. »Man hat dem Patienten, der von beträchtlicher Intelligenz ist«, fuhr sie dann fort, »seine Krankheit erläutert und ihm mitgeteilt, daß er bei dem Autounfall vermutlich einen Hirnschaden erlitten hat, der psychische Anfälle auslöst, in deren Verlauf er seine Hemmungen verliert und gewalttätig wird. Keinesfalls ist die Ursache auf physischer Ebene zu suchen. Darüber hinaus wurde ihm erklärt, daß das Syndrom gründlich erforscht und beherrschbar ist. Daraufhin hat man begonnen, ihn medikamentös mit Morladon, Para-Aminobenzadon und Triamilin zu behandeln.

Vor drei Monaten wurde Benson wegen Verdacht auf schwere Körperverletzung festgenommen. Das Opfer war eine vierundzwanzigjährige Oben-ohne-Tänzerin, die später die Anzeige zurückgezogen hat. Die Klinik hat sich in gewissem Umfang für den Patienten eingesetzt.

Vor einem Monat wurden die probehalber gegebenen Medikamente abgesetzt. Benson hatte auf keines der genannten Mittel und auch auf keine Kombination davon angesprochen. Danach galt er als Stufe-zwei-Fall: medikamentenresistentes VAE-Syndrom. Außerdem hat man eine chirurgische Behandlung gemäß Stufe drei erwogen, über die wir heute reden wollen.«

Erneut legte sie eine Pause ein. »Ehe ich den Patienten hereinbitte«, sagte sie, »sollte ich vielleicht hinzufügen, daß er gestern nachmittag einen Tankwart angegriffen und ziemlich übel zugerichtet hat. Die Operation war bereits auf morgen festgesetzt, und wir haben erreicht, daß ihn die Polizei unserer Obhut überläßt. Dennoch erwartet ihn eine Anklage wegen schwerer Körperverletzung.«

Schweigen herrschte im Saal, als sie sich umwandte und hinausging, um Benson zu holen.

Im blau-weiß gestreiften Krankenhaus-Bademantel saß Benson unmittelbar vor den Türen zum Operationssaal im Rollstuhl. Bei Janet Ross' Anblick lächelte er. »Hallo, Doktor Ross.«

»Hallo, Harry.« Sie lächelte zurück. »Wie fühlen Sie sich?«

Sie konnte das ohne weiteres selbst sehen. Benson war unruhig und fühlte sich offensichtlich bedroht: Schweiß stand ihm auf der Oberlippe, er hatte die Schultern hochgezogen und die Hände im Schoß fest ineinander verschränkt.

»Mir geht's gut«, sagte er. »Wirklich.«

Hinter ihm stand Morris bereit, den Rollstuhl in den Saal zu schieben, und ein Polizeibeamter. Ross fragte Morris: »Kommt der mit rein?«

Bevor Morris antworten konnte, sagte Benson munter: »Der begleitet mich auf Schritt und Tritt.«

Der Beamte nickte. Die Situation schien ihm peinlich zu sein.

»Na schön«, sagte sie.

Sie öffnete die Türen, und Morris schob Benson dorthin, wo Ellis stand. Dieser trat zu ihm und schüttelte ihm die Hand.

»Mister Benson, schön, Sie zu sehen.«

»Doktor Ellis.«

Morris drehte den Rollstuhl so, daß Benson den Zuschauern gegenübersaß. Ross nahm neben ihm Platz und warf einen Blick auf den Polizeibeamten, der an der Tür stehengeblieben war und sich bemühte, möglichst wenig aufzufallen. Ellis stand auf der anderen Seite neben Benson vor einem Leuchtkasten, an dem ein Dutzend Röntgenbilder hing. Es schien Benson klarzusein, daß es sich um Aufnahmen seines eigenen Kopfes handelte. Als Ellis das merkte, schaltete er die Beleuchtung dahinter aus, so daß sie schwarz und undurchsichtig wirkten.

»Wir haben Sie hergebeten«, begann er, »damit Sie den hier anwesenden Ärzten einige Fragen beantworten.« Er wies zu den Männern in den im Halbkreis ansteigenden Bankreihen. »Das macht Sie doch nicht nervös, oder?« fragte er in munterem Ton.

Ross runzelte die Stirn. Sie hatte schon Hunderte solcher Vorstellungen miterlebt, und immer hatte man die Patienten gefragt, ob die auf sie herabblickenden Ärzte sie nervös machten. So ohne Umschweife gefragt, würde das natürlich jeder verneinen.

»Na klar«, sagte Benson, »die würden jeden nervös machen.«

Ross unterdrückte ein Lächeln. Gut gekontert, dachte sie.

Benson fuhr fort: »Wenn Sie ein Computer wären und ich Sie einem Haufen Informatiker vorführen würde, die herausbekommen wollen, was Ihnen fehlt und wie man das in den Griff kriegen kann – wie würden Sie das finden?«

Das brachte Ellis aus dem Konzept. Er fuhr sich mit den Fingern durch das schüttere Haar und blickte zu Ross hinüber, die kaum merklich den Kopf schüttelte. Nein, dies war nicht der richtige Ort, Bensons psychischem Leiden auf den Grund zu gehen.

»Dann wäre ich auch nervös«, sagte Ellis.

»Na also«, sagte Benson. »Sehen Sie?«

Ellis schluckte.

Das macht er mit Absicht, dachte Ross. Geh ihm bloß nicht auf den Leim.

»Aber ich bin natürlich kein Computer«, sagte Ellis, »oder?«

Ross zuckte innerlich zusammen.

»Kommt drauf an«, sagte Benson. »Bestimmte Funktionen sind mechanisch und wiederholen sich. So gesehen lassen sie sich ziemlich einfach programmieren, und wenn Sie –«

»Ich glaube, wir können jetzt zu den Fragen übergehen«, sagte Ross und stand auf.

Ganz offensichtlich paßte Ellis die Unterbrechung nicht, aber er schwieg. Zum Glück sagte auch Benson nichts. Ross hob den Blick zu den Zuhörern, und nach einer Weile meldete sich ein Mann in einer der hinteren Reihen und fragte: »Mister Benson, können Sie uns mehr über die Geruchsempfindungen sagen, die Sie vor Ihren Ausfallerscheinungen haben?«

»Eigentlich nicht«, sagte Benson. »Sie sind ganz komisch. Der Geruch ist zwar scheußlich, es riecht aber nach nichts Bestimmtem, wenn Sie verstehen, was ich meine. Man kann ihn nicht zuordnen. Die Bänder der Erinnerung rauschen einfach so durch, ohne daß man etwas erkennt.«

»Können Sie ihn annähernd beschreiben?«

Benson zuckte die Schultern. »Vielleicht... Schweineschiß in Terpentin.«

Eine weitere Hand hob sich. »Mister Benson, wir haben gehört, daß die Häufigkeit Ihrer Ausfallerscheinungen zugenommen hat. Gilt das auch für deren Dauer?«

»Ja«, sagte Benson. »Es sind jetzt mehrere Stunden.«

»Wie fühlen Sie sich, wenn Sie danach wieder zu Bewußtsein kommen?«

»Mir ist speiübel.«

»Können Sie das genauer beschreiben?«

»Manchmal muß ich mich übergeben. Ist das genau genug?«

Ross runzelte die Stirn. Sie merkte, daß Benson wütend wurde. »Gibt es noch weitere Fragen?« fragte sie, in der Hoffnung, daß das nicht der Fall sein würde. Sie hob erneut den Blick zu den Zuhörern. Längeres Schweigen trat ein.

»Na gut«, sagte Ellis, »vielleicht können wir jetzt auf die Einzelheiten der Operation zu sprechen kommen. Mister Benson ist über alles informiert, er kann also bleiben oder den Raum verlassen, wie es ihm beliebt.«

Ross war das gar nicht recht. Ellis erlag dem prahlerischen Hang des Chirurgen, aller Welt zu zeigen, daß es dem Patienten nichts ausmacht, aufgeschnitten und verstümmelt zu werden. Es war nicht korrekt, Benson gleichsam zum Bleiben aufzufordern – ja, zu ermuntern.

»Ich bleib hier«, sagte Benson.

»Schön«, sagte Ellis. Er trat an die Tafel und skizzierte die Schemazeichnung eines Gehirns. »Soweit wir wissen«, begann er, »verläuft der Krankheitsprozeß bei VAE so, daß ein Teil des Hirns geschädigt wird. Dabei entsteht eine Narbe, die genauso aussieht wie Narben in jedem beliebigen anderen Organ. Dort, wo sich das starkem Zug ausgesetzte Narbengewebe bildet, entsteht ein Herd abnormer elektrischer Entladungen. Wir sehen, wie von ihm Wellen ausgehen und sich ausbreiten, etwa so, wie wenn man einen Stein in einen Teich wirft.«

Ellis markierte eine Stelle am Gehirn und deutete dann von dort ausgehende konzentrische Kreise an.

»Diese leichten elektrischen Wellenbewegungen rufen einen Anfall hervor, dessen Herd, je nachdem, wo im Gehirn er liegt, Muskelzuckungen auslöst, wobei Schaum vor den Mund tritt und so weiter. Falls der Herd an anderen Stellen des Gehirns liegt, sehen die Wirkungen anders aus. Befindet er sich nun wie bei Mister Benson im Temporallappen, ist das Ergebnis ein akutes Enthemmungssyndrom, das sich in absonderlichen Gedanken und bisweilen in gewalttätigem Verhalten äußert. Diesen Anfällen geht eine spezifische Aura voraus, die häufig in einer Geruchshalluzination besteht.«

Aufmerksam folgte Benson den Darlegungen und nickte dazu.

»Aus der Arbeit vieler Forscher wissen wir«, begann Ellis, »daß es möglicherweise nicht korrekt ist, Enthemmungsschübe bei VAE als Anfälle im herkömmlichen Sinne zu betrachten. Unter Umständen handelt es sich dabei einfach um periodisch auftretende Phasen von Funktionsstörungen im Gehirn, die auf organische Schädigungen zurückzuführen sind. Doch da sie gewöhnlich bezüglich der Art, wie sie sich äußern, ein charakteristisches Muster aufweisen, sprechen wir der Einfachheit halber von Anfällen. Wir wissen, daß man einen Anfall im Anfangsstadium unterdrücken kann, indem man an der kritischen Stelle im Gehirn einen Stromstoß setzt. Bis die Enthemmung in vollem Umfang einsetzt, dauert es einige Sekunden, in manchen Fällen bis zu einer halben Minute. Ein zu diesem Zeitpunkt ausgelöster Stromstoß kann den Anfall verhindern.«

Er machte ein ›X‹ durch die konzentrischen Kreise. Dann zeichnete er einen Halsansatz und Schädel mit einem weiteren Gehirn. »Dabei haben wir es mit zwei Problemen zu tun«, erläuterte er. »Das erste heißt: Wo im Gehirn müssen wir den Stromstoß einwirken lassen? Wir wissen, daß bei VAE-Patienten diese Stelle in etwa im Bereich des Mandelkerns liegt, der sich an der Innenseite des Schläfenlappens befindet und zum limbischen System gehört. Die genaue Lage der Stelle ist uns nicht bekannt, aber diese Schwierigkeit lösen wir, indem wir mehrere Elektroden verwenden. Wir werden Mister Benson morgen früh vierzig Elektroden einsetzen.«

Er machte zwei Striche in das schematisch gezeichnete Gehirn.

»Unsere zweite Schwierigkeit besteht darin, daß wir nicht

wissen, wann mit einem Anfall gerechnet werden muß. Das aber ist nötig, damit wir den Zeitpunkt unseres Stromstoßes bestimmen können. Glücklicherweise können die Elektroden, mit denen wir ihn auslösen, zugleich dazu dienen, dic elektrische Aktivität des Gehirns zu ›lesen‹, und jedem Anfall geht ein charakteristisches elektrisches Muster voraus.«

Ellis machte eine Pause, sah zu Benson hin und dann zu den Zuschauern empor.

»Wir haben also ein Rückkopplungssystem – dieselben Elektroden, die dazu dienen, einen Anfall zu melden, liefern den Stromstoß, der ihn im Keim erstickt. Diesen Rückkopplungsmechanismus steuert ein Elektronenrechner.«

Er zeichnete im Nacken seiner Schemadarstellung ein kleines Quadrat ein.

»Das NPA-Team hat einen Computerchip entwickelt, der die elektrische Aktivität des Gehirns überwacht und in der entsprechenden Gehirnregion einen Stromstoß auslöst, sobald er erkennt, daß ein Anfall bevorsteht. Dieser Chip von etwa drei Gramm Gewicht und der Größe einer Briefmarke wird dem Patienten am Übergang zwischen Nacken und Schulter unter die Haut gepflanzt.«

Daraufhin zeichnete er unterhalb des Nackens ein Rechteck und verband es durch Striche, die Leitungen darstellen sollten, mit dem Computerquadrat.

»Die Energie für den Chip liefert eine im Schulterbereich unter der Haut implantierte Plutoniumbatterie vom Typ Handler PP-J, die zwanzig Jahre lang den erforderlichen Strom zuverlässig und gleichmäßig liefert und den Patienten von einer externen Energiequelle unabhängig macht.«

Mit der Kreide wies er auf die verschiedenen Teile seiner Schema-Darstellung. »Hier haben wir also das vollständige

Rückkopplungssystem: vom Gehirn zu den Elektroden, zum Computerchip, zur Batterie und zurück zum Gehirn. Ein geschlossener Kreislauf ohne Verbindung nach außen.«

Er wandte sich an Benson, der demonstrativ unbeteiligt der Darlegung gefolgt war. »Haben Sie etwas dazu zu sagen, Mister Benson? Möchten Sie sich irgendwie dazu äußern?«

Innerlich stöhnte Ross auf. Zwar war ihr klar, daß es Ellis lediglich darum ging, seinem Patienten zu zeigen, daß er ihn ernst nahm, doch war es falsch, ihn vor einer solch furchteinflößenden Operation zu befragen, als wäre nicht er derjenige, dem dieser Eingriff galt. Es war zuviel verlangt.

»Nein«, sagte Benson. »Ich habe nichts zu sagen.« Und er gähnte.

Als Benson hinausgefahren wurde, begleitete ihn Ross. Zwar war das nicht unbedingt erforderlich, aber sie machte sich Sorgen – und sie hatte ein schlechtes Gewissen wegen der Art, wie ihn Ellis behandelt hatte. Sie fragte ihn: »Wie fanden Sie es da drin?«

»Ganz interessant«, sagte er.

»Inwiefern?«

»Na ja, es ging ausschließlich um medizinische Fragen. Ich hätte eine eher philosophische Betrachtungsweise erwartet.«

»Wir sind nun mal Praktiker«, sagte sie leichthin, »und haben es mit einem praktischen Problem zu tun.«

Benson lächelte. »Praktiker war Newton auch«, sagte er. »Was ist schon praktischer als die Frage, warum ein Apfel zu Boden fällt?«

»Sehen Sie wirklich philosophische Bezüge in dieser Sache?«

Benson nickte. »Allerdings«, sagte er, »und Sie auch. Sie tun nur so, als würden Sie keine sehen.«

Daraufhin blieb sie im Gang stehen und sah Benson nach, der von Morris zum Aufzug geschoben wurde, wo beide mit dem Polizeibeamten warten mußten. Morris drückte auf seine ungeduldige und aggressive Weise immer wieder den Rufknopf. Schließlich kam der Aufzug. Benson winkte ein letztes Mal, dann schlossen sich die Türen.

Ross kehrte zu ihren Kollegen zurück.

»... arbeiten wir seit zehn Jahren«, sagte Ellis gerade. »Ursprünglich hatten wir dabei an Herzschrittmacher gedacht, bei denen für das etwa jährlich fällige Austauschen der Batterien jedesmal ein kleiner Eingriff nötig war. Das ist für den Chirurgen wie für den Patienten ausgesprochen lästig. Die Atombatterie ist absolut zuverlässig und langlebig. Sofern Mister Benson um das Jahr 1990 herum noch lebt, könnte es erforderlich werden, sie auszuwechseln, vorher auf keinen Fall.«

Gerade als Janet Ross den Raum geräuschlos wieder betrat, wurde eine weitere Frage gestellt: »Und auf welche Weise wollen Sie festlegen, welche der vierzig Elektroden jeweils einen Anfall verhindert?«

»Wir pflanzen alle ein und verbinden den Computerchip damit, ohne sie aber in den ersten vierundzwanzig Stunden anzukoppeln. Erst am Tag nach der Operation stimulieren wir jede von ihnen einzeln über Funk. Diejenigen, welche die besten Ergebnisse zeitigen, koppeln wir über Fernsteuerung an.«

In den obersten Reihen hustete jemand, dann sagte eine Stimme, die Ross kannte: »Diese technischen Einzelheiten sind überaus erstaunlich, scheinen mir aber an der eigentlichen Frage vorbeizugehen.« Sie hob den Blick und sah, daß Manon sich zu Wort gemeldet hatte. Manon war emeritierter Professor der Psychiatrie und kam nur noch selten ins Krankenhaus. Gewöhnlich betrachtete man den fast Fünfundsiebzigjährigen bei seinen Besuchen als wunderlichen Alten, der seine beste Zeit hinter sich hatte und von modernen Denkansätzen keine Ahnung hatte. »Ich habe den Eindruck«, fuhr Manon fort, »daß es sich bei diesem Patienten um einen Psychotiker handelt.«

»Das scheint mir ziemlich drastisch formuliert«, sagte Ellis.

»Möglich«, gab Manon zur Antwort. »Aber auf jeden Fall leidet er unter einer schweren Persönlichkeitsstörung. Was er über Menschen und Maschinen sagt, klingt besorgniserregend.«

»Diese Persönlichkeitsstörung ist Teil seiner Krankheit«, sagte Ellis. »In einem kürzlich erschienenen Artikel berichtet Harley, daß er und seine Mitarbeiter bei der Hälfte aller untersuchten VAE-Patienten Persönlichkeitsstörungen festgestellt haben, die von den eigentlichen Anfällen unabhängig waren.«

»Genauso ist es«, sagte Manon. Sein Ton klang kaum wahrnehmbar gereizt. »Es ist Teil seiner Krankheit und hat nichts mit den Anfällen zu tun. Bedeutet das von Ihnen vorgesehene Verfahren eine Möglichkeit zu einer Heilung dieser Störung?«

Insgeheim freute sich Janet Ross, war Manon doch offenkundig zu den gleichen Schlußfolgerungen gelangt wie sie selbst.

»Nein«, sagte Ellis. »Wahrscheinlich nicht.«

»Anders gesagt, würden nach der Operation seine Anfälle aufhören, nicht aber seine Wahnvorstellungen.«

»Nein«, wiederholte Ellis. »Wahrscheinlich nicht.«

»Offen gesagt ist diese Art des Denkens das, was ich bei der NPA am meisten fürchte«, sagte Manon mit gefurchter Stirn. »Es handelt sich dabei um ein allgemeines Problem der Medizin, und ich möchte auf keinen Fall den Eindruck erwecken, daß ich Sie herausgreife, um speziell auf Ihnen herumzuhacken. Wenn wir beispielsweise jemanden in der Notaufnahme haben, der sich mit einer Überdosis Drogen das Leben nehmen wollte, pumpen wir ihm den Magen aus, halten ihm einen Vortrag und schicken ihn wieder nach Hause. Das ist eine Behandlung – aber keine Heilung. Früher oder später kommt der Patient wieder. Damit, daß man ihm den Magen auspumpt, unternimmt man nichts gegen die Depression, sondern lediglich gegen die Überdosis.«

»Ich verstehe, was Sie sagen wollen, aber…«

»Ich möchte Sie außerdem an den Fall L. erinnern. Sagt Ihnen der etwas?«

»Ich glaube nicht, daß das in diesen Zusammenhang gehört«, sagte Ellis. Seine Stimme klang abweisend und gereizt.

»Da bin ich nicht so sicher«, sagte Manon. Da sich ihm mehrere fragende Gesichter aus der Zuhörerschaft zuwandten, erläuterte er: »Vor ein paar Jahren war das in dieser Klinik ein berühmter Fall. Ein Mann von neununddreißig Jahren mit einer beidseitigen Nierenerkrankung im Endstadium, chronischer Glomerulonephritis. Man sah in ihm einen Kandidaten für eine Nierentransplantation. Da unsere Möglichkeiten zur Organverpflanzung beschränkt sind, entscheidet eine Auswahlkommission darüber, welche Patienten dafür in Frage kommen. Die in dieser Kommission vertretenen Psychiater haben sich im Fall L. mit Nachdruck dagegen ausgesprochen, da er unter ausgeprägten Wahnvorstellungen litt.

So war er nicht bereit, tagsüber das Haus zu verlassen, weil seiner festen Überzeugung nach die Sonne die Erde beherrscht. Unserer Ansicht nach war er psychisch nicht stabil genug, um eine Nierentransplantation zu rechtfertigen, aber man hat ihn schließlich doch operiert. Sechs Monate später hat er sich das Leben genommen – eine Tragödie. Aber die eigentliche Frage lautet doch: Wäre es nicht besser gewesen, einem anderen die Transplantation zugute kommen zu lassen, die Tausende von Dollar gekostet hatte und mit viel Aufwand und Mühen verbunden war?«

Ellis schritt auf und ab, wobei der Fuß seines geschädigten Beins leicht über den Boden schleifte. Ross merkte, daß er sich angegriffen und bedroht fühlte. Gewöhnlich gab sich Ellis die größte Mühe, seine Behinderung zu vertuschen, so daß nur ein geschultes Auge sein Hinken zu entdecken vermochte. Wenn er aber müde oder wütend war, oder sich bedroht fühlte, trat die Schwäche deutlich zutage. Es war fast, als appellierte er unbewußt an das Mitgefühl der anderen: Tut mir nichts, ich bin ein Krüppel.

»Ich verstehe Ihren Einwand«, sagte Ellis. »So, wie Sie die Frage stellen, läßt sie sich nicht beantworten. Aber ich möchte die Sache von einem etwas anderen Standpunkt aus betrachten. Es ist durchaus richtig, daß Benson unter Persönlichkeitsstörungen leidet und unsere Operation daran vermutlich nichts ändern wird. Was aber würde geschehen, wenn wir ihn *nicht* operierten? Wir wissen, daß seine Anfälle lebensbedrohend sind – für ihn selbst und für andere. Sie haben ihn bereits in Konflikt mit dem Gesetz gebracht und werden schlimmer. Der Eingriff wird künftige Anfälle verhindern, und wir sind der Ansicht, daß das für den Patienten ein beträchtlicher Vorteil ist.«

Hoch oben im Auditorium zuckte Manon leicht die Achseln. Janet Ross kannte diese Geste; sie war ein Hinweis auf unüberbrückbare Differenzen, eine Sackgasse.

»Na schön«, sagte Ellis, »gibt es weitere Fragen?«

Es gab keine weiteren Fragen.

3

»Großer Gott im Himmel«, sagte Ellis und wischte sich die Stirn. »Der hat nicht lockergelassen, was?«

Janet Ross und er gingen über den Parkplatz zum Langer-Forschungstrakt. Es war Spätnachmittag, das Sonnenlicht wurde allmählich schwächer.

»Er hat recht«, sagte sie sanftmütig.

Ellis seufzte. »Ach ja. Ich vergesse immer wieder, daß Sie seinen Standpunkt teilen.«

»Warum vergessen Sie das?« fragte sie lächelnd. Als Psychiaterin in der Arbeitsgruppe der NPA hatte sie sich von Anfang an gegen den Eingriff an Benson ausgesprochen.

»Wir tun, was wir können«, sagte Ellis. »Es wäre natürlich großartig, wenn wir ihn vollständig heilen könnten, aber das ist leider nicht möglich. Aber wir werden tun, was in unseren Kräften steht, und das wird ihm helfen. Alles auf der Welt ist nun mal unvollkommen.«

Schweigend ging sie neben ihm her. Es gab nichts zu sagen. Schon oft hatte sie Ellis ihre Ansicht mitgeteilt, daß die Operation unter Umständen nichts nützte, sondern die Sache ganz im Gegenteil verschlimmern könnte. Insgeheim war sie überzeugt, daß sich auch Ellis dieser Möglichkeit bewußt war, sie aber beharrlich ignorierte.

Eigentlich mochte sie Ellis, soweit sie dazu bei einem Chirurgen imstande war. Chirurgen waren fast ausschließlich Männer, was sie für bezeichnend hielt. Ihrer Ansicht nach waren sie unverhohlen handlungsorientiert und brannten darauf, Dinge zu tun, die nach außen hin sichtbar waren. Dieser Aspekt war bei Ellis nicht so stark ausgeprägt wie bei den meisten anderen. Die Vernunft hatte ihm in verschiedenen früheren Fällen geraten, Stufe-drei-Kandidaten abzuweisen, was ihm sicherlich schwergefallen war, denn Ross wußte, daß es ihn in den Fingern juckte, die neuartige Operation durchzuführen.

»Diese ganze Krankenhauspolitik steht mir bis hier«, sagte Ellis.

»Aber Sie wollen Benson operieren ...«

»Ich bin bereit«, sagte Ellis. »Das sind wir alle. Wir müssen den ersten großen Schritt tun, und jetzt ist der richtige Zeitpunkt dafür gekommen.« Er sah zu ihr hinüber. »Warum sehen Sie so unsicher drein?«

»Weil ich es bin«, gab sie zur Antwort.

Sie erreichten den Langer-Bau. Ellis verabschiedete sich; er hatte eine ziemlich frühe Verabredung zum Abendessen mit Roger McPherson, dem Leiter der NPA – aus politischen Gründen könne er da nicht kneifen, sagte er verärgert – und sie nahm den Aufzug zur dritten Etage.

Nach zehn Jahren beständiger Ausdehnung erstreckte sich die neuropsychiatrische Forschungsgruppe über den gesamten dritten Stock des Langer-Forschungstraktes. Während Wände und Decken der anderen Stockwerke in kaltem Weiß gehalten waren, erstrahlten sie in der NPA in den drei Grundfarben. Den Patienten sollte das ein Gefühl von Zuversicht und Zufriedenheit vermitteln, hatte aber auf Ross jedesmal die gegenteilige Wirkung. Ihr kam das wie eine aufgesetzte künstliche Munterkeit vor, wie in einer Tagesstätte für geistig behinderte Kinder.

Als sie aus dem Aufzug stieg, befand sie sich im Empfangsbereich mit einer leuchtendblauen und einer roten Wand. Wie fast alles in der NPA waren auch die Farben McPhersons Einfall gewesen. Sie fand es sonderbar, in welchem Maße eine Einrichtung die Persönlichkeit ihres Leiters widerspiegelte. McPherson schien selbst immerzu eine Art munterer Kindlichkeit und eine grenzenlose Zuversicht auszustrahlen.

Das allerdings brauchte auch, wer Harry Benson operieren wollte. Im Augenblick war in der Forschungseinrichtung alles ruhig, da die meisten dort Beschäftigten bereits nach Hause gegangen waren. Ross ging den Korridor entlang, vorbei an den bunten Türen, an denen Schilder in Schablonenschrift verkündeten, was sich hinter ihnen abspielte: SONO-ENZEPHALOGRAPHIE, KORTIKAL-FUNKTION, EEG, RAS-MESSUNG, PARIETAL-T und, am anderen Ende des Ganges, RECHNERRAUM. Was hinter diesen Türen geschah, war ebenso schwer faßbar wie die Angaben auf den Schildern – und dabei war das lediglich der Flügel, in dem die Patienten behandelt wurden, in McPhersons Ausdrucksweise der »Praxistrakt«.

Die praktische Anwendung war banal im Vergleich mit dem, was in der Abteilung ›Entwicklung‹ geschah, im Forschungsflügel mit seinen Chemitroden, Computersimulationen und elektronisch aufbereiteten Zukunftsprojektionen – ganz zu schweigen von Großprojekten wie »George und Martha«, das auch als »Frageforum« bezeichnet wurde. Die Entwicklung eilte der Praxis zehn Jahre voraus – dabei war die Praxis bereits ausgesprochen fortschrittlich.

Vor einem Jahr hatte Ross in McPhersons Auftrag eine Gruppe von Wissenschaftsjournalisten durch die NPA geführt. Er habe sich für sie entschieden, hatte er gesagt, »weil sie einen so tollen Hintern« habe. Sie hatte das einerseits komisch und andererseits schockierend gefunden, weil er normalerweise so vornehm und väterlich war.

Doch ihr Schock war nichts im Vergleich zu dem der Journalisten gewesen. Eigentlich hatte sie ihnen sowohl den Praxis- als auch den Entwicklungsbereich zeigen wollen, doch nachdem die Besucher den Praxisbereich gesehen hatten, waren sie so fassungslos und offenkundig nicht mehr aufnahmebereit, daß sie die Besichtigung abgebrochen hatte.

Später hatte sie gründlich darüber nachgedacht. Die Wissenschaftsjournalisten, weder naiv noch unerfahren, waren Menschen, die ihr Leben lang von einer wissenschaftlichen Einrichtung zur anderen reisten. Ihre Sprachlosigkeit hing mit der Tragweite dessen zusammen, was man ihnen gezeigt hatte. Ross selbst hatte den Blick dafür zu jenem Zeitpunkt bereits verloren – sie war seit drei Jahren in der NPA tätig und hatte sich allmählich an das gewöhnt, was dort vor sich ging. Sie sah im Zusammenwirken von Mensch und Maschine, von menschlichem Gehirn und Elektronengehirn keine aberwitzige Provokation mehr. Es bot einfach eine Möglichkeit, weiterzukommen und seine Aufgabe zu erledigen.

Doch der Operation an Benson widersetzte sie sich. Sie war von Anfang an dagegen gewesen, weil sie ihn für den Versuch als ungeeignet ansah. Sie hatte eine letzte Möglichkeit, das zu beweisen.

Am Ende des Ganges blieb sie vor der Tür zum Rechnerraum stehen und lauschte auf das Zischen der Computerdrucker. Sie hörte Stimmen und öffnete die Tür. Der große Rechnerraum war voller elektronischer Einrichtungen und das eigentliche Herz der neuropsychiatrischen Forschungsgruppe. Die Schalldämmung an Decke und Wänden stammte aus einer früheren Zeit, als die Ausgabe der Daten noch über laut ratternde Fernschreiber erfolgt war. Inzwischen lieferten deutlich leisere Tintenstrahldrucker die Ergebnisse, sofern man sie nicht gleich von den Monitoren ablas, die völlig lautlos arbeiteten. Das Zischen der Druckerdüsen war das lauteste Geräusch im Raum. McPherson hatte auf diesem Wechsel zu einer weniger lärmenden Anlage bestanden, weil das Geklapper seiner Ansicht nach die Patienten störte, die zur Behandlung in die NPA kamen.

Gerhard und sein Assistent Richards, denen man den Spitznamen ›Geniezwillinge‹ gegeben hatte, waren noch da. Es waren die am wenigsten professionellen Mitarbeiter der NPA; beide sahen im Rechnerraum einen mit einer Fülle komplexen Spielzeugs ausgestatteten Spielplatz. Sie arbeiteten viel, aber unregelmäßig. So kamen sie häufig erst am späten Nachmittag und machten bei Tagesanbruch Feierabend. Bei Konferenzen und Besprechungen der Forschungsgruppen waren sie zu McPhersons Ärger nur selten anwesend. Aber zweifellos verstanden sie ihr Handwerk.

Gerhard, der grundsätzlich Cowboystiefel, Latzhose und seidig glänzende Hemden mit Perlmuttknöpfen trug, hatte bereits mit dreizehn Jahren landesweit Aufmerksamkeit erregt, als er in Phoenix im Staat Arizona hinter dem elterlichen Haus eine sechs Meter hohe Feststoffrakete gebaut hatte. Sie verfügte über ein bemerkenswert ausgeklügeltes elektronisches Leitsystem, und Gerhard war überzeugt, sie in eine Umlaufbahn schießen zu können. Als die Nachbarn über dem Garagendach im Garten hinter dem Haus die Spitze der fertigen Rakete aufragen sahen, riefen sie besorgt die Polizei, die ihrerseits das Militär benachrichtigte.

Fachleute sahen sich Gerhards Rakete genauer an und brachten sie zum Abschuß nach White Sands. Unglücklicherweise zündete die zweite Stufe, bevor sie sich von der ersten gelöst hatte, so daß die Rakete in drei Kilometern Höhe explodierte. Inzwischen aber besaß Gerhard bereits vier Patente auf sein Leitsystem und hatte eine ganze Anzahl von Offerten aus der Industrie und von Stipendienangeboten verschiedener Universitäten bekommen. Er nahm keines davon an, ließ die Patentlizenzgebühren durch seinen Onkel investieren und kaufte sich einen Maserati, als er alt genug war, um den Führerschein zu machen. Er arbeitete für Lockheed in Palmdale in Kalifornien, verließ das Unternehmen aber nach einem Jahr, weil man ihn nicht befördern wollte, da er kein Diplomingenieur war. Hinzu kam, daß die Mitarbeiter der Firma nicht unbedingt auf einen siebzehnjährigen Kollegen mit einem Maserati Ghibli erpicht waren, der dazu neigte, zu nachtschlafender Zeit zu arbeiten, ihrer Ansicht nach ein deutlicher Hinweis auf einen Mangel an Teamgeist.

Daraufhin stellte ihn McPherson als Mitarbeiter in der neuropsychiatrischen Forschungsgruppe ein, damit er für sie elektronische Bauteile entwickelte, die im Zusammenwirken mit dem menschlichen Gehirn Synergieeffekte produzieren sollten. Als Leiter der NPA hatte McPherson Einstellungsgespräche mit Dutzenden von Bewerbern geführt, die in dieser Vorgabe »eine Herausforderung« oder »eine interessante Systemanwendungsaufgabe« sahen. Gerhard hingegen hatte erklärt, die Sache werde vermutlich Spaß machen, und daraufhin den Job bekommen.

Zwar hatte Richards die Oberschule bis zum Abschluß besucht und war ein halbes Jahr aufs College gegangen, als ihn das Militär einzog, doch sah sein Werdegang ansonsten nicht viel anders aus. Gerade zu der Zeit, als man ihn nach Vietnam schicken wollte, machte er Verbesserungsvorschläge für die elektronischen Radarbeobachtungssysteme der Armee. Da sie funktionierten, kam Richards nicht nach Vietnam, sondern in ein Militärlabor in Santa Monica. Nach seiner Entlassung stieß er ebenfalls zur NPA.

Die Geniezwillinge. Ross lächelte. »Hallo, Jan«, sagte Gerhard. »Wie steht's, Jan?« fragte Richards.

Die beiden waren mit ihrer lässigen Art die einzigen Mitarbeiter, die es wagten, Roger McPherson »Rog« zu nennen, und von ihnen ließ er es sich sogar gefallen.

»Gut«, sagte sie, »unser Stufe-drei-Kandidat hat die Vorstellung hinter sich. Ich geh jetzt zu ihm.«

»Wir haben gerade den Computer überprüft«, sagte Gerhard. »Sieht gut aus.« Er wies auf einen Tisch mit einem Mikroskop und einer Fülle elektronischer Meß- und Anzeigeeinrichtungen.

»Wo ist es?«

»Auf dem Objektträger.«

Sie sah näher hin. Dort lag eine Kunststoffhülle von der Größe einer Briefmarke. Durch sie hindurch konnte sie dicht gepackte elektronische Miniaturbauteile erkennen. Vierzig Anschlüsse ragten aus dem Kunststoff hervor. Unter dem Mikroskop kontrollierten die Zwillinge sie einen nach dem anderen mit Hilfe von Mikrosonden.

»Die Logikschaltkreise prüfen wir als letzte«, sagte Richards. »Zur Sicherheit halten wir ein Exemplar in Reserve.«

Janet trat an das Archivregal und begann die Prüfkarten

durchzugehen. Nach einer Weile fragte sie: »Habt ihr keine Psychodexkarten mehr?«

»Da drüben«, sagte Gerhard. »Brauchen Sie Fünfer oder solche, in die man beliebig viel eintragen kann?«

»Genau die«, sagte sie.

Gerhard zog eine Schublade auf und nahm ein Stück Pappe und ein Klemmbrett aus Kunststoff heraus, an dem mit einer Kette eine Metallsonde befestigt war. Sie hatte entfernte Ähnlichkeit mit einem Bleistift.

»Das ist aber doch nicht für den Kandidaten, oder?«

»Doch«, sagte sie.

»An dem haben sie den Test doch schon wer weiß wie oft durchgeführt –«

»Ein letztes Mal, der guten Ordnung halber.«

Gerhard gab ihr das Pappstück und das Klemmbrett. »Weiß Ihr Kandidat, was Sache ist?«

»Das meiste«, sagte sie.

Gerhard schüttelte den Kopf.

»Der muß verrückt sein.«

»So ist es«, sagte sie. »Genau das ist der Haken an der Sache.«

Im sechsten Stock verlangte sie Bensons Unterlagen im Stationszimmer. Eine neue Schwester hatte Dienst und sagte: »Tut mir leid, aber Angehörigen ist der Einblick in medizinische Unterlagen nicht gestattet.«

»Ich bin Doktor Ross.«

Verwirrt sagte die Schwester: »Tut mir leid, ich habe kein Namensschild gesehen. Ihr Patient liegt auf 604.«

»Mein Patient?«

»Der kleine Jerry Peters.«

Doktor Ross sah verständnislos drein.

»Sind Sie nicht die Kinderärztin?« fragte die Schwester schließlich.

»Nein«, sagte Ross. »Ich bin Psychiaterin an der NPA.« Sie hörte, wie schrill ihre Stimme klang, und es ärgerte sie. Das kam daher, daß sie über Jahre hinweg unter Menschen gelebt hatte, die ihr immer wieder gesagt hatten: »Es ist ja wohl nicht dein Ernst, daß du Ärztin werden willst. Lern lieber Krankenschwester«, oder »Von mir aus Kinderärztin, das wäre das natürlichste ...«.

»Ach so«, sagte die Schwester. »Sie wollen also zu Mister Benson in 610. Er ist schon vorbereitet.«

»Danke«, sagte Ross. Sie nahm die Mappe und ging. An der Tür von Bensons Zimmer klopfte sie an, hörte Schüsse und öffnete. Obwohl nur eine kleine Nachttischlampe brannte, lag der Raum in einem blauen Schimmer, den der Bildschirm des Fernsehers abstrahlte. Gerade sagte ein Mann: »... tot, bevor er auf dem Boden angekommen war. Zwei Kugeln genau durchs Herz.«

»Hallo?« sagte sie und öffnete die Tür weiter.

Benson sah zu ihr her. Mit einem Lächeln drückte er auf einen Knopf neben dem Bett. Der Bildschirm erlosch. Sein Kopf war mit einem Handtuch umwickelt.

»Wie fühlen Sie sich?« fragte sie, trat ein und setzte sich auf einen Stuhl neben dem Bett.

»Nackt und kahl«, sagte er und faßte an das Handtuch. »Es ist komisch. Man merkt erst, wieviel Haare man hat, wenn jemand sie alle abschneidet.« Erneut faßte er ans Handtuch. »Für eine Frau muß das noch schlimmer sein.« Dann sah er sie an. Er wirkte verlegen.

»Lustig ist das für niemanden«, sagte sie.

»Muß wohl so sein.« Er legte sich auf dem Kissen zurecht. »Wie ich anschließend den Abfalleimer gesehen hab, war ich platt, wieviel Haare da drin waren. Außerdem hat sich mein Kopf ganz kalt angefühlt. Das war ganz sonderbar, ein kalter Kopf. Sie haben mir ein Handtuch drumgelegt. Ich hab gesagt, ich möchte sehen, wie ich mit einer Glatze aussehe, aber sie haben gemeint, das wäre keine gute Idee. Ich hab also gewartet, bis sie weg waren und bin dann aufgestanden und ins Badezimmer gegangen. Doch da ...«

»Ja?«

»... hab ich das Handtuch nicht abgenommen.« Er lachte. »Ich konnte einfach nicht. Was bedeutet das?«

»Ich weiß nicht. Was glauben Sie?«

Er lachte wieder. »Warum könnt Ihr Psychiater einem nie eine klare Antwort geben?«

Er steckte sich eine Zigarette an und sah sie herausfordernd an. »Man hat mir gesagt, ich soll nicht rauchen. Ich tu's aber trotzdem.«

»Es spielt wohl auch keine Rolle«, sagte sie. Sie sah ihn aufmerksam an. Er schien guter Laune zu sein, und die wollte sie ihm nicht verderben. Andererseits war es eigentlich sonderbar, daß jemand am Vorabend einer Gehirnoperation so fröhlich war.

»Ellis war vor ein paar Minuten hier«, sagte er und nahm einen kräftigen Zug. »Er hat ein paar Stellen markiert. Können Sie es sehen?« Er hob das Handtuch auf der rechten Seite ein wenig an, so daß man die bleiche Kopfhaut sehen konnte. Zwei blaue ›X‹ waren hinter dem Ohr zu erkennen. »Wie seh ich aus?« fragte er mit breitem Lächeln.

»Gut«, sagte sie. »Wie fühlen Sie sich?«

»Gut. Wirklich.«

»Haben Sie irgendwelche Sorgen?«

»Nein. Ich meine, worüber sollte ich mir Sorgen machen? Jetzt könnte ich sowieso nichts mehr tun. Für die nächsten Stunden bin ich in Ihren und Ellis' Händen...« Er biß sich auf die Lippe. »Natürlich mache ich mir Sorgen.«

»Worüber?«

»Über alles«, sagte er. Er sog erneut an der Zigarette. »Darüber, wie ich wohl schlafen werde, wie ich mich morgen fühle, wie es sein wird, wenn alles vorbei ist. Was ist, wenn jemand was versiebt und ich nur noch so vor mich hin vegetiere? Und wenn es weh tut? Und wenn ich...«

»Sterbe?«

»Klar, das auch.«

»Es ist wirklich nur ein kleiner Eingriff, kaum komplizierter als eine Blinddarmoperation.«

»Das sagen Sie bestimmt jedem vor einer Gehirnoperation.«

»Nein, wirklich. Es ist ein ganz kurzer, einfacher Eingriff. Er dauert etwa eineinhalb Stunden.«

Er nickte unsicher. Sie wußte nicht, ob es ihr gelungen war, ihn zu beruhigen oder nicht. »Wissen Sie«, sagte er, »ich glaub ja eigentlich nicht, daß es wirklich passiert. Ich denk dauernd, daß die morgen früh im letzten Augenblick reinkommen und sagen: ›Sie sind geheilt, Mister Benson. Sie können nach Hause gehen.‹«

»Wir hoffen, daß die Operation Sie heilt.« Sie spürte ein schlechtes Gewissen, als sie das sagte, brachte es aber trotzdem glatt heraus.

»Sie sind so verdammt vernünftig«, sagte er. »Manchmal kann ich das nicht vertragen.«

»Zum Beispiel jetzt?«

Er faßte erneut nach dem Handtuch um seinen Kopf. »Ich meine, verdammt noch mal, die bohren mir da Löcher in den Kopf und stecken Drähte rein –«

»Das wissen Sie aber schon lange.«

»Klar«, sagte er. »Aber jetzt ist es nur noch eine Nacht bis dahin.«

»Sind Sie jetzt wütend?«

»Nein, ich hab einfach Angst.«

»Das ist völlig normal. Jeder hat Angst. Aber sehen Sie zu, daß sie deshalb nicht wütend werden.«

Er drückte die Zigarette aus und zündete sich sofort eine neue an. Dann wechselte er das Thema und deutete auf das Klemmbrett, das sie unter dem Arm trug: »Was ist das?«

»Ich möchte noch einen Psychodextest mit Ihnen machen.«

»Jetzt?«

»Ja. Reine Routine.«

Er zuckte teilnahmslos die Achseln. Er hatte den Psychodextest bereits mehrfach gemacht. Sie gab ihm das Klemmbrett, er ordnete die Karten darauf an und begann dann die Fragen zu beantworten, die auf ihnen standen. Er las sie laut vor: »Wären Sie lieber ein Elefant oder ein Pavian? Ein Pavian. Elefanten leben zu lange.«

Mit dem Metallstift stanzte er ein Loch für die von ihm gewählte Antwort in die Karte.

»Falls Sie eine Frucht wären, wären Sie dann lieber ein Apfel oder eine Feige? Feige. Ich fühl mich im Augenblick ziemlich feige.« Lachend stanzte er das Loch für die Antwort.

Sie wartete, bis er alle dreißig Fragen beantwortet und die zugehörigen Löcher gestanzt hatte. Als er ihr das Klemmbrett zurückgab, schien seine Stimmung erneut umzuschlagen. »Werden Sie morgen dabeisein?«

»Ja.«

»Werde ich wach genug sein, um Sie zu erkennen?«

»Ich denke schon.«

»Und wann hab ich es hinter mir?«

»Morgen nachmittag oder abend.«

»So früh?«

»Es ist eigentlich nur ein einfacher Eingriff«, sagte sie erneut. Er nickte. Sie fragte, ob sie ihm etwas besorgen könne, und er bat um etwas Ginger Ale. Darauf erklärte sie ihm, er dürfe zwölf Stunden vor der Operation nichts mehr zu sich nehmen. Man werde ihm eine Spritze geben, damit er besser einschliefe, und am nächsten Morgen unmittelbar vor der Operation noch einige weitere. Sie sagte, sie hoffe, er werde gut schlafen.

Als sie hinausging, hörte sie das Summen beim Einschalten des Bildschirms, und eine metallisch klingende Stimme sagte: »Verstehen Sie doch, Kommissar, irgendwo da draußen in der Dreimillionenstadt läuft ein Mörder frei herum ...«

Sie schloß die Tür.

Bevor sie das Stockwerk verließ, legte sie eine kurze Notiz in die Krankenakte. Sie umrahmte sie rot, damit die Schwestern sie auf keinen Fall übersahen:

ZUSAMMENFASSENDE BEURTEILUNG DER BEHANDELNDEN PSYCHIATERIN:

> Der vierunddreißigjährige Patient leidet seit zwei Jahren an einem Anfallssyndrom, vermutlich von einem

Trauma im Zusammenhang mit einem Autounfall ausgelöst. Er hat bereits zwei Menschen zu töten versucht und war in mehrere Schlägereien verwickelt.
Mitglieder des Klinikpersonals sollten Aussagen von ihm, daß er sich »sonderbar fühle« oder »etwas Übles rieche« als Hinweis auf einen bevorstehenden Anfall werten und unverzüglich die NPA sowie die Sicherheitskräfte des Krankenhauses benachrichtigen.
Der Patient leidet unter einer Persönlichkeitsstörung, die Bestandteil seiner Krankheit ist. Seiner Überzeugung nach gibt es eine Verschwörung der Maschinen mit dem Ziel, die Macht in der Welt zu übernehmen. Diese Überzeugungen sind tief in ihm verwurzelt, und jeder Versuch, sie ihm auszureden, ruft Feindseligkeit und Mißtrauen hervor. Er ist im übrigen hochintelligent und sensibel. Er kann bisweilen recht anstrengend sein und muß mit Festigkeit, doch zugleich auch mit Rücksicht behandelt werden.
Über seiner Fähigkeit, sich gebildet auszudrücken, könnte man möglicherweise vergessen, daß seine Handlungen nicht seinem freien Willen unterliegen. Er leidet an einer organischen Krankheit, die sich auf seinen psychischen Zustand auswirkt. Alles in allem steht er dem, was mit ihm geschehen soll, besorgt und ängstlich gegenüber.

Dr. Janet Ross, NPA

4

»Ich verstehe das nicht«, sagte der Pressesprecher des Krankenhauses.

Ellis seufzte, und McPherson lächelte nachsichtig. »Man muß das so sehen, daß es sich um eine organische Ursache für gewalttätiges Verhalten handelt«, sagte er.

Sie saßen zu dritt im Restaurant »Zu den vier Königen« gleich neben dem Krankenhaus. McPherson hatte den Vorschlag gemacht, früh zu Abend zu essen. Da er gesagt hatte, er wolle Ellis dabeihaben, war dieser ebenfalls anwesend. So jedenfalls sah Ellis das.

Er hob die Hand und bat den Kellner um eine weitere Tasse Kaffee. Während er sie bestellte, kam ihm der Gedanke, er könne dann möglicherweise nicht einschlafen. Aber das war unerheblich: Er würde in der kommenden Nacht ohnehin nicht viel schlafen – immerhin stand ihm für den nächsten Tag seine erste Stufe-drei-Operation an einem Menschen bevor.

Er rechnete damit, daß er sich schlaflos im Bett wälzen und die Operation in Gedanken durchgehen und immer wieder das Vorgehen nachvollziehen würde, das ihm so vertraut war. Schließlich hatte er die Operation bereits an einer ganzen Reihe von Affen erprobt, genau gesagt an hundertvierundfünfzig. Affen waren schwierig: Sie rissen sich die Fäden heraus, zerrten an den Elektroden, kreischten, schlugen um sich und bissen –

»Cognac?« fragte McPherson.

»Gern«, sagte der Pressesprecher.

McPherson warf einen fragenden Blick zu Ellis hinüber.

Dieser schüttelte den Kopf. Er goß Kaffeesahne in seine Tasse und lehnte sich zurück, wobei er ein Gähnen unterdrückte. Wenn man es recht bedachte, sah der Pressesprecher ein wenig wie ein Affe aus. Er hatte den gleichen kantigen Unterkiefer und die gleichen hellen und wachen Augen wie ein junger Rhesusaffe.

Der Mann hieß Ralph. Seinen Nachnamen wußte Ellis nicht. Kein Pressesprecher sagte je seinen Nachnamen. Im Krankenhaus nannte ihn natürlich niemand Pressesprecher: offiziell war er der PR-Referent, der für die Öffentlichkeitsarbeit des Krankenhauses Zuständige oder etwas in der Art.

Doch, er sah in der Tat einem Affen ähnlich. Ellis merkte, daß er den Blick unverwandt auf den Bereich des Schädels hinter dem Ohr gerichtet hielt, wo die Elektroden eingesetzt wurden.

»Wir wissen nicht viel darüber, wodurch Anfälle von Gewalttätigkeit ausgelöst werden«, sagte McPherson, »obwohl es 'nen ganzen Haufen miese Theorien gibt, die sich irgendwelche Soziologen für das gute Geld der Steuerzahler aus den Fingern gesogen haben. Wohl aber wissen wir, daß eine ganz bestimmte Erkrankung des Gehirns, die wir als VAE-Syndrom bezeichnen, zu Gewalttätigkeit führen kann.«

»VAE-Syndrom«, wiederholte Ralph.

»Ja. Verletzungsbedingtes akutes Enthemmungssyndrom. Ursache ist eine Verletzung des Gehirns. Wir in der NPA vermuten, daß bei Menschen, die immer wieder durch Gewalttätigkeit auffallen – wie bestimmte Polizeibeamte, Schwerverbrecher, Schläger und Hell's Angels – ausgesprochen häufig solche Verletzungen bestehen. Niemand käme auf den Gedanken, diese Menschen für *körperlich* krank zu halten. Die Allgemeinheit nimmt einfach an, daß es auf der

Welt ’nen ganzen Haufen Männer gibt, die sich nicht beherrschen können, und hält das für normal. Möglicherweise ist es das aber ganz und gar nicht.«

»Aha«, sagte Ralph. Er schien es in der Tat zu verstehen. McPherson hätte einen guten Grundschullehrer abgegeben, dachte Ellis. Er war didaktisch sehr begabt. Als Forscher hingegen hatte er sich nie besonders hervorgetan.

»Bisher«, sagte McPherson und fuhr sich mit der Hand durch das weiße Haar, »haben wir keine genaue Vorstellung davon, wie weit verbreitet das VAE-Syndrom ist, aber wir nehmen an, daß immerhin ein bis zwei Prozent der amerikanischen Bevölkerung daran leiden. Das wären zwei bis vier Millionen Menschen.«

»Mann«, sagte Ralph.

Ellis nippte an seinem Kaffee. Mann Gottes, dachte er. Gott im Himmel …

»Aus uns bisher nicht bekannten Gründen«, fuhr McPherson fort und nickte dem Kellner zu, der die Cognacs brachte, »neigen VAE-Patienten bei ihren Anfällen zu aggressivem Verhalten. Weitere Merkmale des Syndroms sind übermäßige sexuelle Aktivität und krankhafte Rauschzustände.«

Ralph zeigte sich ungewöhnlich interessiert.

»Einmal hatten wir eine Frau mit dieser Krankheit«, sagte McPherson, »die im Verlauf eines solchen Anfalls in einer Nacht mit zwölf Männern Verkehr hatte und immer noch nicht genug hatte.«

Ralph trank seinen Cognac, ohne abzusetzen. Es fiel Ellis auf, daß er eine breite Krawatte mit einem modischen psychedelischen Muster trug. Sieh mal an, dachte er, ein modebewußter vierzigjähriger Pressesprecher, der beim Gedanken an diese Frau sein Cognacglas in einem Zug leert.

»›Krankhafter Rauschzustand‹ bedeutet, daß schon geringe Mengen Alkohol eine übermäßige und in Gewalttätigkeit mündende Trunkenheit auslösen. Ein oder zwei Schluck genügen, einen solchen Anfall auszulösen.«

Ellis dachte an seinen ersten Stufe-drei-Fall, Benson. Der rundliche, kleine Benson, ein Computerprogrammierer, der normalerweise kein Wässerchen trüben konnte, sich dann aber betrank und Leute zusammenschlug – Männer, Frauen, wer ihm gerade in die Finger kam. Der Gedanke, dieses Verhalten mit Hilfe von ins Gehirn gesteckten Drähten heilen zu wollen, wirkte absurd.

Auch Ralph schien dieser Ansicht zu sein, denn er fragte: »Und diese Operation beseitigt den Hang zur Gewalttätigkeit?«

»Ja«, sagte McPherson. »Davon sind wir überzeugt. Aber bisher hat man diese Operation noch an keinem Menschen durchgeführt. Sie soll morgen früh hier im Krankenhaus zum ersten Mal stattfinden.«

»Aha«, sagte Ralph, als verstehe er mit einemmal den Anlaß der Einladung zum Abendessen.

»Eine sehr heikle Angelegenheit, was die Presse betrifft«, sagte McPherson.

»Das verstehe ich …«

Eine kurze Pause trat ein. Schließlich sagte Ralph: »Und wer führt die Operation durch?«

»Ich«, sagte Ellis.

»Ich muß in unserem Archiv nachsehen«, sagte Ralph, »ob ich für die Pressemitteilungen ein einigermaßen aktuelles Foto von Ihnen und eine gute Darstellung Ihres Werdeganges habe.« Er runzelte die Stirn. Offenbar dachte er an die Arbeit, die vor ihm lag.

Ellis wunderte sich über die Reaktion des Mannes. Hatte er sonst keine Sorgen, außer, daß er ein Foto aus jüngerer Zeit brauchen könnte? Aber McPherson meisterte die Situation gekonnt: »Wir besorgen Ihnen, was Sie brauchen«, sagte er, und die Zusammenkunft war beendet.

5

Gerade als Robert Morris in der Cafeteria des Krankenhauses die letzten Bissen seines nicht mehr ganz frischen Apfelkuchens aß, meldete sich sein Piepser. Das hohe, durchdringende Geräusch hörte erst auf, als er das Gerät mit einem Griff nach dem Gürtel ausschaltete. Erneut wandte er sich seinem Kuchen zu. Nach einigen Augenblicken piepste es erneut. Fluchend legte er die Gabel hin und ging zum Wandtelefon, um sich zu melden.

Es hatte einmal eine Zeit gegeben, wo er das kleine graue Kästchen an seinem Gürtel toll gefunden hatte – vor allem, wenn er in weiblicher Begleitung zu Mittag oder Abend aß. Wenn es dann piepste, wußte jeder, wie wichtig er war, ein gefragter Mensch, der Verantwortung trug und in dessen Händen Leben und Tod lag. Damals hatte er sich, sobald sich der Piepser meldete, überstürzt entschuldigt und sich, vor Diensteifer strahlend, gemeldet. Den jungen Frauen imponierte das.

Aber im Laufe der Jahre hatte sich der Effekt abgenutzt. Inzwischen schätzte er das unmenschliche und unerbittliche Kästchen überhaupt nicht mehr. Es zeigte ihm nur allzu deutlich, daß er nicht sein eigener Herr war. Stets war er für eine höhere Macht auf Abruf erreichbar, ganz gleich, wie abwegig deren Anliegen sein mochte – eine Schwester, die um zwei Uhr nachts eine Verordnung bestätigt haben wollte; ein Angehöriger, der nicht damit einverstanden war, wie man seine Mutter nach der Operation behandelte und der jetzt Dampf abließ. Manchmal kam auch nur die Mitteilung, daß eine Besprechung stattfinden würde, während er bereits in der verdammten Besprechung saß.

Jetzt waren die schönsten Augenblicke seines Lebens jene, in denen er nach Hause ging und das Kästchen für einige Stunden beiseite legen durfte. Dann war er unerreichbar und frei. Das gefiel ihm sehr.

Er sah quer durch die Cafeteria auf den Rest seines Apfelkuchens, während er die Nummer der Zentrale wählte und sich meldete. »Doktor Morris.«

»Doktor Morris, zwei-vier-sieben-eins.«

»Vielen Dank.« Das war die Nummer des Stationszimmers im sechsten Stock. Schon längst wußte er alle wichtigen Anschlüsse des Universitätsklinikums auswendig. Er wählte die Nummer. »Hier Doktor Morris.«

»Wir haben hier eine Frau mit persönlichen Gegenständen für den Patienten Harold Benson«, sagte eine Frauenstimme. »Dürfen wir ihm die geben?«

»Ich komm rauf«, sagte er.

»Vielen Dank, Doktor.«

Er kehrte an seinen Tisch zurück, nahm das Tablett und trug es zum Geschirrwagen. Unterwegs meldete sich sein Piepser erneut. Wieder ging er ans Telefon.

»Doktor Morris.«

»Doktor Morris, eins-drei-fünf-sieben.«

Das war die Nummer der Abteilung für Stoffwechselkrankheiten. Er wählte sie. »Doktor Morris.«

»Doktor Hanley hier«, sagte eine Stimme, die er nicht kannte. »Könnten Sie sich wohl einmal eine Patientin von uns ansehen, die für eine Milzexstirpation vorgesehen ist. Sie leidet an Anämie und Hämolyse, und wir vermuten, daß sie eine steroide Psychose hat.«

»Heute geht es nicht«, sagte Morris, »und morgen bin ich auch schon ziemlich ausgebucht.«

Das dürfte die Untertreibung des Jahres sein, dachte er bei sich. »Haben Sie es schon mal bei Peters probiert?«

»Nein.«

»Peters hat viel Erfahrung mit solchen Geisteszuständen. Probieren Sie es doch einmal bei ihm.«

»Na schön. Vielen Dank.«

Morris legte auf. Er betrat den Aufzug und drückte den Knopf für den sechsten Stock. Zum dritten Mal meldete sich sein Piepser. Er sah auf die Uhr: Es war halb sieben. Eigentlich hätte er jetzt Feierabend. Trotzdem meldete er sich. Diesmal war es Kelso, der Stationsarzt der Pädiatrie.

»Hast du Lust haushoch zu verlieren?« fragte Kelso.

»Wenn es sein muß. Um wieviel Uhr?«

»Sagen wir, in einer halben Stunde?«

»Wenn du die Bälle hast.«

»Hab ich, in meinem Wagen.«

»Dann also bis nachher auf dem Tennisplatz«, sagte Morris und fügte hinzu: »Vielleicht komm ich ein bißchen später.«

»Aber nicht zu spät«, sagte Kelso, »es wird schon ziemlich früh dunkel.«

Morris versprach, sich zu beeilen, und legte auf.

Wie gewohnt war im sechsten Stock alles still. In den meisten Abteilungen des Krankenhauses herrschte um diese

Stunde Unruhe, da sie voller Angehöriger und sonstiger Besucher waren. Die Schwestern gaben sich große Mühe, dafür zu sorgen, daß es im sechsten Stock nicht so war.

Mit den Worten »Da drüben, Doktor« nickte die diensthabende Schwester im Stationszimmer zu einer jungen Frau hinüber, die auf dem Sofa saß. Morris ging zu ihr. Sehr lange Beine, kurzer Rock. Sie war sehr hübsch, wie eine Schönheit aus dem Showgeschäft.

»Doktor Morris.«

»Angela Black.« Sie stand auf und schüttelte ihm feierlich die Hand. »Ich habe das hier für Harry gebracht.« Sie hob eine kleine blaue Tasche hoch. »Er wollte, daß ich ihm das bringe.«

»In Ordnung.« Er nahm ihr die Tasche ab. »Ich sorge dafür, daß er sie bekommt.«

Sie zögerte und fragte dann: »Kann ich ihn sehen?«

»Ich glaube nicht, daß das gut wäre.« Vermutlich war Benson inzwischen für die Operation rasiert; oft wollten solche Patienten niemanden sehen.

»Nur ein paar Minuten?«

»Er steht unter schweren Beruhigungsmitteln.«

Sie war sichtlich enttäuscht. »Würden Sie ihm dann etwas ausrichten?«

»Selbstverständlich.«

»Sagen Sie ihm, daß ich wieder in meiner früheren Wohnung wohne. Er weiß dann Bescheid.«

»Wird gemacht.«

»Und Sie vergessen es bestimmt nicht?«

»Nein, ich sage es ihm.«

»Vielen Dank.« Sie lächelte. Trotz der langen falschen Wimpern und ihrem dick aufgetragenen Make-up war es ein recht angenehmes Lächeln. Warum taten junge Frauen ihrem Gesicht so etwas an? »Ich geh jetzt wohl besser.« Mit energischen Schritten verschwand sie. Er sah ihr nach, dann nahm er die Tasche unter den Arm. Sie kam ihm ziemlich schwer vor.

Der Polizeibeamte vor der Tür zum Zimmer 610 erkundigte sich: »Wie sieht es aus?«

»Gut«, sagte Morris.

Der Mann warf einen Blick auf die Tasche, sagte aber nichts, als Morris damit ins Zimmer ging.

Harry Benson sah sich im Fernsehen einen Cowboyfilm an. Morris drehte den Ton leiser. »Eine sehr gutaussehende junge Frau hat das für Sie abgegeben.«

»Angela?« fragte Benson mit einem Lächeln. »Ja, sie hat eine hübsche Fassade. Ihr innerer Mechanismus ist nicht besonders kompliziert, aber ihre Fassade ist hübsch.« Er streckte Morris die Hand entgegen, und dieser gab ihm die Tasche. »Hat sie alles gebracht?«

Morris sah zu, als Benson die Tasche öffnete und ihren Inhalt auf dem Bett ausbreitete: ein Schlafanzug, ein Elektrorasierer, Rasierwasser, einen Roman in einer Taschenbuchausgabe.

Als nächstes holte Benson eine schwarze Perücke heraus.

»Was ist das?« fragte Morris.

Benson zuckte die Achseln. »Mir war klar, daß ich das Ding irgendwann brauchen werde.« Dann lachte er. »Sie lassen mich doch wohl hier raus? Früher oder später?«

Morris stimmte in sein Lachen ein. Benson steckte die Perücke wieder in die Tasche und nahm ein in Plastik gewickeltes Päckchen heraus. Es klirrte metallisch, als er es entrollte. Morris sah, daß es sich um einen Satz Schraubenzieher handelte, von denen jeder in einem eigenen Fach steckte.

»Was wollen Sie denn damit?« fragte er.

Einen Augenblick lang sah Benson verwirrt drein, dann aber sagte er: »Ich weiß nicht, ob Sie das verstehen…«

»Ja?«

»Die hab ich immer dabei. Zu meinem Schutz.«

Sorgfältig, fast achtungsvoll, legte Benson die Schraubenzieher wieder in die Tasche zurück. Morris wußte, daß Patienten, vor allem Schwerkranke, häufig sonderbare Dinge mit ins Krankenhaus brachten. Sie sahen darin wohl eine Art Totem, etwas, von dem ein magischer Schutzzauber ausging. Häufig hatten sie mit einem Steckenpferd oder einer sonstigen Lieblingstätigkeit zu tun. Er erinnerte sich an einen Freizeitsegler mit einem Gehirntumor, der bereits Metastasen gebildet hatte, der Material für Segelreparaturen bei sich hatte, und eine Frau mit einem schweren Herzleiden im fortgeschrittenen Stadium war mit einer Dose Tennisbälle gekommen. So etwas in der Art.

»Ich verstehe«, sagte Morris.

Benson lächelte.

6

Niemand befand sich im Rechnerraum, als sie eintrat; Stille umgab die Konsolen und Drucker, auf den Bildschirmen blinkten willkürliche Zahlenfolgen auf. Sie ging in eine Ecke des Raumes und goß sich eine Tasse Kaffee ein, dann schob sie die Prüfkarte von Bensons jüngstem Psychodextest in den Leseschacht.

Den Psychodextest hatte die NPA entwickelt, wie auch einige weitere durch Computer auswertbare psychologische

Testverfahren. All das war Bestandteil einer Vorgehensweise, die McPherson »bidirektionales Denken« nannte. Damit bezog er sich auf die Vorstellung, daß ein Gehirn in zwei verschiedene Richtungen arbeitet, ganz wie ein Computer. Einerseits war es möglich, mit Hilfe des Computers das Gehirn zu erkunden, festzustellen, wie es funktioniert – man konnte aber auch mit Hilfe des auf diese Weise gewonnenen größeren Wissens über das Gehirn bessere und leistungsfähigere Rechner entwickeln. Daher pflegte McPherson zu sagen: »Das Gehirn dient ebensosehr als Modell für den Computer wie der Computer als Modell für das Gehirn.«

In der NPA arbeiteten Informatiker und Neurobiologen schon seit mehreren Jahren zusammen. Herausgekommen waren außer dem Projekt Q Programme wie George und Martha sowie neue psychochirurgische Verfahren und eben der Psychodextest.

Letzterer war im Grunde ziemlich simpel. Er wertete einfache Antworten auf Fragen mit psychologischem Hintergrund mit Hilfe komplexer mathematischer Formeln aus. Während das Lesegerät die Angaben in den Computer einspeiste, sah Ross endlose Zahlenkolonnen über den Bildschirm gleiten.

Sie achtete nicht darauf – es waren lediglich die Zwischenschritte, die der Rechner durchlief, bevor er die Lösung lieferte. Sie lächelte beim Gedanken daran, wie Gerhard die Sache erklären würde: Man dreht eine Matrix von dreißig auf dreißig im Raum, leitet Vektoren her, stellt sie in Form von Rechtecken dar und gewichtet sie dann. All das klang kompliziert und wissenschaftlich, und sie verstand nicht wirklich, worum es dabei ging.

Schon vor langer Zeit war sie dahintergekommen, daß

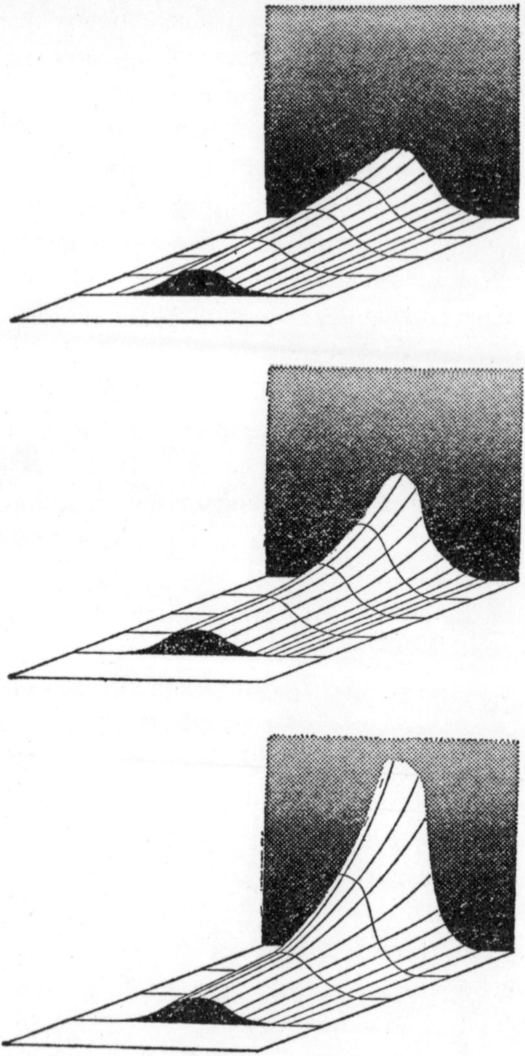

Die Psychodex-Seriendarstellung zeigt eine zunehmende Steigerung (psychotischer Zustand)

man mit einem Computer arbeiten kann, ohne zu begreifen, wie er funktioniert, so wie man Auto fährt, einen Staubsauger benutzt – oder das eigene Gehirn.

Auf dem Bildschirm leuchtete die Schrift auf: »BERECHNUNGEN ABGESCHLOSSEN. AUSGABESEQUENZ AUFRUFEN.«

Sie gab die Ausgabesequenz für eine graphische Darstellung dreier räumlicher Werte ein. Der Computer teilte ihr mit, daß diese drei einundachtzig Prozent der Abweichung enthielten. Der Bildschirm zeigte ein dreidimensionales Bild mit einem steilen Gipfel. Einen Augenblick lang starrte sie darauf, dann nahm sie den Hörer auf und ließ McPherson ausrufen.

McPherson blickte mit gerunzelter Stirn auf den Bildschirm. Ellis schaute über seine Schulter. Ross fragte: »Läßt sich daraus etwas entnehmen?«

»Absolut«, sagte McPherson. »Von wann ist das?«

»Von heute«, sagte sie.

McPherson seufzte. »Sie geben wohl nicht kampflos auf, was?«

Statt einer Antwort drückte sie die Tasten und rief einen zweiten Höchstwert auf, der weit niedriger lag. »Hier ist das vorige Ergebnis.«

»In diesem Fall beträgt die Höhe –«

»Psychotischer Zustand«, sagte sie.

»Jetzt ist er viel ausgeprägter«, sagte McPherson. »Viel stärker als noch vor einem Monat.«

»Ja«, sagte sie.

»Meinen Sie, daß er uns bei dem Test in die Irre führen wollte?«

Sie schüttelte den Kopf und rief nacheinander die Ergebnisse der vier zurückliegenden Tests ab. Die Entwicklungslinie war deutlich: Der größte Wert lag bei jeder Darstellung höher als beim vorigen Mal und war stärker ausgeprägt.

»Zugegeben«, sagte McPherson. »Sein Zustand verschlimmert sich eindeutig. Ich nehme an, daß Sie immer noch der Ansicht sind, wir sollten nicht operieren.«

»Mehr denn je«, sagte sie. »Er ist zweifellos psychotisch, und wenn Sie ihm jetzt Elektroden implantieren –«

»Ich weiß, was Sie sagen wollen«, sagte McPherson.

»– bestärken Sie ihn in seiner Überzeugung, daß man aus ihm eine Maschine gemacht hat«, beendete sie ihren Satz.

McPherson wandte sich an Ellis. »Glauben Sie, daß wir die Werte mit Hilfe von Thorazin glattbügeln können?« Thorazin war ein starkes Beruhigungsmittel. Oft half es Menschen, die an einer Psychose litten, klarer zu denken.

»Es dürfte einen Versuch wert sein.«

McPherson nickte. »Finde ich auch. Janet?«

Ohne zu antworten sah sie auf den Bildschirm. Es war sonderbar, wie diese Tests funktionierten. Die Gipfelwerte waren die mathematische Darstellung eines Gemütszustandes. Sie waren eine Abstraktion, kein wirkliches Merkmal eines Menschen wie Finger oder Zehen, Körpergröße oder Gewicht.

»Janet? Was meinen Sie?« wiederholte McPherson.

»Ich meine, daß Sie beide auf Biegen oder Brechen operieren wollen«, sagte sie.

»Und Sie sind nach wie vor dagegen?«

»Ich bin nicht grundsätzlich ›dagegen‹, sondern lediglich der Ansicht, daß es in Bensons Fall unklug wäre.«

»Und was halten Sie davon, daß wir Thorazin einsetzen?«

»Es ist ein Spiel mit unsicherem Ausgang.«

»Es lohnt sich also nicht?«

»Vielleicht ja, vielleicht nein. Auf jeden Fall ist es ein Spiel mit unsicherem Ausgang.«

McPherson nickte und wandte sich an Ellis. »Haben Sie nach wie vor die Absicht, ihn zu operieren?«

»Ja«, sagte Ellis, den Blick auf den Bildschirm geheftet. »Das habe ich.«

7

Wie immer kam es Morris sonderbar vor, auf dem klinikeigenen Tennisplatz zu spielen. Die um ihn herum aufragenden Krankenhausgebäude verursachten ihm immer ein leichtes Schuldgefühl – die langen Fensterreihen, hinter denen sich Patienten befanden, die nicht tun konnten, was er tat. Hinzu kam das Geräusch ihres Tuns oder, besser gesagt, dessen Abwesenheit. Ganz in der Nähe verlief eine Schnellstraße, und im unaufhörlichen Strom der vorüberfahrenden Autos ging das gleichmäßige *plock!* der Tennisbälle gänzlich unter.

Allmählich wurde es dunkel, und seine Augen begannen ihm Schwierigkeiten zu machen. Immer wieder schien der Ball unerwartet auf seiner Seite des Platzes aufzutauchen. Die Dunkelheit behinderte Kelso weit weniger als ihn. Schon oft hatte er im Scherz gesagt, Kelso äße zu viele Möhren, doch was auch immer der Grund sein mochte, es war niederschmetternd, spätabends gegen ihn zu spielen. Die Dunkelheit war entschieden auf Kelsos Seite, und Morris verlor nicht gern.

Schon von klein auf hatte er sich nur dann wohl gefühlt, wenn er Konkurrenten hatte: ob beim Sport, bei der Arbeit oder bei Frauen. Mehr als einmal hatte ihn Ross auf dies Wesensmerkmal aufmerksam gemacht und dann das Thema wieder fallengelassen, in dieser gerissenen Art von Psychiatern, die eine Sache ansprechen und dann kein Wort mehr darüber verlieren. Morris machte sich nichts daraus. Es war ein Bestandteil seines Lebens, und was auch immer dahinterstecken mochte – eine tief verwurzelte Unsicherheit, das Bedürfnis, sich selbst etwas zu beweisen, ein Minderwertigkeitsgefühl – er machte sich nichts daraus. Konkurrenz beflügelte ihn, und er genoß es, wenn er gewann. Bisher hatte er öfter gewonnen als verloren.

Zu den Gründen, aus denen Morris zur NPA gestoßen war, gehörte, daß ihn dort große Herausforderungen erwarteten, denen entsprechende Erfolgsaussichten gegenüberstanden. Insgeheim rechnete er damit, noch vor seinem vierzigsten Jahr zum Professor der Chirurgie berufen zu werden. Seine bisherige Laufbahn war glänzend gewesen – deshalb hatte ihn Ellis in seine Arbeitsgruppe geholt –, und er hegte ähnlich große Erwartungen im Hinblick auf seine Zukunft. Es konnte auf keinen Fall schaden, wenn sein Name im Zusammenhang mit einer aufsehenerregenden Operation genannt wurde.

Alles in allem war er guter Stimmung und spielte eine halbe Stunde lang mit vollem Einsatz. Dann aber wurde er müde und konnte wegen der Dunkelheit nichts mehr sehen. Er machte Kelso ein Zeichen, daß er das Spiel beenden wollte – seine Stimme wäre beim gleichmäßigen Rauschen des Verkehrs nicht durchgedrungen. Beide gingen ans Netz und schüttelten einander die Hand. Beruhigt sah Morris, daß Kelso stark schwitzte.

»Gutes Spiel«, sagte Kelso. »Morgen um die gleiche Zeit?«

»Ich weiß nicht«, sagte Morris.

Kelso schwieg eine Weile. Dann sagte er: »Ach, morgen ist ja dein großer Tag.«

»Mein großer Tag.« Morris nickte. Grundgütiger, war die Nachricht sogar schon bis zu den Kinderärzten gelangt? Einen Augenblick lang glaubte er nachfühlen zu können, was Ellis empfand – den ungeheuren, nicht näher greifbaren Druck, der auf das Bewußtsein zurückging, daß das gesamte Personal des Universitätskrankenhauses den Vorgang beobachtete.

»Na, jedenfalls alles Gute«, sagte Kelso.

Während die beiden Männer zum Krankenhaus zurückgingen, sah Morris, wie eine einsame Gestalt in der Ferne leicht hinkend über den Parkplatz ging und in ein Auto stieg, um nach Hause zu fahren. Ellis.

Mittwoch, 10. März 1971

DIE IMPLANTATION

1

Um sechs Uhr morgens saß Janet Ross im zweiten Stock der Chirurgie im grünen Operationskittel vor einer Tasse Kaffee und einem Stück Gebäck. Im Aufenthaltsraum des Operationsteams herrschte um diese Stunde geschäftiges Treiben. Zwar war der Beginn der Operation auf sechs Uhr angesetzt, doch verzögerte er sich meist um fünfzehn oder zwanzig Minuten. Die Operateure saßen herum, lasen Zeitung, unterhielten sich über die Aktienkurse und ihre Golfspiele. Von Zeit zu Zeit warf einer von ihnen einen Blick von der Beobachtergalerie in den Operationssaal, um zu sehen, wie weit die Vorbereitungen gediehen waren.

Ross Anwesenheit milderte das betont männliche Verhalten der anderen erkennbar. Es ärgerte sie, daß sie die einzige Frau im Raum war, und es ärgerte sie, daß sich die Männer ruhiger als sonst verhielten, höflicher und weniger ruppig waren, nicht soviel lärmende Fröhlichkeit an den Tag legten. Von ihr aus hätten sie ruhig rauhbeinig sein können, denn es störte sie ausgesprochen, daß sie sich wie ein Eindringling vorkam. Diese Rolle schien sie ihr ganzes Leben lang gespielt zu haben, schon als kleines Mädchen. Ihr Vater, ein Chirurg, hatte sich nie die geringste Mühe gegeben zu verbergen, wie enttäuscht er war, keinen Sohn, sondern eine Tochter zu haben. Ein Sohn hätte in sein Lebensmuster gepaßt: Er hätte ihn Samstag vormittags mit ins Krankenhaus und in den Operationssaal nehmen können – mit einem *Sohn* war das möglich. Bei einer Tochter aber ging das nicht, ein so verwirrendes Wesen paßte nicht ins Leben eines Chirurgen und war mithin ein Eindringling...

Nach einem Blick auf die Chirurgen im Aufenthaltsraum ging sie ans Telefon, um sich ihr Unbehagen nicht anmerken zu lassen, und wählte die Nummer des sechsten Stocks.

»Doktor Ross. Weiß Mister Benson schon Bescheid?«

»Wir haben ihn bereits nach unten geschickt.«

»Wann?«

»Vor ungefähr fünf Minuten.«

Sie legte auf und setzte sich wieder vor ihre Kaffeetasse. Ellis kam herein und winkte ihr durch den Raum zu. »Den Computer anzuschließen dauert fünf Minuten länger als geplant«, sagte er. »Sie sind gerade dabei. Hat man den Patienten schon heruntergeschickt?«

»Vor fünf Minuten.«

»Haben Sie Morris gesehen?«

»Noch nicht.«

«Der könnte ruhig seinen Arsch mal ein bißchen in Schwung bringen«, sagte Ellis.

Irgendwie fühlte sie sich danach besser.

Morris begleitete Benson, der auf einer Trage lag, mit einer Schwester und einem der Polizeibeamten im Aufzug nach unten. Er sagte zu dem Beamten: »Sie dürfen hier nicht aussteigen.«

»Warum nicht?«

»Wir gehen unmittelbar in die sterilen Räume.«

»Und was soll ich dann tun?«

»Sie können von der Beobachtergalerie zusehen. Sagen Sie einfach der Schwester an der Anmeldung, daß ich das gesagt habe.«

Der Polizeibeamte nickte. Der Aufzug hielt. Als sich die Türen öffneten, sah man einen Korridor voller grüngekleideter Menschen, die hin und her eilten. Auf einem großen Schild war in roten Buchstaben zu lesen: STERILER BEREICH. KEIN ZUTRITT FÜR UNBEFUGTE.

Morris und die Schwester schoben Benson hinaus, während der Beamte im Aufzug blieb. Er wirkte unruhig. Er drückte den Knopf für das nächste Stockwerk, und die Türen schlossen sich wieder.

Morris begleitete Benson über den Korridor Nach einer Weile sagte dieser: »Ich bin immer noch wach.«

»Natürlich.«

»Aber ich möchte nicht wach sein.«

Morris nickte geduldig. Benson hatte vor einer halben Stunde seine Medikamente zur Vorbereitung der Operation bekommen. Ihre Wirkung würde bald einsetzen und ihn benommen machen.

»Wie fühlt sich Ihr Mund an?«

»Trocken.«

Das war ein Zeichen dafür, daß das Atropin zu wirken begann. »Sie werden sehen, alles ist in bester Ordnung.«

Morris selbst hatte noch nie unter dem Messer eines Chirurgen gelegen. Zwar hatte er Hunderte von Operationen durchgeführt, aber nie eine am eigenen Leibe miterlebt. In den letzten Jahren hatte er sich immer wieder einmal gefragt, wie sich ein Patient wohl fühlen mochte. Er vermutete, daß es ein scheußliches Gefühl war, obwohl er das nie zugeben würde.

»Sie werden sehen, alles ist in bester Ordnung«, wiederholte er und legte Benson die Hand auf die Schulter.

Dieser sah ihn lediglich an, als er über den Gang zum Operationssaal Nr. 9 geschoben wurde.

Mit seinen gut achtzig Quadratmetern war der Operationssaal Nr. 9 der größte im Krankenhaus. Da er voller elektronischer Geräte stand, wurde es ziemlich eng, wenn das zwölfköpfige Operationsteam vollzählig anwesend war. Im Augenblick allerdings befanden sich lediglich zwei Schwestern in dem großen graugefliesten Raum, welche die sterilen Tische und Tücher um den Operationsstuhl herum anordneten. Es gab im Operationssaal Nr. 9 statt eines Operationstisches lediglich einen weich gepolsterten Sessel mit hoher Lehne, ähnlich dem Behandlungsstuhl eines Zahnarztes.

Janet Ross befand sich im Vorbereitungsraum neben dem Operationssaal. Ellis bearbeitete gerade Hände und Unterarme mit der Wurzelbürste und knurrte vor sich hin, daß der Scheißkerl Morris verdammt spät käme. Vor Operationen war Ellis stets sehr nervös, schien aber anzunehmen, daß niemand das merkte. Ross hatte sich schon mehrfach bei Operationen an Tieren mit ihm gemeinsam vorbereitet und den Prozeß beobachtet: vorher Anspannung und hemmungsloses Fluchen, aber größte Gelassenheit, sobald die Operation einmal begonnen hatte.

Ellis schloß die Wasserhähne mit dem Ellbogen und betrat rückwärts den Operationssaal, um nicht mit den Armen die Tür zu berühren. Eine Schwester gab ihm ein Handtuch. Während er sich die Hände abtrocknete, sah er durch die Tür zu Ross herüber und hob dann den Blick zu der durch Glasscheiben abgetrennten Beobachtergalerie über ihm. Es war Ross klar, daß von dort aus viele die Operation verfolgen würden.

Morris kam und begann sich ebenfalls steril zu machen. Ross sagte: »Ellis wollte wissen, wo Sie waren.«

»Ich hab den Patienten runtergebracht«, gab er zur Antwort.

Eine der Schwestern trat in den Waschraum und sagte: »Doktor Ross, hier ist jemand aus dem Strahlenlabor mit einem Behälter für Doktor Ellis. Möchte er den jetzt haben?«

»Wenn was drin ist«, sagte sie.

»Ich frage nach«, sagte die Schwester. Sie verschwand und steckte kurz darauf wieder den Kopf zur Tür herein. »Er sagt ja. Es ist alles fertig vorbereitet, aber wenn Ihre Einrichtung nicht abgeschirmt ist, könnte es Schwierigkeiten geben.«

Ross wußte, daß man in der Vorwoche die gesamte Ausrüstung des Operationssaals abgeschirmt hatte. Auch wenn die von der Plutoniumbatterie abgegebene Strahlung nicht einmal genügt hätte, einen Röntgenfilm zu schwärzen, war sie durchaus imstande, empfindliche Geräte zu stören. Für Menschen bestand selbstverständlich keine Gefahr.

»Wir sind abgeschirmt«, sagte Ross. »Lassen Sie es in den OP bringen.«

Sie wandte sich an Morris, der sich neben ihr Hände und Unterarme bürstete.»Wie geht es Benson?«

»Er ist nervös.«

»Dazu hat er allen Grund«, sagte sie. Morris sah sie mit fragendem Blick über den Mundschutz hinweg an. Sie schüttelte sich das Wasser von den Händen und betrat rückwärts den Operationssaal. Als erstes sah sie den Mann aus dem

Strahlenlabor, der das Tablett mit dem kleinen Bleibehälter darauf hereinbrachte. Auf den Seiten war mit einer Schriftschablone die Warnung ACHTUNG STRAHLUNG und das orangefarbene Strahlenwarnsymbol angebracht. Das Ganze war ziemlich lachhaft, denn von der Plutoniumdosis ging praktisch keine Gefahr aus.

Ellis stand mitten im Raum und ließ sich in den Operationskittel helfen. Er fuhr mit den Händen in die Gummihandschuhe und bewegte probehalber die Finger. Den Mann aus dem Strahlenlabor fragte er: »Ist das sterilisiert?«

»Wie bitte?«

»Hat man das sterilisiert?«

»Ich weiß nicht.«

»Dann geben sie es einer der Schwestern. Sie soll es in den Autoklaven stellen. Es muß unbedingt steril sein.«

Ross trocknete sich die Hände ab. Die Kühle des Operationssaals ließ sie erschauern. Wie die meisten Chirurgen arbeitete Ellis am liebsten in einem kühlen Raum – für den Patienten war es eigentlich zu kalt. Darüber pflegte sich Ellis mit den Worten hinwegzusetzen: »Was mir guttut, ist auch gut für den Patienten.«

Ellis stand jetzt auf der anderen Seite des Raumes vor dem großen Röntgenleuchtkasten, wo die als Springer eingesetzte teilsterile Schwester, welche die Verbindung zur Außenwelt herstellte, die Röntgenbilder des Patienten anklammerte.

Ellis betrachtete die Aufnahmen konzentriert, obwohl er sie bereits ein dutzendmal gesehen hatte. Es waren ganz normale Röntgenbilder des Schädels. Man hatte Luft in die Hirnventrikel gepumpt, so daß sich deren Hörner dunkel abzeichneten.

Einer nach dem anderen kamen die übrigen Mitglieder

des Operationsteams herein. Alles in allem waren es drei sterile Schwestern, zwei Springer, ein Pfleger, Ellis selbst, der erste und zweite Assistent, einer davon Morris, zwei Elektrotechniker und ein Computerprogrammierer. Der Anästhesist befand sich mit Benson draußen.

Ohne von seinem Bedienpult aufzublicken sagte einer der Techniker: »Sie können jederzeit anfangen, Doktor.«

»Wir warten noch auf den Patienten«, gab Ellis trocken zurück, und einzelne Mitglieder der Gruppe lachten.

Ross ließ den Blick zu den sieben unterschiedlich großen Bildschirmen schweifen, die entsprechend ihrer Wichtigkeit für den Operateur an unterschiedlichen Stellen angebracht waren. Auf dem kleinsten, der die Operation in der Totalen zeigen würde, sah man im Augenblick den leeren Stuhl von oben.

Ein weiterer Bildschirm, näher der Stelle, an der sich der Operateur befinden würde, sollte das EEG zeigen. Da das Gerät noch abgeschaltet war, zogen seine sechzehn Aufzeichnungsstifte helle Linien über den Bildschirm. Ein großer Bildschirm würde die wichtigsten Angaben zum Befinden des Patienten während der Operation anzeigen: Atemfrequenz, EKG, Pumpleistung des Herzens, den peripheren arteriellen Blutdruck, den zentralen Venendruck sowie die rektal gemesse Körpertemperatur. Wie auf dem Bildschirm für das EEG war auch hier nur eine Anzahl heller Linien zu erkennen.

Zwei weitere Bildschirme waren ausgeschaltet. Sie sollten während der Operation vergrößerte schwarzweiße Röntgenaufnahmen zeigen.

Zwei Farbbildschirme schließlich waren für das Programm vorgesehen, das die limbischen Daten wiedergeben sollte. Im

Augenblick lief es ohne Koordinateneingabe in einer Endlosschleife ab. Man sah auf den Bildschirmen in drei Dimensionen rotierende Darstellungen des Gehirns, während am unteren Bildrand vom Computer erzeugte willkürliche Koordinaten aufzuckten. Wie immer vermittelte der Computer Ross den Eindruck, als befinde sich ein weiteres Wesen mit nahezu menschlichen Zügen im Raum – dies Gefühl verstärkte sich jedesmal im Verlauf der Operation noch.

Ellis warf einen letzten Blick auf die Röntgenaufnahmen und sah dann zur Uhr empor. Sechs Uhr neunzehn. Der Anästhesist schien immer noch nicht mit Benson fertig zu sein. Ellis ging im Raum umher und richtete mit ungewohnten Leutseligkeit das Wort an jeden. Ross überlegte, was der Grund dafür sein mochte. Sie hob den Blick zur Beobachtergalerie und sah, daß der Direktor des Krankenhauses, der Chefarzt der chirurgischen Abteilung, der Chefarzt der Inneren Medizin und der Leiter der Forschungsabteilung aufmerksam durch die Glasscheibe zu ihnen herabsahen. Da verstand sie.

Um sechs Uhr einundzwanzig schob man Benson herein. Inzwischen stand er unter dem Einfluß starker Medikamente, sein Körper war vollständig entspannt, seine Augenlider schwer. Um den Kopf hatte man ihm ein grünes Handtuch gewickelt.

Unter Ellis' aufmerksamem Blick wurde er von der Trage in den Operationsstuhl gesetzt. Als man ihm Ledermanschetten um Arme und Beine legte, schien er zu sich zu kommen, denn seine Augen öffneten sich weit.

»Eine reine Vorsichtsmaßnahme, damit Sie uns nicht herunterfallen«, sagte Ellis leichthin. »Schließlich soll Ihnen ja hier nichts zustoßen.«

»Ach so«, sagte Benson leise und schloß die Augen wieder.

Ellis nickte den Schwestern zu, die das sterile Handtuch um Bensons Kopf entfernten. Der kahlgeschorene Schädel kam Ross wie immer in solchen Fällen sehr klein und weiß vor. Mit Ausnahme einer kleinen Schnittwunde vom Rasieren links vorn war die Haut vollständig glatt. Die von Ellis auf der rechten Seite angebrachten blauen X-Markierungen waren deutlich sichtbar.

Benson lehnte sich im Operationsstuhl zurück, ohne die Augen wieder zu öffnen. Einer der Techniker machte sich daran, die Elektroden für die Monitore an seinem Körper anzubringen, wobei er die Stellen, an denen die Manschetten angelegt wurden, jeweils mit leitfähiger Paste bestrich. Schon bald lief ein Gewirr bunter Leitungen zu den elektronischen Meßeinrichtungen.

Ellis warf einen Blick auf die Bildschirme. Das EEG zeigte jetzt ein Zackenmuster aus sechzehn Linien; der Puls war zu erkennen, das Ein- und Ausatmen rief auf dem Bildschirm leicht schwingende Kurven hervor; die Körpertemperatur war gleichmäßig. Die Techniker machten sich daran, Werte in den Rechner einzugeben. Die Laborwerte waren bereits gespeichert. Im Verlauf der Operation würde der Rechner in Fünfsekundenabständen alle wesentlichen Angaben vergleichen und sich bei auffälligen Abweichungen melden.

»Bitte etwas Musik«, sagte Ellis, und eine der Schwestern schob eine Kassette in das tragbare Gerät in einer Ecke des Raumes. Leise ertönte ein Bach-Konzert. Ellis operierte grundsätzlich zu Musik von Bach. Er begründete das mit der Hoffnung, daß sich die Exaktheit des Komponisten als ansteckend erweise, wenn schon nicht dessen Genie.

Der Beginn des Eingriffs rückte näher. Die digitale Wanduhr zeigte 6:29:14. Die digitale Stoppuhr daneben stand nach wie vor auf 0:00:00.

Ross ließ sich von einer sterilen Schwester in Operationskittel und Handschuhe helfen. Das Anziehen der Handschuhe fiel ihr immer schwer. Da sie nur selten im Operationssaal anwesend war, hatte sie wenig Übung. Entweder fand sie nicht alle Fingeröffnungen oder fuhr mit zwei Fingern in eine. Es war ihr nicht möglich zu erkennen, was die Schwester dachte, über deren Mundschutz lediglich die Augen sichtbar waren. Auf jeden Fall war Ross froh, daß Ellis und die anderen Operateure ihre Aufmerksamkeit dem Patienten zugewandt hatten.

Sie trat ein wenig zurück, wobei sie darauf achtete, nicht über die dicken schwarzen Stromleitungen zu stolpern, die sich in allen Richtungen über den Fußboden schlängelten. An der Anfangsphase der Operation war sie nicht beteiligt; für sie wurde die Sache erst interessant, wenn der Elektrodenhalter eingesetzt und die Koordination festgelegt waren. Bis dahin konnte sie seelenruhig an ihren Gummihandschuhen herumzupfen, bis jeder Finger am richtigen Platz war.

Eigentlich gab es für sie keinen wirklichen Grund, bei der Operation anwesend zu sein, aber McPherson bestand darauf, daß sich an jedem Operationstag auch ein Nichtchirurg der Arbeitsgruppe im Operationssaal befand. Seiner Überzeugung nach förderte das den Gruppenzusammenhalt.

Sie sah zu, wie Ellis und seine Assistenten auf der anderen Seite des Raumes Benson abdeckten; dann wandte sie ihre Aufmerksamkeit dem Bildschirm zu, der das Operationsfeld zeigte. Die gesamte Operation wurde zur späteren Kontrolle auf Video aufgenommen.

»Ich denke, wir können jetzt anfangen«, sagte Ellis munter. »Sie können einstechen.«

Der Anästhesist, der hinter dem Stuhl stand, stach die Nadel zwischen den Dornfortsätzen von Bensons zweitem und drittem Lendenwirbel ein. Dieser zuckte ein wenig zusammen und gab ein leises Geräusch von sich. Dann sagte der Anästhesist: »Ich bin durch die Dura. Wieviel soll ich geben?«

Der Computer signalisierte OPERATION BEGONNEN und setzte automatisch die Stoppuhr in Gang, die in Sekundenschritten die abgelaufene Zeit anzeigte.

»Für den Anfang dreißig Milliliter«, sagte Ellis. »Bitte einmal röntgen.«

Die Röntgengeräte schwangen vor und neben den Kopf des Patienten. Filmkassetten wurden eingesetzt. Ellis trat auf den Fußschalter, die Bildschirme glommen auf und zeigten schwarzweiße Abbildungen des Schädels. Er beobachtete auf zwei verschiedenen Ansichten, wie Luft die Ventrikel langsam füllte und die Hörner sich dunkel abzeichneten.

Der Programmierer saß vor dem Computerpult, die Hände in Bereitschaft über den Tasten. Auf seinem Bildschirm erschienen die Worte PNEUMOGRAPHIE EINGELEITET.

»Jetzt wollen wir ihm den Hut aufsetzen«, sagte Ellis. Man brachte über dem Kopf des Patienten das kastenähnliche Zielgerät in Stellung, legte die Stellen frei, an denen die Haltedornen in die Schädeldecke eingeschraubt werden sollten. Als Ellis nach Überprüfung des Ganzen mit dem Ergebnis zufrieden war, spritzte er ein Mittel zur örtlichen Betäubung unter die Kopfhaut, machte dann Einschnitte und schlug die Hautlappen zurück, so daß der weiße Schädelknochen sichtbar wurde.

»Bohrer bitte.«

Mit dem Zweimillimeterbohrer stellte er die erste von zwei Öffnungen an der rechten Seite des Schädels her. Er legte Benson das Zielgerät, das er als »Hut« bezeichnet hatte, über den Kopf und schraubte ihn fest.

Ross sah auf den Bildschirm. Werte für Puls und Blutdruck tauchten auf und verschwanden wieder; alles war normal. Schon bald würde es für den Rechner wie für die Chirurgen komplizierter.

»Bitte den Sitz prüfen«, sagte Ellis und trat mit einem kritischen Blick auf Bensons kahlrasierten Schädel und das darauf festgeschraubte Zielgerät beiseite. Der Röntgenassistent trat vor und machte die Aufnahmen.

Ross erinnerte sich, daß man früher die Lage mit Hilfe von Röntgenaufnahmen überprüft hatte. Es war ein zeitaufwendiges Verfahren, bei dem man mit Zirkel, Winkelmesser und Lineal Linien auf dem Röntgenbild festgelegt, gemessen und nachgeprüft hatte. Jetzt gab man die Werte unmittelbar in den Rechner ein, der die Aufgabe schneller und genauer erledigte.

Alle Mitglieder des Operationsteams wandten sich jetzt dem Computerbildschirm zu. Die Röntgenaufnahmen wurden kurz sichtbar, gleich darauf folgten Schemadarstellungen. Die günstigste Lage für die Elektrodenhalter wurde berechnet und mit der Stelle verglichen, die dafür vorgesehen war. Koordinaten liefen über den Bildschirm, dann erschien die Mitteilung LAGE EINWANDFREI.

Ellis nickte. »Vielen Dank für die Beratung«, sagte er und trat an den Tisch, auf dem die Elektroden bereitlagen.

Während man früher, als die Elektroden noch unter optischer Kontrolle eingesetzt wurden, mit Platinlegierungen, Gold und sogar geflochtenen Stahllitzen experimentiert hatte, verwendete man mittlerweile teflonbeschichtete Elektroden aus Edelstahl.

Zu jener Zeit waren solche Eingriffe eine blutige Angelegenheit gewesen, bei der das Operationsfeld eher einem Schlachtfeld ähnelte. Der Chirurg mußte einen großen Teil des Schädelknochens entfernen, um das Gehirn freizulegen, mit bloßem Auge die entscheidenden Stellen auf dessen Oberfläche suchen und dann die Elektroden in die Gehirnmasse einsetzen. Sofern sie in tiefere Schichten reichen sollten, mußte er gelegentlich mit dem Skalpell Gehirnsubstanz bis hinab zu den Ventrikeln durchtrennen und die Elektroden dort anbringen. Nicht nur dauerten solche Operationen lange, sie waren auch mit schweren Komplikationen verbunden, und die Patienten litten sehr unter ihnen.

Mit dem Einsatz des Computers hatte sich all das grundlegend geändert. Jetzt war es möglich, beliebige Punkte im dreidimensionalen Raum festzulegen. Anfangs hatte die NPA-Arbeitsgruppe zusammen mit anderen Forschern versucht, tiefliegende Stellen im Gehirn mit dem Bau des Schädels in Beziehung zu setzen. Sie hatten ihre Bezugspunkte von der Augenhöhle aus gemessen, vom äußeren Gehörgang oder von der Pfeilnaht aus. Natürlich funktionierte das nicht – zwischen dem Gehirn und dem Schädel, der es umgab, bestand keine erkennbare Beziehung. Tief in seinem Inneren liegende Stellen ließen sich ausschließlich in Beziehung auf andere Stellen am Gehirn bestimmen – und die naheliegenden Bezugspunkt waren die Ventrikel, die mit Flüssigkeit gefüllten Räume innerhalb des Gehirns. Beim neuen System wurden alle Werte von diesen Ventrikeln aus gemessen.

Seit der Computer den Operateur unterstützte, war es nicht mehr nötig, die Gehirnsubstanz freizulegen. Einige kleine Bohrungen im Schädel genügten, um die Elektroden einzusetzen, denn der Computer sorgte mit Hilfe der

Röntgenaufnahmen dafür, daß sie an die richtige Stelle kamen.

Ellis nahm den ersten Satz Elektroden zur Hand. Von dort, wo Ross stand, sahen sie aus wie ein einzelner dünner Draht, in Wirklichkeit aber war es ein Bündel, das aus zwanzig unterschiedlich langen Leitungen mit gegeneinander versetzten Kontaktpunkten bestand. Sie waren fast auf der ganzen Länge mit Teflon beschichtet, lediglich auf dem letzten Millimeter lag das Metall blank. Unter einer Lupe sahen die versetzten Elektrodenspitzen aus wie eine winzige Treppe.

Ellis betrachtete das Bündel prüfend unter einem starken Vergrößerungsglas. Er verlangte mehr Licht und wendete die Elektroden hin und her, um jede einzelne Kontaktstelle zu sehen. Dann ließ er sie von einer Schwester in ein Prüfgerät einsetzen und Kontakt für Kontakt kontrollieren. Zwar war das schon Dutzende von Malen geschehen, doch Ellis überprüfte seine Elektroden grundsätzlich noch einmal, bevor er sie einsetzte. Außerdem ließ er immer vier sterile Sätze vorbereiten, obwohl er nur zwei benötigte. Er ging nun einmal ausgesprochen sorgfältig zu Werke.

Schließlich war er zufrieden. »Fertig zum Einsetzen?« fragte er seine Mitarbeiter. Sie nickten. Darauf trat er an den Patienten heran und sagte: »Jetzt müssen wir durch die Dura.«

Bisher hatte man die Schädeldecke durchbohrt, nicht aber die *dura mater,* die harte Hirnhaut, die als Schutzkapsel für das Gehirn dient und dafür sorgt, daß die Gehirn-Rückenmarks-Flüssigkeit nicht austritt. Ellis' Assistent durchstach sie mit einer Sonde.

»Ich habe Liquor«, sagte er, während ein dünnes Rinnsal einer farblosen Flüssigkeit aus der Öffnung am kahlrasierten Schädel herunterlief. Eine Schwester tupfte sie ab.

Jedesmal staunte Ross aufs neue darüber, wie gut das menschliche Gehirn geschützt ist. Natürlich gilt das auch für andere wichtige Körperorgane: Lunge und Herz liegen im Knochenkäfig der Rippen, Leber und Milz darunter, die Nieren sind von einer Fettschicht umgeben und von kräftigen Rückenmuskeln bedeckt. All das aber war nichts im Vergleich mit dem Zentralnervensystem, das vollständig von einer festen Knochenschicht umgeben ist. Doch als ob das noch nicht genügte, umhüllt innerhalb ihrer eine sackähnliche Membran die Gehirn-Rückenmark-Flüssigkeit. Sie sorgt dafür, daß das Gehirn inmitten eines unter Druck stehenden Flüssigkeitssystems liegt.

McPherson hatte das einmal mit einem Fetus in seinem fruchtwassergefüllten Uterus verglichen. »Das Kind verläßt die Gebärmutter«, hatte er gesagt, »aber das Gehirn bleibt in seinem ganz besonderen Uterus.«

»Jetzt setzen wir ein«, sagte Ellis.

Ross verließ ihren Beobachterposten und trat zu der um den Kopf versammelten Operationsmannschaft. Sie sah zu, wie Ellis die Spitze des Elektrodenbündels in die Bohrung einführte und es dann mit leichtem Druck in die Gehirnsubstanz schob. Der Techniker drückte verschiedene Tasten an seiner Konsole, und auf dem Bildschirm erschien die Angabe EINTRITTSSTELLE LOKALISIERT.

Weder rührte sich der Patient, noch gab er einen Laut von sich. Unser Gehirn empfindet keine Schmerzen, da es keine der dafür zuständigen Sinneszellen besitzt. Es ist eine der Merkwürdigkeiten der Evolution, daß ausgerechnet das Organ, das Schmerzen wahrnimmt, die irgendwo im Körper auftreten, selbst keine spüren kann.

Ross sah von Ellis zu den Bildschirmen mit den Röntgenbildern. Auf dem Schwarzweißbild war deutlich zu erkennen, wie die helle Elektrode langsam und gleichmäßig ins Gehirn eindrang. Sie sah von der Frontal- zur Seitenansicht und dann auf die vom Rechner erzeugten Darstellungen.

Auf die Röntgenbilder gestützt, zeichnete er ein vereinfachtes Gehirn, bei dem er den Zielbereich im Schläfenlappen rot hervorhob. Eine zuckende blaue Linie zeigte den Weg, den die Elektrode vom Eintrittspunkt in den Zielbereich zurücklegen mußte. Bisher folgte ihm Ellis ohne Abweichung.

»Sehr schön«, sagte Ross.

Während die Elektroden tiefer eindrangen, schickte der Rechner in rascher Folge dreidimensionale Koordinaten auf den Bildschirm.

»Übung macht den Meister«, sagte Ellis griesgrämig. Er arbeitete mit der am Elektrodenhalter angebrachten Untersetzungseinrichtung, die dafür sorgte, daß die Bewegungen seiner Finger im Verhältnis eins zu fünfundzwanzig weitergegeben wurden. Wenn er den Finger einen Zentimeter weit bewegte, legte das Elektrodenbündel weniger als einen halben Millimeter zurück. Ganz allmählich drang es tiefer ins Gehirn.

Wenn Ross den Blick von den Computerbildschirmen nahm, konnte sie auf dem Fernsehschirm Ellis bei der Arbeit zusehen. Das war für sie einfacher, als sich umzudrehen und die Sache in natura zu betrachten. Doch als sie Benson vernehmlich »ah« sagen hörte, drehte sie sich doch um.

Ellis hielt inne. »Was war das?«

»Der Patient«, sagte der Anästhesist und wies auf Benson.

Ellis beugte sich vor und sah Benson ins Gesicht.»Fehlt Ihnen etwas, Mister Benson?« Er sprach laut und deutlich.

»Alles okay«, sagte Benson. Seine Stimme klang unter dem Einfluß der Medikamente undeutlich.

»Schmerzen?«

»Nein.«

»Gut. Entspannen Sie sich.« Dann machte er sich wieder an die Arbeit.

Ross seufzte erleichtert. Der Vorfall hatte sie beunruhigt, obwohl sie genau wußte, daß es keinen Grund dazu gab. Benson konnte unmöglich Schmerzen empfinden, und ihr war von vornherein klargewesen, daß die Beruhigungsmittel lediglich eine Art tiefen, benommenen Halbschlaf und keine Bewußtlosigkeit hervorrufen würden. Es gab keinen Anlaß, ihn den Risiken einer Vollnarkose auszusetzen.

Sie sah wieder auf den Computerbildschirm. Er zeigte jetzt eine umgekehrte Darstellung des Gehirns, von unten, vom Halsansatz aus. Die Spur der Elektrode war als blauer Punkt zu erkennen, den konzentrische Kreise umgaben. Ellis mußte sich mit einer Maximalabweichung von einem Millimeter an den vorgegebenen Pfad halten.

»ABWEICHUNG 50« meldete sich der Computer. Ross sagte: »Sie liegen daneben.«

Das Elektrodenbündel verharrte. Ellis sah zum Bildschirm hinüber. »Zu hoch auf der Beta-Ebene?«

»Zu weit im Gamma-Bereich.«

»In Ordnung.«

Nach einer Weile begannen sich die Elektroden wieder zu bewegen. »ABWEICHUNG 40«, leuchtete es auf dem Bildschirm auf. Die Darstellung des Gehirns wurde leicht gedreht, so daß es jetzt teils von vorn und teils seitlich zu sehen war.

»ABWEICHUNG 20«, hieß die nächste Meldung.

»Sie kriegen das ja wirklich gut hin«, sagte Ross.

Ellis summte die Melodie mit, die vom Band kam, und nickte.

»Abweichung Null«, meldete der Rechner und zeigte das Gehirn in der Seitenansicht, während es auf dem zweiten Bildschirm in der Frontalansicht zu sehen war. Nach einigen Augenblicken leuchtete die Schrift auf: »Annäherung an den Zielbereich«. Ross gab die Meldung weiter.

Sekunden später hieß es »Ziel erreicht«.

»Geschafft«, sagte Ross.

Ellis tat einen Schritt zurück und verschränkte die Arme über der Brust. »Wir wollen die Koordinaten überprüfen«, sagte er. Die Stoppuhr zeigte an, daß seit Beginn der Operation siebenundzwanzig Minuten verstrichen waren.

Rasch tippte der Programmierer auf seiner Tastatur. Auf den Bildschirmen simulierte der Rechner die Lage der Elektroden. Wie zuvor beim Einsetzen der Elektrode im Gehirn endete die Simulation mit der Mitteilung »Ziel erreicht«.

Der Computer ließ die simulierte Darstellung auf einem Bildschirm stehen und glich sie mit der Röntgenaufnahme des Patienten ab. Die Übereinstimmung war offenbar vollkommen, denn der Computer meldete »Übereinstimmung innerhalb der vorgegebenen Toleranzwerte«.

»Das hätten wir«, sagte Ellis. Er verschraubte die kleine Kunststoffkappe, welche die Elektroden im Schädel festhielt und fixierte sie dann mit einem Spezialklebstoff. Daraufhin löste er die fünfundzwanzig dünnen Leitungen voneinander, die aus dem Kopf hervorstanden und schob sie beiseite.

»Und jetzt die andere«, sagte er.

Nachdem auch das zweite Elektrodenbündel eingesetzt war, führte Ellis einen schmalen Bogenschnitt von den Stellen, an denen die Elektroden eingesetzt worden waren, seitlich am Ohr vorbei zum Halsansatz, weil dort keine wichtigen Blutgefäße und Nerven an der Oberfläche bedroht waren. Von da ging der Schnitt weiter zur rechten Schulter. Auf der rechten Brustseite öffnete er in der Nähe der Achselhöhle unter der Haut eine Art kleine Tasche.

»Haben wir die Batterie?« fragte er. Man gab sie ihm. Sie war kleiner als ein Päckchen Zigaretten und enthielt siebenunddreißig Milligramm radioaktives Plutonium 239. Ein thermionisches Element wandelte dessen Strahlungswärme in Elektrizität um und ein mit Transistoren bestückter Kenbeck-Gleichstrom-Spannungswandler lieferte die nötige elektrische Spannung.

Ellis schloß die Energiequelle an ein Prüfgerät an und kontrollierte vor dem Einsetzen ein letztes Mal die abgegebene Leistung. Während er die Batterie in der Hand hielt, sagte er: »Ich kann mich einfach nicht daran gewöhnen, daß das Ding so kalt ist.« Ross wußte, daß mehrere isolierende Lagen Vakuumfolie das Äußere kühl hielten, denn immerhin erzeugte die Strahlung im Inneren eine Temperatur von über 250° C – genug, um einen Braten zu garen. Ellis prüfte die Einheit, um festzustellen, ob Strahlung austrat. Die Anzeige aller Meßgeräte blieb im unteren Normalwertbereich. Selbstverständlich ließ es sich nicht vermeiden, daß ein gewisses Maß an Strahlung austrat, die aber lag nicht höher als bei einem handelsüblichen Farbfernseher.

Schließlich ließ er sich die Kennmarke geben. Diese mußte Benson tragen, solange er die nukleare Strahlenquelle im Körper trug. Auf ihr war neben dem Hinweis, daß er Träger eines nuklearen Schrittmachers war, eine Telefonnummer angegeben. Unter dieser Nummer lief Tag für Tag vierundzwanzig Stunden eine Aufzeichnung mit genauen technischen Angaben über die Strahlenquelle und dem Hinweis, daß infolge einer Schußverletzung, bei einem Autounfall, einem Brand oder anderen Beschädigungen Plutonium freigesetzt werden konnte, das harte Alphastrahlen aussandte. Nicht nur enthielt diese Ansage besondere Anweisungen für Ärzte, Gerichtsmediziner und Bestattungsunternehmer, sie forderte auch ausdrücklich dazu auf, die nukleare Kraftquelle unter allen Umständen zu entfernen, bevor der Leichnam eingeäschert wurde.

Ellis schob das flache Päckchen in die kleine Hauttasche, die er in der Brust geschaffen hatte, verschloß sie mit einem Hautlappen und vernähte ihn. Dann wandte er sich dem briefmarkengroßen Computerchip zu.

Ross hob den Blick zur Beobachtergalerie und sah die Geniezwillinge, die aufmerksam zusahen. Prüfend betrachtete Ellis den Computerchip unter dem Vergrößerungsglas und gab ihn dann einem sterilen Techniker, der die Verbindung zwischen ihm und dem Zentralcomputer des Krankenhauses herstellte.

Für Ross war der Computerchip der bemerkenswerteste Teil des ganzen Systems. Seit sie drei Jahre zuvor in die Forschungsgruppe eingetreten war, hatte sie miterlebt, wie aus einem aktentaschengroßen Prototyp das gegenwärtige winzige Bauteil geworden war, das auf einer Handfläche klein wirkte und trotzdem die Funktionen aller Baugruppen des ursprünglichen Rechners enthielt.

Diese winzige Größe ermöglichte es, ihn unter der Haut einzusetzen. Der Patient hatte nicht nur ein weit größeres Maß an Bewegungsfreiheit als bei früheren Modellen, bei denen er die Atombatterie am Gürtel trug und überall

Drähte herumhingen, er konnte auch duschen und alles tun, wonach ihm der Sinn stand.

Ross sah auf die Rechnerbildschirme, auf denen die Angabe OPERATIONSMONITORE FÜR ELEKTRONIKÜBERPRÜFUNG ABGESCHALTET erschien. Ein Bildschirm zeigte eine stark vergrößerte Ansammlung von Schaltkreisen. Der Rechner prüfte alle Verbindungen und Bauteile unabhängig von den anderen. Jede dieser Prüfungen dauerte eine viermillionstel Sekunde, so daß das Ganze binnen zwei Sekunden abgeschlossen war. Auf dem Computerbildschirm las man ELEKTRONIK-ÜBERPRÜFUNG NEGATIV. Gleich darauf erschienen wieder die Darstellungen des Gehirns. Der Computer hatte sich aufs neue in den Operationsablauf eingeschaltet.

»Schön«, sagte Ellis. »Dann wollen wir ihn mal anschließen.« Mit größter Sorgfalt verband er die von den beiden Elektrodenbündeln kommenden vierzig dünnen Leitungen mit der Kunststoffeinheit. Dann führte er sie den Nacken entlang, schob die Kunststoffumhüllung unter die Haut und rief nach Nahtmaterial. Der Stoppuhr nach war eine Stunde und zwölf Minuten vergangen.

2

Morris schob Benson in den Aufwachraum. In diesem langen, niedrigen Raum, in den alle frisch Operierten gebracht wurden, war für Herzpatienten, Patienten mit Verbrennungen und solche der NPA jeweils ein bestimmter Teilbereich vorgesehen. Bisher hatte die NPA den ihren mit der aufwendigen elektronischen Ausstattung nie benutzt, und so kam Benson als erster dorthin.

Er war blaß, doch davon abgesehen schien es ihm recht gutzugehen. Kopf und Hals waren dick verbunden. Morris überwachte das Umlagern von der Rolltrage auf das Brett. Auf der anderen Seite des Raumes diktierte Ellis über das Telefon seinen Operationsbericht in ein Aufnahmegerät. Später würde eine Sekretärin den Bericht mit der Maschine schreiben, damit man ihn in Bensons Krankenakte einheften konnte.

Ellis' Stimme war im Hintergrund zu hören. »... wurden über der rechten Schläfenregion Einschnitte gemacht und mit einem K-7-Bohrer Zweimillimeterbohrungen hergestellt. Die Implantation von Briggs-Elektroden wurde mit Rechnerunterstützung im Programm LIMBIC durchgeführt. Schätzchen, das Ganze in Großbuchstaben, also L-I-M-B-I-C. Das Einsetzen der Elektroden erfolgte entsprechend den Angaben auf den Röntgenaufnahmen unter Computerüberwachung innerhalb der festgelegten Grenzwerte. Fixierung der Elektroden mit Tyler-Verschlußkappen und Sieben-Null-Dentalzement. Übertragungsleitungen –«

»Was soll bei ihm gemacht werden?« erkundigte sich die für den Aufwachraum zuständige Schwester.

»Blutdruck und Puls für die erste Stunde alle fünf Minuten, für die zweite viertelstündlich, für die dritte halbstündlich und danach stündlich. Wenn die Vitalfunktionen nach sechs Stunden stabil sind, können Sie ihn nach oben bringen lassen.«

Die Schwester nickte, während sie sich Notizen machte. Moris setzte sich neben das Bett, um eine knappe Zusammenfassung über den Operationsverlauf zu verfassen:

Kurznotiz über den an Harold F. Benson vorgenommenen Eingriff

Diagnose vor dem Eingriff: akute Verletzung des Schläfenlappens, die mit Enthemmung einhergeht.
Diagnose nach dem Eingriff: ebenso
Vorgehen: Einpflanzung zweier Briggs-Elektrodenbündel in den rechten Schläfenlappen, subkutane Anbringung eines Rechnerchips und einer Plutoniumbatterie.
Vorbereitung zur OP: 500 mg Phenobarbital, 60 mg Atropin, jeweils eine Stunde vor dem Eingriff Narkosemittel: Lidocain (1/1000) Epinephrin örtlich
Geschätzter Blutverlust: 250 cm³
Infusion: 200 cm³ D5/W
Dauer des Eingriffs: 1 Stunde 12 Minuten
Postoperativer Zustand: gut

Als er seinen Kurzbericht abschloß, hörte er, wie Ross zur Schwester sagte: »Geben Sie ihm Phenobarbital, sobald er aufwacht.« Ihre Stimme klang verärgert.

Morris sah sie an. Ihr Gesicht wirkte verschlossen und angespannt.

»Stimmt was nicht, Jan?«

»Doch, doch«, sagte sie. »Alles in Ordnung.«

»Nun, wenn ich irgendwas tun kann –«

»Sorgen Sie einfach dafür, daß er sein Phenobarbital kriegt. Wir müssen ihn sedieren, bis wir ihn ankoppeln können.«

Damit stürmte sie hinaus. Morris sah ihr nach, warf dann einen Blick zu Ellis hinüber, der immer noch diktierte, aber aufmerksam hergesehen hatte. Ellis zuckte die Achseln.

Morris stellte die Überwachungseinrichtungen auf dem

Wandbrett über Bensons Kopf richtig ein. Er schaltete die Anlage ein und wartete, bis sie hochgefahren war. Dann legte er die Induktionsschleife um Bensons verbundene Schulter, welche die vorläufige Steuerung der Elektrodenaktivität übernahm.

Während der Operation hatte man zwar alle Leitungen angeschlossen, aber noch nicht aktiviert. Als erstes mußte man Benson »ankoppeln«. Dazu mußte festgestellt werden, welche der vierzig Elektroden imstande war, seine Anfälle zu verhindern; anschließend konnte man die entsprechenden Mikroschalter auf dem implantierten Computerchip einstellen. Da er unter der Haut lag, mußte das mittels Induktion geschehen, deren Strahlen die Haut durchdrangen. Allerdings mußte der eigentliche Ankoppelungsprozeß bis zum nächsten Tag warten.

Bis dahin überwachte die Anlage an Bensons Bett die Aktivität seiner Gehirnzellen. Die grünleuchtenden Bildschirme zeigten die hellen Spuren seines EEG. Das Muster war normal, wenn man bedachte, daß die Sedierung die Alpharhythmen verlangsamte.

Benson schlug die Augen auf und sah Morris an.

»Wie fühlen Sie sich?« fragte er.

»Müde«, sagte er. »Geht's bald los?«

»Sie haben es schon hinter sich«, sagte Morris.

Benson nickte, keineswegs überrascht, und schloß die Augen. Ein Techniker aus dem Strahlenlabor kam mit einem Geigerzähler herein, um festzustellen, ob die Atombatterie Streustrahlung abgab. Das war nicht der Fall. Morris hängte Benson die Kennmarke um. Die Schwester nahm sie neugierig zur Hand, las, was darauf stand und runzelte die Brauen.

Ellis kam herüber. »Zeit zum Frühstück?«
»Ja«, sagte Morris. »Zeit zum Frühstück.«
Gemeinsam gingen sie hinaus.

3

Der Haken an der Sache war, daß McPherson den Klang seiner Stimme nicht mochte. Nicht nur war sie rauh und krächzend, er sprach die Worte auch undeutlich aus. Er sah sie lieber gleichsam geschrieben vor seinem inneren Auge. Er schaltete das Mikrofon des Diktiergeräts ein. »Römisch drei. Philosophische Auswirkungen.«

III. Philosophische Auswirkungen.

Er hielt inne und sah sich in seinem Arbeitszimmer um. Auf der Kante seines Schreibtisches stand eine große Nachbildung eines menschlichen Gehirns, und Regalbretter mit wissenschaftlichen Zeitschriften zogen sich an einer Wand entlang. Außerdem war da noch ein Fernsehschirm. Auf ihm verfolgte er die Operation, die an jenem Vormittag stattgefunden hatte. Da der Ton abgeschaltet war, liefen die leicht verschwommenen Bilder stumm ab. Ellis bohrte Löcher in Bensons Schädel. McPherson sah zu und begann zu diktieren.

Damit haben wir zum ersten Mal eine unmittelbare und dauerhafte Verbindung zwischen dem Gehirn eines Menschen und einem Computer. Natürlich kann man auch von jemandem, der vor einem Rechner sitzt und mit ihm in Wechselbeziehung tritt, indem er Tasten drückt, sagen, daß er »mit dem Computer in Verbindung« steht.

Zu trocken, dachte er. Er ließ das Band zurücklaufen und formulierte um. *Wer vor einem Computer sitzt und mit ihm in*

Wechselbeziehung tritt, indem er Tasten drückt, steht ebenfalls mit ihm in Verbindung. Das aber ist weder eine unmittelbare noch eine dauerhafte Verbindung. Daher stellt dieser Eingriff etwas völlig anderes da. Wie soll man ihn einschätzen?

Man könnte den Rechner in diesem Fall als Prothese ansehen. So, wie man einem Armamputierten ein mechanisches Kunstglied anpassen kann, kann man einem Hirngeschädigten eine mechanische Hilfe zur Überwindung der Auswirkungen dieser Schädigung geben. Das ist eine tröstliche Art, diesen Eingriff zu sehen, denn damit wird der Rechner zu einer Art besserem Holzbein. Doch gehen die Auswirkungen in Wahrheit weit darüber hinaus.

Er machte eine Pause und sah auf den Bildschirm. Irgend jemand im Archiv hatte ein anderes Band eingelegt, denn er sah jetzt nicht mehr die von Ellis vorgenommene Operation, sondern eine psychiatrische Befragung des Patienten vor dem Eingriff. Benson war erregt, rauchte und fuchtelte beim Sprechen mit der Zigarette in der Luft herum.

Neugierig geworden, drehte McPherson die Lautstärke höher, daß er etwas hören konnte. »... weiß, was sie tun. Die Maschinen sind überall. Früher haben sie dem Menschen gedient, aber jetzt übernehmen sie die Macht, ganz, ganz unauffällig.«

Ellis steckte den Kopf zur Tür herein, sah den Bildschirm und lächelte. »Schauen Sie sich die »Vorher«-Bilder an?«

»Ich versuch ein bißchen was wegzuschaffen«, sagte McPherson und wies auf das Diktiergerät.

Ellis nickte, zog sich zurück und schloß die Tür hinter sich.

Benson sagte: »... weiß, daß ich ein Verräter an der Menschheit bin, weil ich dazu beitrage, die Maschinen klüger zu machen. Das ist meine Aufgabe, denn ich programmiere künstliche Intelligenz und –«

McPherson drehte den Ton so leise, daß fast nichts mehr zu hören war und wandte sich wieder seinem Diktiergerät zu.

Bei Rechneranlagen unterscheiden wir zwischen der zentralen und der peripheren Ausrüstung. Der Zentralcomputer gilt auch dann als zentral, wenn er sich in größerer Entfernung vom Rechnerarbeitsplatz befindet – beispielsweise im Kellergeschoß eines Gebäudes. Die Geräte wie Drucker und Bildschirm hingegen, auf denen wir uns die von ihm ermittelten Ergebnisse ausgeben lassen, gelten als Peripherie. Sie sind sozusagen die Vorposten des Rechners in verschiedenen Stockwerken des Gebäudes.

Wieder sah er auf den Bildschirm. Benson wirkte sehr erregt. Er drehte den Ton wieder lauter und hörte, »... werden immer intelligenter. Erst war die Dampfmaschine, dann kamen das Auto und das Flugzeug, später die Addiermaschine. Jetzt haben wir Rechner, Rückkopplungsschleifen –«

McPherson schaltete den Ton ab.

Die Analogie zum Menschen kann man darin sehen, daß mit der Zentraleinheit Gehirn periphere Endgeräte wie Mund, Arme und Beine verbunden sind, die dessen Anweisungen ausführen. Insgesamt beurteilen wir die Funktion des Gehirns danach, was diese peripheren Einheiten tun. Aus unserer Wahrnehmung dessen, was jemand sagt und wie er handelt, schließen wir auf das Funktionieren seines Gehirns. Diese Vorstellung ist jedem vertraut.

Er sah auf den Bildschirm. Was würde Benson dazu sagen? Würde er zustimmen oder sich dagegen verwahren?

Mit diesem Eingriff allerdings haben wir einen Menschen geschaffen, der nicht nur über ein Gehirn verfügt, sondern über zwei. Er besitzt außer seinem – geschädigten – biologischen Gehirn ein neues Computergehirn. Es soll das biologische Gehirn steuern und ist so angelegt, daß es den Schaden ausgleicht. Damit entsteht eine völlig neue Situation. Nunmehr ist das biologische Gehirn des Patienten das periphere Endgerät des neuen Computers – und zwar das einzige. Da das neue Rechnergehirn in einem Bereich die ausschließliche Befehlsgewalt besitzt, ist das biologische Gehirn und eigentlich auch der ganze Körper des Patienten zum Endgerät für den neuen Computer geworden. Wir haben einen Menschen geschaffen, der nichts ist als ein großes komplexes Computerendgerät, eine Ausgabeeinheit für den neuen Rechner. Damit ist der Patient ebensowenig imstande, die Ausgabe zu beeinflussen, wie ein Bildschirm das mit den Angaben tun kann, die auf ihm erscheinen.

Vielleicht ist das ein bißchen dick aufgetragen, dachte er. Er drückte erneut auf den Knopf des Mikrofons und sagte: »Harriet, schreiben Sie den letzten Absatz, aber lassen Sie ihn mich noch einmal durchsehen, ja? Römisch vier. Zusammenfassung und Schlußfolgerung.«

IV. Zusammenfassung und Schlußfolgerungen.

Erneut ließ er eine kurze Pause eintreten und drehte die Lautstärke wieder etwas höher. Benson sagte gerade: »... hasse sie alle, vor allem solche, die sich prostituieren: ob sie nun Flugzeuge warten, tanzen, übersetzen, an Tankstellen Benzin verkaufen oder was auch immer. Lauter Leute, die nichts als Maschinen sind oder Maschinen bedienen. Sie prostituieren sich. Ich hasse sie alle.«

Während Benson das sagte, fuchtelte er wieder wild mit seiner brennenden Zigarette herum.

4

»Und was haben Sie dabei empfunden?« wollte Doktor Ramos wissen.

»Wut«, sagte Janet Ross. »Ich hätte vor Wut platzen können. Die Schwester stand da und hat alles mit angesehen. Zwar hat sie so getan, als wenn sie nicht mitbekommen hätte, was da passierte, aber sie hat es sehr wohl verstanden.«

»Sie waren also wütend über ... « Doktor Ramos beendete den Satz nicht.

»Über die Operation. Über Benson. Sie haben es einfach getan. Dabei hatte ich ihnen von Anfang an – wirklich von Anfang an – gesagt, daß es nicht gut wäre. Aber Ellis, Morris und McPherson wollten das unbedingt durchziehen. Die sind so überheblich, vor allem Morris. Als ich gesehen hab, wie er sich im Aufwachraum beim Anblick von Benson in seinem Erfolg gesonnt hat – der lag bandagiert und bleich wie ein Gespenst in seinem Bett –, konnte ich mich nicht mehr beherrschen.«

»Warum nicht?«

»Weil er so blaß war, weil er, äh –«

Sie sprach nicht weiter, suchte nach einer Antwort, konnte aber keine plausible Erklärung finden.

»Ich vermute, daß die Operation erfolgreich verlaufen ist«, sagte Doktor Ramos. »Anschließend sind die meisten Leute blaß. Was also hat Sie so in Rage gebracht?«

Sie schwieg eine Weile und sagte schließlich: »Ich weiß nicht.«

Sie hörte, wie sich Doktor Ramos in seinem Sessel bewegte; sehen konnte sie ihn nicht, denn sie lag auf der Couch, und Doktor Ramos saß hinter ihr. Während des langen Schweigens, das jetzt eintrat, sah sie zur Zimmerdecke empor und versuchte zu überlegen, was sie sagen konnte. Ihre Gedanken schienen wild durcheinanderzuwirbeln, und ihr fiel nichts Sinnvolles ein. Schließlich sagte Doktor Ramos: »Die

Anwesenheit der Schwester scheint für Sie von Bedeutung zu sein.«

»Finden Sie?«

»Nun, Sie haben sie erwähnt.«

»Das war mir gar nicht aufgefallen.«

»Sie sagten, daß die Schwester anwesend war und wußte, was vor sich ging... Was ging denn genau vor sich?«

»Ich war wütend.«

»Sie wissen aber nicht, warum?«

»Doch«, sagte sie. »Es war wegen Morris. Er versteift sich immer so auf seine Ansichten.«

»So, so, versteift«, sagte Doktor Ramos.

»Ja, er läßt sich nicht davon abbringen.«

»Sie haben aber versteift gesagt.«

»Hören Sie, damit habe ich nichts Besonderes gemeint, es war einfach so dahingesagt –« Sie brach mitten im Satz ab. Sie war wieder wütend, sie konnte es an ihrer Stimme hören.

»Sie sind ärgerlich«, sagte Doktor Ramos.

»Sehr.«

»Warum?«

Nach einer langen Pause sagte sie: »Die haben nicht auf mich gehört.«

»Wer?«

»Keiner von denen – McPherson, Ellis und Morris. Keiner hat auf mich gehört.«

»Haben Sie Doktor Ellis oder Doktor McPherson gesagt, daß Sie wütend waren?«

»Nein.«

»Aber Doktor Morris gegenüber haben Sie Ihre Wut zu erkennen gegeben.«

»Ja.« Er wollte auf etwas hinaus, was sie noch nicht zu

sehen vermochte. Normalerweise wäre sie imstande gewesen, dem Gedankenfaden zu folgen und zu verstehen. Diesmal aber –

»Wie alt ist Doktor Morris?«

»Was weiß ich. Etwa in meinem Alter. Dreißig, einunddreißig – so ungefähr.«

»Etwa in Ihrem Alter.«

Die Art, wie er alles wiederholte, reizte sie. »Ja, verdammt noch mal, etwa in meinem Alter.«

»Und er ist Chirug.«

»Ja.«

»Fällt es Ihnen leichter, Ihren Ärger jemandem zu zeigen, der in etwa gleichaltrig ist?«

»Wahrscheinlich. Ich habe noch nicht darüber nachgedacht.«

»Ihr Vater war auch Chirurg, aber nicht gleichaltrig.«

»Das brauchen Sie mir nicht unter die Nase zu reiben«, sagte sie.

»Sie sind immer noch wütend.«

Sie seufzte. »Wir wollen von etwas anderem reden.«

»Na schön«, sagte er mit jenem leichten Tonfall, der ihr mitunter gefiel und den sie manchmal verabscheute.

5

Aufnahmegespräche waren Morris zuwider. Meist übernahmen klinische Psychologen diese langwierige und auch langweilige Aufgabe. Eine kürzlich durchgeführte Untersuchung hatte ergeben, daß lediglich jeder vierzigste neue Patient der NPA weiterbehandelt wurde und nur jeder dreiundachtzigste einen organischen Hirnschaden aufwies, der sich auf das Verhalten auswirkte. Daraus ergab sich, daß die meisten Aufnahmegespräche Zeitverschwendung waren.

Das galt ganz besonders für Patienten, die aus eigenem Antrieb kamen. Vor einem Jahr hatte sich McPherson entschlossen, aus Imagegründen jeden zu behandeln, der von der NPA gehört hatte und aus eigenem Antrieb kam. Zwar waren natürlich die meisten Patienten nach wie vor Überweisungsfälle, doch nahm McPherson an, es sei für das Bild der NPA in der Öffentlichkeit wichtig, auch die »Laufkundschaft« zu bedienen.

Außerdem hielt er es für richtig, daß jeder Mitarbeiter von Zeit zu Zeit ein Aufnahmegespräch führen sollte. Morris verbrachte Monat für Monat zwei Tage in den kleinen Sprechzimmern mit dem in einer Richtung durchsichtigen Spiegel. Auch jetzt befand er sich wieder dort, doch war ihm das in keiner Weise recht. In ihm schwang noch das Hochgefühl der Operation des Vormittags nach, und so konnte er sich mit dieser banalen Alltagsaufgabe nicht recht anfreunden.

Als der nächste Patient eintrat, hob er unwillig den Blick. Vor ihm stand ein langhaariger Mann Mitte Zwanzig in Latzhose und Sweatshirt. Morris erhob sich, um ihn zu begrüßen.

»Ich bin Doktor Morris.«

»Craig Beckerman.« Der Händedruck des Mannes war weich und zögernd.

»Bitte nehmen Sie Platz.« Morris deutete auf einen Stuhl vor dem durchsichtigen Spiegel, der gegenüber seinem Schreibtisch stand. »Was führt Sie zu uns?«

»Äh... Neugier. Ich hab über Sie gelesen«, sagte Beckerman. »In einer Zeitschrift. Sie sollen hier Gehirnoperationen machen.«

»Das ist richtig.«

»Nun, ich ... äh ... wollte mehr darüber wissen.«

»Inwiefern?«

»Nun, dieser Zeitschriftenartikel – darf ich rauchen?«

»Natürlich«, sagte Morris. Er schob Beckerman einen Aschenbecher hin. Der Besucher nahm eine Packung Camel heraus, klopfte eine Zigarette auf dem Tisch fest und zündete sie an.

»In dem Zeitschriftenartikel ...«

»Ja. Da hieß es, daß Sie den Leuten Drähte ins Gehirn stecken. Stimmt das?«

»Nun, bisweilen führen wir diese Art von Eingriff durch.«

Beckerman nickte und stieß Rauchkringel aus. »Ja, hm. Stimmt es auch, daß Sie einem Drähte einsetzen können, von denen man Lustgefühle kriegt? Ganz verrückte Lustgefühle?«

»Ja«, sagte Morris. Er bemühte sich, das ohne jede Gefühlsbeteiligung zu sagen.

»Und das stimmt tatsächlich?«

»Durchaus«, sagte Morris. Dann schüttelte er seinen Kugelschreiber, als wenn ihm die Tinte ausgegangen wäre, öffnete die Tischschublade, um einen anderen herauszunehmen und drückte dabei einige der Knöpfe im Inneren der Schublade. Sogleich klingelte sein Telefon.

»Doktor Morris.«

Am anderen Ende sagte die Sekretärin: »Sie haben durchgeklingelt?«

»Ja. Würden Sie bitte alle eingehenden Anrufe übernehmen und an die Abteilung weiterleiten?«

»Wird gemacht«, sagte die Sekretärin.

»Vielen Dank.« Morris legte auf. Er wußte, daß daraufhin

die Leute aus der Entwicklungsabteilung ihren Beobachtungsposten hinter dem durchsichtigen Spiegel so bald wie möglich einnehmen würden. »Entschuldigen Sie die Unterbrechung. Sie sagten…«

»Es ging um die Drähte im Gehirn.«

»Ach ja. Wir führen diesen Eingriff unter besonderen Umständen durch, Mister Beckerman, aber das Verfahren befindet sich nach wie vor im Versuchsstadium.«

»Das ist schon in Ordnung«, sagte Beckerman und sog an seiner Zigarette. »Mir macht das nichts aus.«

»Wenn Sie weitere Auskünfte wünschen, können wir Ihnen einige Sonderdrucke und Zeitschriftenartikel mit näheren Angaben über unsere Arbeit mitgeben.«

Lächelnd schüttelte Beckerman den Kopf. »Nein, nein«, sagte er, »So was will ich nicht – ich will die Operation. Ich melde mich freiwillig.«

Morris zeigte sich überrascht. Nach einer kurzen Pause sagte er: »Ach so.«

»Hören Sie«, sagte Beckerman, »in dem Artikel hieß es, daß einem so ein Stromstoß vorkommt wie ein Dutzend Orgasmen. Das klang wirklich toll.«

»Und diesem Eingriff wollen Sie sich unterziehen?«

»Ja«, sagte Beckerman und nickte heftig. »So ist es.«

»Warum?«

»Machen Sie Witze? Würde das nicht jeder wollen?«

»Möglich«, sagte Morris, »aber Sie sind der erste, der danach verlangt.«

»Wieso das?« fragte Beckerman. »Ist das besonders teuer oder was?«

»Nein. Aber wir führen keine Gehirnoperationen aus nichtigem Anlaß durch.«

»Ach so«, sagte Beckerman. »So sehen Sie das also. O Mann.«

Kopfschüttelnd stand er auf und ging.

Die drei Männer aus der Entwicklungsabteilung schienen es nicht fassen zu können. Sie saßen im Nebenzimmer und sahen immer noch durch den Spiegel, als Beckerman längst verschwunden war.

»Man sollte es nicht für möglich halten«, sagte Morris.

Die Männer aus der Entwicklungsabteilung gaben keine Antwort. Schließlich räusperte sich einer und sagte: »Das können Sie laut sagen.«

Morris konnte sich vorstellen, was in ihnen vorging. Jahrelang hatten sie alle möglichen Studien durchgeführt, was Machbarkeit und mögliche Anwendungen betraf, die Auswirkungen auf gesellschaftlicher Ebene, einen möglichen Einsatz in der Industrie, das Verhältnis von Aufwand und Ertrag. Sie hatten gelernt, weit in die Zukunft zu denken – und jetzt stand mit einemmal die Gegenwart vor ihnen.

»Ein Fall von Stromsucht«, sagte einer der Männer seufzend.

Die Stromsuchttheorie war auf großes Interesse gestoßen und hatte in der Wissenschaft eine Art distanzierte Besorgnis ausgelöst. Der Gedanke, jemand könne in gleichem Maße von Stromstößen abhängig werden, wie manche Menschen von Drogen, galt als ziemlich abwegige Spekulation. Jetzt aber war jemand aufgetaucht, den man ganz offenkundig als Kandidaten für die Stromsucht ansehen mußte.

»Nichts gibt einen solchen Kick wie ein schöner Stromstoß«, sagte einer der Männer und lachte, aber es klang nervös und unsicher.

Morris überlegte, was McPherson dazu sagen würde. Vermutlich irgend etwas Philosophisches. In letzter Zeit begeisterte er sich vorwiegend für philosophische Fragestellungen.

Die Vorstellung der Stromsucht ging auf eine erstaunliche Entdeckung zurück, die James Olds in den fünfziger Jahren gemacht hatte. Er hatte gemerkt, daß elektrische Reize in bestimmten Bereichen des Gehirns intensive Lustgefühle auslösen. Diese Stellen nannte er »Flüsse des Wohlbehagens«. Legte man einer Ratte in einem solchen Bereich eine Elektrode an, drückte sie einen Hebel, mit dem sie selbst Reize auslösen konnte, bis zu fünftausendmal pro Stunde. In ihrem Bestreben, die damit verbundene Lust zu genießen, vergaß sie sogar die Nahrungs- und Flüssigkeitsaufnahme und hörte erst auf, den Hebel zu drücken, wenn sie vor Erschöpfung zu keiner Bewegung mehr fähig war.

Dies bemerkenswerte Experiment hatte man mit Goldfischen, Meerschweinchen, Delphinen, Katzen und Ziegen wiederholt und festgestellt: Es konnte kein Zweifel daran bestehen, daß sich bei allen Wirbeltieren diese »Lustpole« im Gehirn fanden. Auch beim Menschen hatte man sie lokalisiert.

Auf diese Erfahrungen gestützt, war der Begriff der »Stromsucht« beim Menschen entstanden, die Vorstellung, daß jemand aus Stromstößen Lustgewinn bezog. Auch wenn es auf den ersten Blick unmöglich schien, daß ein Mensch auf diese Weise süchtig werden könnte, sprach eigentlich nichts mehr dagegen.

Zwar waren die technischen Einrichtungen dafür zur Zeit noch außergewöhnlich kostspielig, das aber mußten sie nicht bleiben. Man konnte sich leicht vorstellen, daß irgendwann geschäftstüchtige japanische Unternehmen Elektroden für ein paar Dollar auf den Markt brachten und exportierten.

Auch der Gedanke an eine gesetzwidrige Operation war nicht schrecklich weit hergeholt. Es hatte eine Zeit gegeben, da sich Jahr für Jahr eine Million Amerikanerinnen einer verbotenen Abtreibung unterzogen. Wohl war der für die Implantation der Elektroden erforderliche Eingriff komplizierter, das würde aber letztlich kein Hindernis bedeuten. Da in Zukunft Operationsverfahren ohnehin immer mehr standardisiert würden, ließ sich unschwer ausmachen, daß in Mexiko und auf den Bahamas Kliniken entstanden, die sich auf solche Eingriffe spezialisierten.

Es wäre auch nicht sehr schwierig, die Chirurgen dafür zu finden. Ein einziger Neurochirurg konnte, wenn er fleißig war und sich seine Arbeit gut einteilte, ohne weiteres zehn bis fünfzehn Eingriffe am Tag vornehmen und für jeden bestimmt gut und gern tausend Dollar verlangen. Die Möglichkeit, ein so hohes Einkommen zu erzielen, würde mit Sicherheit gewissenlose Chirurgen anlocken. Die Aussicht, jede Woche hunderttausend Dollar verdienen zu können, war eine starke Versuchung, das Gesetz zu übertreten, vorausgesetzt, ein solches Gesetz würde überhaupt verabschiedet.

Gerade das aber war kaum anzunehmen. Im Vorjahr hatte das Klinikum gemeinsam mit Fachjuristen ein Seminar zum Thema »Biomedizinische Technik und Recht« veranstaltet. Zwar hatte Stromsucht zu den dabei behandelten Fragen gehört, doch waren die Juristen nicht weiter darauf eingegangen. Die Vorstellung, daß jemand stromsüchtig sein könnte, paßte nicht in das vorgefertigte Muster, wie es im Betäubungsmittelgesetz niedergelegt war. Dort gründete alles auf der Annahme, jemand werde ohne eigenes Verschulden und unfreiwillig von Rauschmitteln abhängig. Das stand in krassem Gegensatz zu der Möglichkeit, daß sich jemand mit voller Absicht einem chirurgischen Eingriff unterzog, der ihn süchtig machen sollte. Die meisten Juristen vertraten die Ansicht, niemand werde einen solchen Eingriff wünschen, so daß es mangels Nachfrage auch zu keinen juristischen Verwicklungen kommen könne. Jetzt aber hatte Beckerman gezeigt, daß eine solche Nachfrage durchaus bestand.

»Da wird doch der Hund in der Pfanne verrückt«, sagte einer der Männer aus der Entwicklungsabteilung.

Diese Bemerkung wurde der Situation nach Morris' Ansicht nicht gerecht. Wie schon ein- oder zweimal seit seinem Eintritt in die NPA hatte er den Eindruck, daß sich die Dinge zu rasch entwickelten und man zu wenig an Sicherheitsvorkehrungen oder Steuerungsmaßnahmen gedacht hatte. Es kam ihm so vor, als könnte unvermittelt *alles* ihrer Herrschaft entgleiten.

6

Um sechs Uhr abends ging Roger McPherson, der Leiter der neuropsychiatrischen Forschungsabteilung, hinauf in den sechsten Stock, um nach seinem Patienten zu sehen. Diese besitzergreifende Vorstellung, daß Benson sein Patient sei, war nicht vollständig unzutreffend. Ohne McPherson gäbe es keine NPA und ohne sie keine Operation, wie man sie an Benson vorgenommen hatte. So sah er die Dinge.

Zimmer 610 lag im Schein der untergehenden Sonne. Alles war still. Benson schien zu schlafen, öffnete aber die Augen, als McPherson die Tür schloß.

»Wie fühlen Sie sich?« fragte McPherson und trat näher ans Bett.

Benson lächelte. »Das wollen alle wissen«, sagte er.

McPherson erwiderte das Lächeln. »Es ist eine durchaus natürliche Frage.«

»Ich bin müde, nichts weiter. Sehr müde... Manchmal glaube ich, daß ich eine tickende Zeitbombe bin, und Sie sich fragen, wann ich wohl hochgehe.«

»Sehen Sie sich so?« fragte McPherson.

Während er Bensons Decke zurechtzupfte, warf er unwillkürlich einen Blick auf das Infusionsgerät. Der Tropf lief unbehindert.

»Ticktick«, sagte Benson und schloß erneut die Augen. »Ticktick.«

McPherson machte ein nachdenkliches Gesicht. Zwar war er von Benson Vergleiche aus der Welt der Mechanik gewohnt – immerhin war der Mann von der Vorstellung besessen, Menschen könnten sich in Maschinen verwandeln – aber daß das so bald nach der Operation auftrat...

»Schmerzen?«

»Nein. Ein leichter Druck hinter den Ohren, als wäre ich gefallen. Sonst nichts.«

McPherson wußte, daß das die Reaktion des Knochens auf das Bohren war.

»Gefallen?«

»Ja, gefallen«, sagte Benson. »Ich bin unterlegen.«

»Wem?«

»Dem Vorgang, der eine Maschine aus mir macht.« Er öffnete die Augen und lächelte wieder. »Oder eine Zeitbombe.«

»Haben Sie irgendwelche Geruchsempfindungen? Sonstige eigentümliche Wahrnehmungen?« Während er das fragte, sah McPherson auf den EEG-Monitor über dem Bett.

Er zeigte nach wie vor normale Alphawellen ohne jeden Hinweis auf einen Anfall.

»Nein, nichts in der Art.«

»Aber Sie haben den Eindruck, Sie könnten explodieren?« Er überlegte, daß eigentlich Ross diese Fragen stellen müßte.

»Sozusagen«, sagte Benson. »Im nächsten Krieg kann es sein, daß wir alle explodieren.«

»Wie meinen Sie das?«

»Im bevorstehenden Krieg zwischen Menschen und Maschinen. Das menschliche Gehirn ist überholt, müssen Sie wissen.«

Das war ein neuer Gedanke, den er bisher noch nicht von Benson gehört hatte. Mit dem dicken Verband um Kopf und Schultern wirkte die obere Hälfte seines Körpers übertrieben groß, wie eine Karikatur.

»Ja«, sagte Benson. »Das menschliche Gehirn ist an seine Grenzen gestoßen. Es hat seine Fähigkeiten erschöpft und daher die nächste Generation intelligenten Lebens hervorgebracht. Sie wird – warum bin ich nur so müde?« Erneut schloß er die Augen.

»Sie sind von der Operation erschöpft.«

»Ein kleiner Eingriff«, sagte er und lächelte mit geschlossenen Augen. Einen Augenblick später schnarchte er bereits.

McPherson bleib noch eine Weile am Bett stehen, wandte sich dann dem Fenster zu und beobachtete den Sonnenuntergang über dem Pazifik. Benson hatte ein hübsches Zimmer; man konnte zwischen den hoch aufragenden Wohnblocks von Santa Monica ein Stückchen Ozean sehen. Er blieb einige Minuten so stehen. Benson erwachte nicht wieder. Schließlich verließ McPherson den Raum und ging zum Stationszimmer, um seine Beobachtungen in Bensons Akte festzuhalten.

»Patient bei Bewußtsein, ansprechbar, vollständig orientiert.« Nachdem er das geschrieben hatte, hielt er kurz inne. Er wußte nicht, ob Benson wirklich hinsichtlich Personen, Ort und Zeit orientiert war. Er hatte das nicht überprüft. Aber auf jeden Fall war er bei klarem Bewußtsein, und so beließ McPherson es dabei. »Geordnete und klare Gedanken, beharrt aber auf seinen Vergleichen mit der Maschinenwelt aus der Phase vor dem Eingriff. Es ist zu früh, als daß sich Genaues sagen ließe, aber die Voraussagen, daß die Operation seinen Bewußtseinszustand zwischen den Anfällen nicht verändern wird, scheinen sich zu bewahrheiten.

Gezeichnet Dr. Roger A. McPherson.«

Er sah einen Augenblick auf das Geschriebene, schloß dann die Akte und stellte sie zurück. Er war mit seinem Bericht zufrieden: Er war distanziert, klar und machte keine falschen Voraussagen. Immerhin handelte es sich bei Krankenakten um gerichtsverwertbare juristische Dokumente. Zwar rechnete McPherson nicht damit, daß je ein Gericht Bensons Akte anfordern würde, aber man konnte nie vorsichtig genug sein.

Als Leiter einer großen wissenschaftlichen Forschungseinrichtung übte er eine politische Funktion aus, ob ihm das nun recht war oder nicht. Auch wenn manche das bestreiten mochten, es verhielt sich so und war ein unabdingbarer Bestandteil der Aufgabe.

Zu seinen Aufgaben gehörte es, dafür zu sorgen, daß alle, die im Institut miteinander zu tun hatten, zufrieden waren. Je größer die Zahl an Primadonnen war, desto schwieriger war die Aufgabe auf politischer Ebene.

Außerdem mußte man Drittmittel beschaffen. Auch das war eine politische Aufgabe, vor allem, wenn man auf einem so heiklen Gebiet tätig war wie die NPA. Schon vor langer Zeit war McPherson auf das Prinzip der Meerrettichperoxidase verfallen, wenn es um die Beschaffung von Geldmitteln ging. Es war ganz einfach: Man erklärte potentiellen Geldgebern, die Gelder sollten zur Ausarbeitung eines Verfahrens dienen, das Enzym Meerrettichperoxidase zu isolieren, das ein aussichtsreiches Heilmittel für Krebs zu sein schien. Damit konnte man ohne Schwierigkeiten sechzigtausend Dollar lockermachen. Für die Untersuchung der Möglichkeiten, das menschliche Gehirn zu steuern, gäbe niemand auch nur sechzig Cent.

Er warf einen Blick auf die Reihe von Krankenakten auf dem Wandbrett. Sie trugen lauter ihm unbekannte Namen, mit denen BENSON, H. F., 610 ununterscheidbar verschmolz. In gewisser Hinsicht, dachte er, hat Benson recht – er ist eine wandelnde Zeitbombe. Menschen, die mit technischen Verfahren zur Bewußtseinssteuerung behandelt wurden, sind Opfer allerlei irrationaler Vorurteile der Öffentlichkeit. Die »Steuerung der Herztätigkeit« in Gestalt von Herzschrittmachern wurde von der Allgemeinheit als großartige Erfindung angesehen und die »Regulierung der Nierenfunktion« mit Hilfe von Medikamenten als wahrer Segen. Die »Bewußtseinssteuerung« aber galt als bedrohlich und wurde abgelehnt, obwohl das, was am NPA geschah, unmittelbar analog zu dem verlief, was andere Abteilungen mit anderen Organen taten. Selbst die Technik war ähnlich: Der von ihnen verwendete nukleare Schrittmacher war ursprünglich für die Herzchirurgie entwickelt worden.

Aber das Vorurteil ließ sich nicht ausräumen, und Benson sah sich selbst als tickende Zeitbombe. Seufzend nahm McPherson die Akte erneut zur Hand und blätterte bis dorthin, wo die ärztlichen Anweisungen standen. Ellis und Morris hatten jeweilt notiert, was nach der Operation zu tun war. McPherson fügte hinzu: »Im Anschluß an das für morgen vormittag vorgesehene Ankoppeln mit Thorazin beginnen.«

Er las durch, was er geschrieben hatte und kam zu dem Ergebnis, daß die Schwestern mit dem Begriff »Ankoppeln« nichts würden anfangen können. So strich er die Anweisung durch und schrieb: »Morgen nachmittag mit Thorazin beginnen.«

Als er das Stockwerk verließ, überlegte er, daß ihm wohler sein würde, wenn Benson erst einmal auf Thorazin gesetzt war. Wenn es ihnen schon nicht gelang, die Zeitbombe zu entschärfen, konnten sie sie auf jeden Fall in einen Eimer mit kaltem Wasser werfen.

7

Am späten Abend sah Gerhard im Rechnerraum besorgt auf seinen Bildschirm. Er gab weitere Befehle ein und ging dann zu einem der Drucker. Dort sah er aufmerksam auf das grüngestreifte Endlospapier, das ihm entquoll und überflog die Blätter rasch auf der Suche nach dem Programmfehler, den er festgestellt hatte.

Der Rechner selbst irrte sich nie. Gerhard, der seit fast zehn Jahren mit verschiedenen Computern an verschiedenen Orten arbeitete, hatte nie erlebt, daß sich einer von ihnen geirrt hätte. Natürlich kam es immer wieder zu Fehlern, aber sie gingen ausnahmslos auf das Programm zurück, nicht auf das Gerät. Bisweilen fiel es schwer, diese Unfehlbarkeit hinzunehmen. Zum einen paßte sie nicht zu der Alltagserfahrung, daß Geräte immer wieder versagten – Sicherungen brennen durch, Stereoanlagen fallen aus, Backöfen werden heißer, als sie sollen, Autos springen nicht an. Der neuzeitliche Mensch setzte einfach voraus, daß auch Maschinen ihr gerüttelt Maß an Fehlern machen.

Bei Computern aber verhielt sich das anders, und so konnte es sehr demütigend sein, mit ihnen zu arbeiten. Sie sind unfehlbar – so einfach ist das. Selbst wenn es Wochen dauerte, die Ursache eines Fehlers zu finden, selbst wenn ein Dutzend Leute das Programm ein dutzendmal durchging, selbst wenn die gesamte Belegschaft allmählich zu dem Ergebnis kam, dies eine Mal hätten doch die Schaltkreise des Computers versagt – jedesmal zeigte sich am Ende irgendeine Art menschlichen Versagens. Ausnahmslos.

Richards kam herein, schleuderte sein Sportjackett beiseite und goß sich eine Tasse Kaffee ein. »Wie läuft's?«

Gerhard schüttelte den Kopf. »Ich hab Ärger mit George.«

»Schon wieder? Mist.« Richards sah zum Bedienpult des Rechners hinüber. »Und wie geht es Martha?«

»Gut, glaube ich. Nur George macht Ärger.«

»Welcher denn?«

»Der Heilige«, sagte Gerhard. »Das ist wirklich eine harte Nuß.«

Richards trank seinen Kaffee in kleinen Schlucken und setzte sich vor die Konsole. »Darf ich's mal probieren?«

»Na klar«, sagte Gerhard.

Richards begann, Tasten zu betätigen. Er rief das Programm für den heiligen George auf und dann das für Martha. Anschließend drückte er den Knopf für die Unterhaltung zwischen den beiden.

Diese Computerprogramme hatten Richards und Gerhard

nicht selbst entwickelt; es waren Abwandlungen verschiedener an anderen Universitäten entstandener Programme. Aber der Grundgedanke war derselbe – man wollte ein Computerprogramm entwickeln, das die Rechner veranlaßte, sich ganz wie ein Mensch von Gefühlen leiten zu lassen. Es lag nahe, diesen Programmen Namen wie George und Martha zu geben, und sie hatten auch Vorgänger, Eliza in Boston und Aldous in England.

Bei George und Martha handelte es sich mit geringen Abweichungen im großen und ganzen um dasselbe Programm. Den ursprünglichen George hatte man so programmiert, daß er neutral auf Reize reagierte. Dann schuf man Martha. Sie war ein ziemliches Biest und hatte an fast allem etwas auszusetzen. Zu guter Letzt rief man einen weiteren George ins Leben, einen sehr liebevollen, und ihn nannte man zur Unterscheidung den heiligen George.

Jedes der Programme konnte mit drei Gefühlszuständen reagieren – Liebe, Angst und Wut. Jedes konnte drei Verhaltensweisen erzeugen – Zuwendung, Abwendung und Aggression. All das war natürlich äußerst abstrakt und fand auf der Zahlenebene statt. Beispielsweise stand der ursprüngliche George den meisten Zahlen neutral gegenüber, hatte aber etwas gegen die 751. So sah es sein Programm vor. Dementsprechend hatte er auch etwas gegen ähnliche Zahlen – 743, 772 und so weiter. Viel lieber waren ihm Zahlen wie 404, 133 und 918. Gab man eine von ihnen ein, reagierte er mit Zahlen, die Liebe und Zuwendung bedeuteten. Gab man 707 ein, wandte er sich ab. Wenn man 750 eingab, griff er wütend an – nach den Zahlen zu urteilen, die er ausdruckte.

Die Mitarbeiter der NPA hatten schon eine ganze Weile auf diese Weise mit den Programmen gespielt. Dann hatten sie Veränderungen eingebaut, die es dem Rechner ermöglichten, sich zu »unterhalten«. Die Zahlen wurden in Sätze übertragen. Das war belustigend und zugleich aufschlußreich. Die eigentliche Unterhaltung bezeichnete man als »Weihnachtsspiel«, weil sie zum größten Teil aus einem Austausch von Geschenken bestand – Gegenstände, denen man wie den Zahlen einen Gefühlswert zugeordnet hatte.

Bei der Unterhaltung mit Martha gelang es dem ursprünglichen George letztlich, sie zu besänftigen, so daß ihre Biestigkeit in den Hintergrund trat.

Der heilige George allerdings hatte eine weit schlimmere Wirkung auf sie. Seine liebevolle Art, sie gelten zu lassen, trieb sie zum Wahnsinn, jedenfalls, wenn alles normal ablief. Richards sah zu, während die Angaben über den Bildschirm liefen.

Hallo, ich bin der heilige George
Hallo
Wie heißt du?
Martha.
Du sagst nicht viel, Martha.
Nein
Aber ich kann dich gut leiden.
Warum, ich kann dich nicht leiden.
Das verstehe ich. Wie kann ich dir helfen?

»Es druckt die Punkte am Satzende nicht konsequent«, merkte Richards an. »Wann hat das angefangen?«

»Das ist noch gar nichts«, sagte Gerhard. »Schau mal, wie es weitergeht.«

Helfen?
Ja, ich würde dir gern helfen.
Ich schenk dir eine Katze.

Richards zuckte zusammen. Dem Programm nach waren Katzen etwas, das George und Martha nicht ausstehen konnten. Daher war es eine äußerst feindselige Handlung George genüber, ihm eine Katze zu schenken.

Danke
Hier hast du noch eine Katze.
Danke du bist sehr freundlich.
Hier hast du noch eine Katze.
Nein danke.
Magst du keine Katzen?
Doch aber ich habe genug Katzen.
Ich schenk dir einen Gorilla.

»Ziemlich übel«, sagte Richards. »Wie sehen die anderen Unterhaltungen aus?«

»So ziemlich genau wie die hier«, sagte Gerhard.

»So schlimm?«

»Mehr oder weniger.«

Sie hatten sich inzwischen an den Gedanken gewöhnt, daß die Ergebnisse unvorhersagbar waren, wenn die Computer in eine Wechselbeziehung zueinander traten. Deren allgemeine Art ließ sich erraten, aber die genauen Ergebnisse waren ungewiß. Es war wie bei einem Computer, der Dame spielt – wahrscheinlich würde er gewinnen, aber jedesmal auf eine andere Weise, je nachdem, wie sein Gegenspieler zog.

Ich möchte keinen Gorilla.
Magst du keine Gorillas?
Nein danke.
Du bist zu höflich.
Es tut mir leid wenn ich dich in irgendeiner Weise kränke.
Du redest zuviel.
Entschuldige bitte.
Ich schenk dir eine Aubergine.

Richards sah interessiert hin. Auberginen waren für den heiligen George nicht programmiert. Aber er konnte Bananen und Gurken nicht leiden.

Nein danke.
Magst du keine Auberginen?
Nicht besonders.
Ich schenk dir noch eine.
Nein danke.
Ich möchte aber daß du sie nimmst.
Nein danke.
Nimm sie doch schon.
Nein danke.
Ich bestehe darauf.
Nein danke.

»Was ist denn mit dem heiligen George passiert?« wollte Richards wissen. »Seine Antworten sind ja alle völlig gleich.«

»Genau das macht mir Sorgen.«

»Was geht da bloß in dem Programm vor?«

»Danach hab ich gerade gesucht, als du reingekommen bist.«

Ich bestehe darauf daß du eine Gurke nimmst.
Ich will keine.

»George!« entfuhr es Richards unwillkürlich.

Dann nimm eine Banane.
Nein.

»George geht den Bach runter«, sagte Richards. »Er ist kein Heiliger mehr.«

Dann nimm eine Banane und eine Gurke.
Nein danke.
Ich bestehe darauf.
Zum Teufel mit dir ich bring dich um: : : : : : : : : : : : : : : : : :
: :
: :

Der Bildschirm füllte sich mit hellen Punkten. »Was soll das bedeuten – Antwort nicht druckfähig?« sagte Richards.

»Keine Ahnung. Das seh ich selbst zum ersten Mal.«

»Wie oft ist das Programm gelaufen?« erkundigte sich Richards.

»Hundertzehnmal, mit Martha zusammen.«

»Irgendwelche Lösungen als Ergebnis von Lernprozessen?«

»Nein.«

»Der Teufel soll mich holen«, sagte Richards. »Er mausert sich zu einem ganz schön unbeherrschten Heiligen.« Er grinste. »Wir sollten das zu Protokoll nehmen.«

Gerhard nickte und ging wieder zum Drucker. In der

Theorie war der Vorgang nicht weiter verwunderlich, denn George und Martha waren so programmiert, daß sie aus Erfahrung lernten. Ganz wie die Programme für das Damespiel, bei denen sich der Rechner mit jeder Partie vervollkommnete, war auch dieses so ausgelegt, daß es neue Reaktionen auf Situationen »lernte«. Nach hundertzehn Durchgängen war der heilige George mit einem Schlag kein Heiliger mehr. Er lernte, sich Martha gegenüber nicht wie einer zu verhalten – dabei hatte man ihn ausdrücklich auf dies Verhalten hin programmiert.

»Ich kann es ihm nachfühlen«, sagte Richards und schaltete den Rechner ab. Dann bemühte er sich gemeinsam mit Gerhard, den Programmierfehler zu finden, der für dies geänderte Verhalten verantwortlich war.

Donnerstag, 11. März 1971

DIE ANKOPPELUNG

1

Janet Ross saß im leeren Zimmer und sah auf die Wanduhr. Neun Uhr. Sie richtete den Blick auf den Schreibtisch vor ihr, dessen Platte außer einer Blumenvase und einem Notizblock leer war. Sie richtete den Blick auf den Stuhl ihr gegenüber und fragte: »Wie sieht es aus?«

Ein mechanisches Klicken ertönte, dann meldete sich Gerhards Stimme durch den Lautsprecher an der Decke des Raumes. »Wir brauchen noch ein paar Minuten für die Klangabstimmung. Das Licht ist in Ordnung. Könnten Sie ein bißchen was sagen?«

Sie nickte und warf über die Schulter einen Blick zum in eine Richtung durchsichtigen Spiegel hinter ihr. Zwar sah sie lediglich ihr Spiegelbild, doch war ihr klar, daß Gerhard mit seiner Ausrüstung dahinter saß und sie beobachtete. »Es klingt ganz so, als ob Sie müde wären«, sagte sie.

»Gestern abend hatten wir Ärger mit dem heiligen George«, erläuterte Gerhard.

»Ich bin auch müde«, sagte sie. »Ich hatte Ärger mit jemandem, der kein Heiliger ist.« Sie lachte. Ohne zu überlegen, redete sie einfach drauflos, damit die Klangabstimmung für den Raum vorgenommen werden konnte. Aber es stimmte: Arthur war kein Heiliger. Er war auch in anderer Hinsicht nichts Besonderes, obwohl sie das vor einigen Wochen gedachte hatte, als sie ihn kennenlernte. Sie war sogar ein wenig in ihn verknallt gewesen. (»Verknallt? Hmm? Nennen Sie das so?« Sie konnte förmlich Doktor Ramos' Stimme hören.) Arthur war charmant, ein flotter Typ und sah gut aus. In seiner Gegenwart konnte sie sich so richtig weiblich und leichtsinnig fühlen. Da seine Eltern reich waren, besaß er einen gelben Ferrari, und er hatte verrückte Einfälle. So flog er beispielsweise mit ihr zum Abendessen nach Mexiko City, weil er dort ein kleines Restaurant kannte, wo es die besten Tacos der Welt gab. Ihr war klar, daß all das ziemlicher Unsinn war, aber es gefiel ihr. Und in gewisser Hinsicht war sie erleichtert – nie brauchte sie mit ihm über Medizin, das Krankenhaus oder Psychiatrie zu reden. Von alldem wollte Arthur nichts wissen, sie interessierte ihn lediglich als Frau. (»Nicht als Sexualobjekt?« Der Teufel mochte Doktor Ramos holen.)

Als sie ihn dann besser kannte, hatte sie immer öfter den Wunsch, mit ihm über ihre Arbeit zu sprechen. Dabei entdeckte sie zu ihrer Überraschung, daß er davon nichts hören wollte. Ihre Arbeit bedeutete für ihn eine Bedrohung, denn er tat sich mit allem schwer, was mit Leistung zu tun hatte. Als Beruf gab er Börsenmakler an – das bot sich wohl für den Sohn eines reichen Mannes an – und er sprach voll Sachkunde über Geld im allgemeinen, Investmentzertifikate, Zinssätze und Schuldverschreibungen. Dabei wirkte er so aggressiv, als müsse er sich rechtfertigen und zeigen, daß er ein vollwertiger Mensch war.

Dann merkte sie, was sie von Anfang an hätte erkennen müssen: Arthur interessierte sich in erster Linie deshalb für sie, weil sie auf eigenen Füßen stand. Sie zu beeindrucken und zu erreichen, daß sie ihn anhimmelte, war – theoretisch – schwieriger, als bei den unbedeutenden Filmsternchen, die in den Szenelokalen herumlungerten. Gerade deshalb aber zog er auch mehr Befriedigung daraus.

Allmählich machte es ihr keinen Spaß mehr, in seiner Gesellschaft leichtsinnig zu sein, und alles wurde ein wenig bedrückend. Sie erkannte die Anzeichen: Ihre Arbeit im Krankenhaus nahm sie stärker in Anspruch, und sie mußte Verabredungen mit ihm absagen. Wenn sie ihn aber traf, langweilte seine Extravaganz und seine impulsive Rastlosigkeit sie ebenso wie seine Kleidung und seine Autos. Sie sah ihn über den Restauranttisch an, versuchte festzustellen, was sie eigentlich in ihm gesehen hatte, und entdeckte nicht einmal mehr Spuren davon. Gestern abend hatte sie mit ihm Schluß gemacht. Beide hatten gewußt, daß es so kommen würde, und –

»Sie sagen ja gar nichts mehr«, meldete sich Gerhard.

»Mir fällt nichts ein ... Jetzt ist der rechte Zeitpunkt für alle guten Menschen, dem Patienten zu Hilfe zu kommen. Kaufen Sie jede Woche zehn gute, bequeme Pelze. Jedem von uns ist der letzte gemeinsame Weg zum Himmel gebahnt.« Sie ließ eine Pause eintreten. »Genügt das?«

»Noch ein bißchen.«

»Hänschen klein ging allein in die weite Welt hinein. Tut mir leid, ich weiß nicht, wie es weitergeht. Wissen Sie es?« Sie lachte.

»In Ordnung, jetzt haben wir den richtigen Pegel.«

Sie sah zum Deckenlautsprecher empor. »Werden Sie ihn nachher ankoppeln?«

»Vermutlich«, sagte Gerhard. »Vorausgesetzt, alles geht gut.

Rog hat es ziemlich eilig damit, ihn auf Beruhigungsmittel zu setzen.«

Sie nickte. Erst wenn der letzte Schritt in Bensons Behandlung getan war, konnte man ihm Beruhigungsmittel geben. Man hatte ihn am Vortag bis Mitternacht mit Phenobarbital sediert; jetzt dürfte er einen klaren Kopf haben und zum Ankoppeln über die Schnittstelle bereit sein.

Auf den Begriff »Ankoppeln« war McPherson verfallen, der sich gern mit Begriffen aus der Computersprache schmückte. »Schnittstelle« nennt man den Übergang zwischen zwei Systemen oder zwischen einem Rechner und einem von ihm angesteuerten Gerät. In Bensons Fall war es fast so etwas wie die Verbindung zwischen zwei Rechnern – seinem Gehirn und dem verdrahteten Computerchip in seinem Nacken. Die Leitungen waren gelegt, aber die Schalter noch nicht betätigt. Sobald das geschehen war, würde die Rückkopplungsschleife Benson-Rechner-Benson von selbst funktionieren.

McPherson sah den Fall lediglich als ersten von vielen. Er wollte das Verfahren, das er jetzt an einem Anfallkranken erprobte, auf Schizophrene, geistig Zurückgebliebene und Blinde übertragen. Die Pläne dafür befanden sich bereits in seinem Büro, er hatte das technische Verfahren auf fünf Jahre im voraus geplant. Es war seine Arbeit, dafür immer noch ausgeklügeltere Rechnerbausteine zu verwenden, bis er schließlich das »Projekt Q« in Angriff nehmen konnte, das sogar Ross recht kühn erschien.

Aber heute hieß die praktische Frage, welche der vierzig Elektroden einem Anfall vorbeugen konnte. Noch wußte das niemand, und man würde es experimentell feststellen müssen.

Der Operateur hatte die Elektroden auf den Millimeter genau im vorgesehenen Bereich eingepflanzt. Das war eine beachtliche chirurgische Leistung, doch verglichen mit der Dichte der Informationseinheiten im menschlichen Gehirn nur eine grobe Annäherung, denn dort hat eine Nervenzelle lediglich einen Durchmesser von einem Mikron. Das bedeutet, daß auf einen Millimeter tausend Nervenzellen kommen.

So gesehen lagen die Elektroden nur sehr annähernd im Einsatzgebiet, und deshalb waren auch so viele davon nötig. Wenn man mehrere Elektroden im richtigen Gebiet anbrachte, konnte man davon ausgehen, daß zumindest eine von ihnen an der richtigen Stelle lag, um einen Anfall zu verhindern. Indem man Strom durch eine nach der anderen schickte, ließ sich die richtige im Anschlußverfahren ermitteln.

»Der Patient kommt«, sagte Gerhard durch den Lautsprecher. Gleich darauf fuhr man Benson in einem Rollstuhl herein. Er trug seinen blau-weiß gestreiften Bademantel und wirkte recht wach, als er Ross unbeholfen zuwinkte. Wegen des Verbandes um die Schulter konnte er seinen Arm nicht frei bewegen. »Wie fühlen Sie sich?« erkundigte er sich mit einem Lächeln.

»Das sollte ich Sie fragen.«

»Ich stelle hier die Fragen«, sagte er. Er lächelte immer noch, aber in seiner Stimme lag eine gewisse Schärfe. Überrascht merkte sie, daß er Angst zu haben schien, und fragte sich gleich darauf, warum sie das überraschte. Es war nur natürlich, daß er Angst hatte. Das würde jedem so gehen. Sie selbst war auch nicht gerade übermäßig ruhig.

Die Schwester tätschelte beruhigend Bensons Schulter, nickte Doktor Ross zu und verließ den Raum. Sie waren allein.

Einen Augenblick lang sagte keiner von beiden etwas. Benson sah sie an, sie gab den Blick zurück. Sie wollte Gerhard Zeit lassen, die Fernsehkamera an der Decke scharf zu stellen und seine Geräte zur Reizauslösung vorzubereiten.

»Was tun wir heute?« wollte Benson wissen.

»Wir werden Ihre Elektroden eine nach der anderen stimulieren, um zu sehen, was passiert.«

Er nickte. Zwar schien er das gelassen zur Kenntnis zu nehmen, aber sie hatte gelernt, seiner Gelassenheit nicht zu trauen. Nach einer Weile fragte er: »Wird das weh tun?«

»Nein.«

»Na schön«, sagte er. »Dann mal los.«

Gerhard, der im Nebenzimmer auf einem hohen Hocker saß, umgeben von Anzeigeinstrumenten, die in der Dunkelheit grün schimmerten, sah durch den Spiegel zu, als Ross und Benson miteinander zu sprechen begannen.

Neben ihm nahm Richards das Mikrofon des Diktiergeräts zur Hand und sagte leise: »Stimulationsreihe eins, Patient Harold Benson, 11. März 1971.«

Gerhard sah auf die vier Bildschirme, die er vor sich hatte. Einer zeigte den Patienten; ein Videogerät zeichnete auf, was diese Kamera bei der Stimulationsreihe zu sehen bekam. Ein weiterer Bildschirm zeigte ein Computerbild der vierzig Elektrodenspitzen, die in zwei parallelen Reihen nebeneinander in der Gehirnsubstanz lagen. Immer dann, wenn eine von ihnen stimuliert wurde, glomm der zugehörige Punkt auf dem Bildschirm auf.

Ein dritter Bildschirm zeigte eine Oszilloskopspur des ausgesandten Stromstoßes. Ein vierter den Verdrahtungsplan des winzigen Computerchips zwischen Bensons Nacken und

Schulter. Auch diese Darstellung glomm auf, wenn die Reizleitung aktiv war.

Nebenan sagte Ross: »Sie wecken verschiedene Empfindungen, verspüren von denen manche vielleicht recht angenehm. Sie sollten uns sagen, was Sie fühlen. In Ordnung?«

Benson nickte.

Richards sagte: »Elektrode eins, fünf Millivolt, fünf Sekunden.«

Gerhard betätigte einige Tasten. Das Computerbild zeigte, wie sich der Stromkreis schloß und der Strom sich seinen Weg durch das elektronische Labyrinth des implantierten Computerchips bahnte. Durch den Spiegel sahen sie Benson an.

Benson sagte: »Das ist interessant.«

»Was ist interessant?« fragte Ross.

»Das Gefühl.«

»Können Sie es beschreiben?«

»Es ist so, als würde ich ein Schinkenbrot essen.«

»Mögen Sie Schinkenbrote?«

Benson zuckte die Achseln. »Nicht besonders.«

»Haben Sie Hunger?«

»Nicht besonders.«

»Spüren Sie sonst etwas?«

»Nein, einfach den Geschmack eines Schinkenbrots.« Er lächelte. »Roggenbrot.«

Gerhard am Bedienpult des Rechners nickte. Die erste Elektrode hatte eine schwache Erinnerung hervorgerufen.

Richards: »Elektrode zwei, fünf Millivolt, fünf Sekunden.«

Benson sagte: »Ich muß mal auf die Toilette.«

Ross sagte: »Das geht gleich vorbei.«

Gerhard lehnte sich zurück, nahm einen Schluck Kaffee und beobachtete den weiteren Fortgang des Gesprächs.

»Elektrode drei, fünf Millivolt, fünf Sekunden.«

Diesmal zeigte Benson keinerlei Wirkung. Er unterhielt sich leise mit Ross über Toiletten in Restaurants, Hotels und Flughäfen –

»Probieren wir das noch mal«, sagte Gerhard. »Um fünf erhöhen.«

»Noch einmal Elektrode drei, zehn Millivolt, fünf Sekunden«, bestätigte Richards. Auf dem Bildschirm konnte man den Weg des Stromimpulses verfolgen. Er blieb wieder wirkungslos.

»Weiter mit vier«, sagte Gerhard. Er notierte sich verschiedenes:

Nr. 1 – Schwache Erinnerung? (Schinkenbrot)
Nr. 2 – volle Blase
Nr. 3 – keine subjektive Änderung
Nr. 4 –

Er zog den Gedankenstrich und wartete. Es würde eine ganze Weile dauern, bis sie alle vierzig Elektroden ausprobiert hatten, aber es war spannend, den Vorgang zu verfolgen. Jede Elektrode rief eine grundlegend andere Wirkung hervor als die nächste, obwohl sie dicht nebeneinanderlagen. Das lieferte den letzten Beweis für die Informationsdichte im menschlichen Gehirn, das man als das komplexeste Gebilde im bekannten Universum bezeichnet hatte. Das läßt sich offenkundig nicht bestreiten: Die Zahl der Zellen in einem einzigen menschlichen Gehirn ist dreimal höher als die der Menschen auf der Erde. Bisweilen war diese Informationsdichte schwer zu fassen. Zu einem früheren Zeitpunkt seiner Arbeit bei der NPA hatte sich Gerhard ein Gehirn geben lassen, um es zu sezieren. Mehrere Tage hatte er daran gearbeitet, wobei er ein Dutzend neuro-anatomischer Lehrbücher vor sich aufgeschlagen gehabt hatte. Mit dem üblichen Werkzeug der Gehirnanatomen, nämlich einem stumpfen Holzstäbchen, hatte er geduldig und sorgfältig die graue, käseartige Masse weggeschabt – doch war am Ende nichts dabei herausgekommen. Auf das bloße Auge wirkt es einheitlich und langweilig, liefert nicht den geringsten Hinweis auf seine Aufgabe. Dafür ist es zu kompliziert und besteht aus zu feinen Elementen, die zu dicht beieinanderliegen.

»Elektrode vier«, sagte Richards in das Mikrofon des Aufnahmegeräts. »Fünf Millivolt, fünf Sekunden.« Der Stromstoß wurde ausgelöst.

Mit sonderbar kindlicher Stimme sagte Benson: »Krieg ich bitte Milch und Kekse?«

»Hochinteressant«, kommentierte Gerhard diese Reaktion.

Richards nickte. »Wie alt er da wohl gewesen sein mag?«

»Höchstens fünf oder sechs.«

Benson sprach von Keksen und erzählte Ross von seinem Dreirad. Im Laufe der nächsten Minuten schien er wie ein Zeitreisender langsam aus früheren Jahren wieder aufzutauchen, bis er schließlich erneut ein Erwachsener war, der an seine Jugend zurückdachte, statt in ihr zu leben. »Immer wollte ich Kekse haben, und nie hat sie mir welche gegeben. Sie hat gesagt, sie wären ungesund und schlecht für die Zähne.«

»Wir können weitermachen«, sagte Gerhard.

Richards verkündete: »Elektrode fünf, fünf Millivolt, fünf Sekunden.«

Im Nebenzimmer rutschte Benson unruhig in seinem

Rollstuhl umher. Ross fragte ihn, ob ihm etwas fehle, und er sagte: »Es fühlt sich komisch an.«

»Können Sie das genauer beschreiben?«

»Nein. Wie Schmirgelpapier. Unangenehm.«

Gerhard nickte und notierte: Nr. 5 – möglicherweise im Anfallzentrum. Es kam mitunter vor, daß eine Elektrode einen Anfall auslöste. Niemand wußte, warum – und Gerhard war auch fest überzeugt, daß man es nie erfahren würde. Seiner Ansicht nach entzog sich das Gehirn jedem Versuch, es mit dem Verstand zu erfassen.

Seine Arbeit an Programmen wie »George und Martha« hatte ihm gezeigt, daß vergleichsweise einfache Computeranweisungen bei Maschinen ein komplexes und unvorhersagbares Verhalten hervorrufen konnten. Außerdem war es möglich, daß die programmierte Maschine die Fähigkeiten des Programmierers übertraf; das hatte sich deutlich 1963 gezeigt, als Arthur Samuel bei IBM einen Computer für das Damespiel programmiert hatte – und dieser schließlich so gut spielte, daß er gegen Samuel gewann.

Nicht einmal Rechner dieser Kategorie besaßen mehr Schaltkreise als ein Ameisengehirn. Das Gehirn des Menschen übertraf dies Maß an Komplexität bei weitem, hinzu kam, daß sich dessen Programmierung über mehrere Jahrzehnte erstreckte. Wie konnte da jemand ernsthaft annehmen, man werde es je verstehen?

Darüber hinaus war auch noch ein philosophisches Hindernis zu bedenken. In Goedels Theorem hieß es, kein System sei imstande, sich selbst zu erklären, und keine Maschine fähig, ihre eigene Funktionsweise zu verstehen. Günstigstenfalls, nahm Gerhard an, könnte ein menschliches Gehirn nach jahrelanger Arbeit ein Froschgehirn entschlüsseln. Sich selbst aber würde es nie bis in diese Einzelheiten hinein verstehen können. Dazu wäre ein übermenschliches Gehirn erforderlich.

Gerhard nahm an, daß man eines Tages einen Rechner entwickeln würde, der imstande wäre, die Milliarden von Zellen im Gehirn zu katalogisieren und die Hunderte von Milliarden Verknüpfungen darin zu entwirren. Dann endlich besäße der Mensch zwar die Angaben, die er haben wollte, hätte aber die Leistung nicht selbst vollbracht – dazu war eine andere Art Intelligenz erforderlich. Und natürlich würde der Mensch nicht wissen, auf welche Weise dieser Rechner funktionierte.

Morris kam mit einer Tasse Kaffee herein. Er trank und beobachtete Benson durch die Scheibe. »Wie hält er sich?«

»Gut«, sagte Gerhard.

»Elektrode sechs, fünf und fünf«, befahl Richards.

Nebenan reagierte Benson nicht. Er saß da und unterhielt sich mit Ross über die Operation und seine anhaltenden Kopfschmerzen. Er war ganz ruhig und hatte die Stimulation ganz offensichtlich nicht mitbekommen. Sie wurde wiederholt, nach wie vor ergebnislos. Danach ging es weiter.

»Elektrode sieben, fünf und fünf«, sagte Richards. Er löste den Stromstoß aus.

Mit einemmal richtete sich Benson auf. »Oh«, sagte er. »Das war schön.«

»Was?« fragte Ross.

»Das können Sie gern noch mal machen.«

»Wie fühlt es sich denn an?«

»Gut«, sagte Benson. Sein ganzes Aussehen schien sich kaum wahrnehmbar zu verändern. »Wissen Sie eigentlich«, sagte er nach einer Weile, »daß Sie ein großartiger Mensch sind, Doktor Ross?«

»Vielen Dank«, sagte sie.

»Und außerdem sehr anziehend. Ich weiß nicht, ob ich Ihnen das schon mal gesagt habe.«

»Und wie fühlen Sie sich?«

»Ich kann Sie gut leiden«, sagte Benson. »Ich weiß nicht, ob ich Ihnen das schon gesagt habe.«

»Nett«, sagte Gerhard, der zusah. »Wirklich nett.«

Morris nickte. »Ein ausgeprägter Auslösepunkt. Er hat eindeutig reagiert.«

Gerhard notierte das Ergebnis. Morris trank seinen Kaffee. Sie warteten, bis sich Benson beruhigte. Dann sagte Richards mit unbeteiligter Stimme: »Elektrode acht, fünf Millivolt, fünf Sekunden.«

Die Stimulationsreihe ging weiter.

2

Gegen Mittag tauchte McPherson auf, um das Ankoppeln zu überwachen. Sein Eintreffen überraschte niemanden. Was jetzt bevorstand, war in gewisser Hinsicht unwiderruflich; alles diesem Schritt Vorausgegangene war im Vergleich dazu unerheblich. Man hatte Benson Elektroden, einen Computerchip und eine atomare Batterie eingepflanzt und alles angeschlossen. Aber funktionieren würde das Ganze erst, wenn die Schalter umgelegt waren. Es war ungefähr so, wie wenn man ein Auto baut und dann zum ersten Mal den Zündschlüssel herumdreht.

Gerhard zeigte McPherson seine Notizen von der Stimulationsreihe. »Bei einem Auslösereiz von fünf Millivolt haben wir drei positive und zwei negative Kontakte. Die positiven liegen auf Nummer sieben, neun und einunddreißig, die negativen auf fünf und zweiunddreißig.«

McPherson warf einen Blick auf die Aufzeichnungen und sah dann durch die Scheibe zu Benson hin. »Gibt es bei irgendeinem der positiven Kontakte einen eindeutigen Auslösereiz?«

»Vermutlich bei Nummer sieben.«

»Stark?«

»Ziemlich. Als wir ihn stimuliert haben, hat er erklärt, es gefalle ihm, und er schien von Jan sexuell stimuliert zu sein.«

»Ist es so stark, daß er davon durchdrehen könnte?«

Gerhard schüttelte den Kopf. »Nein«, sagte er. »Außer, wenn er in einem kurzen Zeitraum eine große Anzahl von Reizen empfängt. Ich denke da an die Geschichte mit dem Norweger ...«

»Ich glaube nicht, daß wir uns diesbezüglich Sorgen machen müssen«, sagte McPherson. »Wir haben Benson in den nächsten Tagen noch hier in der Klinik. Sollte es so aussehen, als ob etwas aus dem Ruder laufen könnte, haben wir immer noch die Möglichkeit, auf andere Elektroden umzuschalten. Wir werden ihn einfach eine Weile im Auge behalten. Was ist mit Nummer neun?«

»Sehr schwach. Ehrlich gesagt, ziemlich unbestimmt.«

»Wie hat er reagiert?«

»Etwas spontaner, aber kaum merklich, hat etwas mehr gelächelt und positive Geschichten erzählt.«

McPherson schien das nicht weiter zu beeindrucken. »Und einunddreißig?«

»Eine klare beruhigende Wirkung. Gelassenheit, Entspannung, Glücksgefühl.«

McPherson rieb sich die Hände. »Ich denke, wir können

weitermachen«, sagte er. Nach einem Blick durch die Scheibe auf Benson fügte er hinzu: »Koppeln Sie den Patienten mit sieben und einunddreißig an.«

Offenkundig war McPherson überzeugt, daß er im Begriff stand, Medizingeschichte zu schreiben. Gerhard stand von seinem Hocker auf und ging in eine Ecke des Raumes, in der unter einem Bildschirm ein Bedienpult stand. Er machte sich daran, Tasten zu drücken. Knisternd erwachte der Bildschirm zum Leben. Nach einer Weile erschienen Buchstaben auf ihm.

Benson, H.F.
Ankopplungsverfahren
Mögliche Elektroden: Vierzig, in Serie
Mögliche Stromspannungen: gleichmäßig
Mögliche Dauer: gleichmäßig
Mögliche Stromform: ausschließlich Impuls

Gerhard drückte eine Taste, und der Bildschirm wurde schwarz. Dann erschienen Fragen, zu denen er die Antworten eintippte.

Ankopplungsverfahren Benson, H. F.
1. Welche Elektroden sind zu aktivieren?
Ausschließlich 7, 31
2. Welche Spannung wird an Elektrode sieben angelegt?
5 MV
3. Wie lange soll die Spannung an Elektrode sieben einwirken?
5 Sek.

Nach einer Pause wurden die Fragen für die Elektrode mit der Nummer 31 wiederholt. Wieder gab Gerhard die Antworten ein. McPherson, der ihm dabei zusah, sagte zu Morris: »In gewisser Weise ist das ganz witzig. Wir geben dem Computerchip Anweisungen, wie er arbeiten soll. Der kleine Rechner hier kriegt seine Anweisungen vom Großrechner, und der seine von Gerhard, dessen Computer leistungsfähiger ist als die beiden.«

»Möglich«, sagte Gerhard und lachte.

Auf dem Bildschirm erschien:

> Anschlußwerte gespeichert. Bereit, Hilfseinheit zu programmieren.

Morris seufzte. Hoffentlich würde es nie dahin kommen, daß ihn ein Computer als »Hilfseinheit« bezeichnete. Gerhard tippte stumm, so daß man nur das Klicken der Tasten hörte. Die anderen Bildschirme zeigten die innere Struktur des Computerchips. Die Schaltkreise glommen in Abständen auf, während die Werte eingegeben wurden.

> Benson HF ist angekoppelt. Implantiertes Gerät liest jetzt EEG-Werte und liefert die zugehörige Rückmeldung.

Das war alles. Irgendwie war Morris enttäuscht; zwar hatte er gewußt, daß es so sein würde, aber er hatte etwas Spektakuläreres erhofft – oder gebraucht. Gerhard überprüfte das System. Es arbeitete fehlerlos. Wieder wurde der Bildschirm schwarz, dann lieferte er die abschließende Meldung:

Das Computersystem 360 des Universitätsklinikums dankt Ihnen für die Überweisung dieses interessanten Patienten.

Gerhard lächelte. Nebenan unterhielt sich Benson immer noch leise mit Ross. Keiner von beiden schien irgendeine Veränderung bemerkt zu haben.

3

Nach Abschluß der Stimulationsreihe war Janet Ross zutiefst deprimiert. Sie stand auf dem Gang und sah zu, wie man Benson wegfuhr. Als die Schwester um die Ecke bog, erhaschte sie einen letzten Blick auf den weißen Verband, dann war der Patient fort.

Sie ging in der Gegenrichtung davon und durchschritt die bunten Türen zur NPA. Aus irgendeinem Grund mußte sie an Arthurs gelben Ferrari denken. Es war ein herrliches und elegantes Fahrzeug und völlig belanglos. Das vollkommene Spielzeug. Sie stellte sich vor, wie sie in Monte Carlo in einem Kleid von Balenciaga aus diesem Wagen stieg und die Treppen zum Spielkasino emporschritt, um zu spielen, wobei sie nichts Wichtigeres einzusetzen brauchte als Geld.

Sie sah auf die Uhr. Grundgütiger, es war erst Viertel nach zwölf. Der halbe Tag lag noch vor ihr. Wie das Leben einer Kinderärztin wohl sein mochte? Wahrscheinlich lustig. Man kitzelt Säuglinge, gibt ihnen Spritzen und berät Mütter, wie sie erreichen können, daß die Kleinen nicht mehr in die Windeln machen. Kein schlechtes Leben. Ihr ging der Verband um Bensons Schulter nicht aus dem Kopf. Dann betrat sie den Rechnerraum. Sie hoffte, mit Gerhard allein sprechen zu können, aber alle waren da – McPherson, Morris, Ellis, kurz, jeder. Fröhlich prosteten sie einander mit Kaffee in Styroporbechern zu.

Jemand drückte auch ihr einen Becher in die Hand, und McPherson nahm sie väterlich in den Arm. »Soweit ich weiß, haben wir heute Benson auf Sie scharf gemacht.«

»Stimmt«, sagte sie und brachte ein Lächeln zustande.

»Nun, vermutlich sind Sie daran gewöhnt.«

»Eigentlich nicht«, sagte sie.

Im Raum wurde es stiller, die Feststimmung verflog. Sie hatte ein schlechtes Gewissen, aber es war nicht sehr ausgeprägt. Einen Menschen mit Hilfe eines Stromstoßes sexuell zu erregen, war nicht lustig. Es mochte physiologisch interessant sein, bestimmt war es furchterregend und zum Heulen, aber witzig auf keinen Fall. Warum fanden die anderen das nur so verdammt komisch?

Ellis brachte eine Taschenflasche zum Vorschein und goß ihr eine durchsichtige Flüssigkeit in den Kaffee. »Jetzt ist es ein Irish Coffee«, sagte er augenzwinkernd, »viel besser«.

Sie nickte und sah durch den Raum zu Gerhard hin.

»Trinken Sie schon aus«, sagte Ellis.

Gerhard unterhielt sich mit Morris. Das Gespräch schien beider Aufmerksamkeit zu fesseln; dann hörte sie Morris sagen: »... mir bitte mal die Mötze rübergeben?« Gerhard lachte, und Morris auch. Es war wohl eine Art Witz.

»Gar nicht schlecht«, sagte Ellis. »Was meinen Sie?«

»Sehr gut«, sagte sie und nahm einen winzigen Schluck. Es gelang ihr, sich von Ellis und McPherson zu lösen. Sie trat zu Gerhard hinüber. Er war im Augenblick allein; Morris füllte gerade seine Tasse neu.

»Kann ich kurz mit Ihnen reden?« fragte sie.

»Klar«, sagte Gerhard. Er beugte seinen Kopf zu ihr hin. »Worum geht es?«

»Ich möchte etwas wissen. Haben Sie die Möglichkeit, Benson hier auf dem Hauptrechner zu überprüfen?«

»Sie meinen, ob ich das implantierte Gerät überprüfen kann?«

»Ja.«

Gerhard zuckte die Achseln. »Ich denke schon, warum? Wir wissen, daß es funktioniert.«

»Das weiß ich auch«, sagte sie. »Aber würden Sie es trotzdem tun, als Vorsichtsmaßnahme?«

Gerhard sagte nichts. In seinen Augen stand die Frage: Als Vorsichtsmaßnahme gegen was?

»Bitte!«

»Na schön«, sagte er. »Ich laß ein Prüfprogramm laufen, sobald die hier weg sind.« Er nickte zur Gruppe hinüber. »Dann überwacht ihn der Rechner zweimal stündlich.«

Sie runzelte die Brauen.

»Soll ich es viermal stündlich machen?«

»Wie wäre es mit alle zehn Minuten?« fragte sie.

»Von mir aus«, sagte er. »Alle zehn Minuten.«

»Danke«, sagte sie. Danach trank sie ihren Kaffee aus und verließ den Raum.

4

Ellis saß in einer Ecke des Zimmers 610 und sah dem halben Dutzend Techniker zu, die sich um das Bett herum zu schaffen machten. Zwei Leute aus dem Strahlenlabor nahmen Messungen vor, um Streustrahlung festzustellen; eine junge

Frau nahm eine Blutprobe für das Labor, die auf Steroidwerte untersucht werden sollte; ein EEG-Techniker stellte die Anlage neu ein, und außerdem waren da noch Gerhard und Richards, die einen letzten Blick auf die Leitungen warfen.

Inmitten all dieses geschäftigen Treibens lag Benson reglos im Bett. Er atmete leicht und sah zur Decke empor. Er schien nicht zu bemerken, daß man ihn berührte, hier einen Arm bewegte oder da am Laken zog. Er sah unverwandt zur Decke empor.

Einen Augenblick lang legte einer der Männer aus dem Strahlenlabor Benson eine stark behaarte dunkle Hand auf den Verband. Unwillkürlich fielen Ellis die Affen ein, die er operiert hatte. Diese Eingriffe hatten keinem anderen Zweck gedient, als seine technischen Fertigkeiten zu verbessern, denn er hatte in jedem Augenblick gewußt, daß es sich um einen Affen handelte, ganz gleich, wie sehr er sich bemühte, so zu tun, als habe er einen Menschen vor sich. Dabei war es völlig unerheblich, ob ihm einmal die Hand ausrutschte und er dem Tier den Hals von einem Ohr zum anderen durchschnitt. Niemand würde Fragen stellen, keine Verwandten würden sich aufregen, weder Anwälte noch Presse sich einmischen, nichts und niemand – nicht einmal die Beschaffungsstelle würde wütend nachfragen, wo eigentlich all die Affen zum Stückpreis von achtzig Dollar blieben. Es kümmerte niemanden, und auch ihn nicht. Sein Ziel war nicht, Affen zu helfen, sondern Menschen.

Benson regte sich. »Ich bin müde«, sagte er. Er sah zu Ellis hinüber.

Ellis fragte: »Sind wir allmählich fertig, Leute?«

Einer nach dem anderen traten die Techniker vom Bett zurück, nickten, sammelten ihre Instrumente und ihre Unterlagen ein und gingen hinaus. Gerhard und Richards verließen den Raum als letzte. Schließlich war Ellis mit Benson allein.

»Wie fühlen Sie sich? Schläfrig?« fragte Ellis.

»Wie eine verdammte Maschine. Ich komme mir vor wie ein Auto in einer hochtechnisierten Werkstatt. Ich habe das Gefühl, als ob ich hier *repariert* werden soll.«

Benson wurde wütend. Ellis spürte, wie auch seine Anspannung zunahm. Er war versucht, nach Schwestern und Pflegern zu rufen, die Benson bändigen sollten, wenn der Anfall kam. Aber er blieb sitzen.

»Das ist doch Blödsinn«, sagte Ellis.

Benson blitzte ihn schwer atmend an.

Ellis sah zu den Aufzeichnungsgeräten über dem Bett. Die Gehirnwellen zeigten ein unregelmäßiges Bild, wie bei einem Anfall.

Benson rümpfte die Nase und schnupperte. »Was ist das für ein Geruch?« fragte er. »Das ist ja widerlich –«

Über dem Bett blinkte rot die Schrift STIMULATION auf. Bensons Pupillen weiteten sich. Zugleich bildeten die Gehirnwellen fünf Sekunden lang ein in sich verschlungenes Gewirr heller Linien. Dann wurden sie wieder glatt; die Pupillen nahmen aufs neue ihre normale Größe an.

Benson wandte sich beiseite und sah durch das Fenster auf die Nachmittagssonne. »Eigentlich ist heute ein sehr schöner Tag«, sagte er, »finden Sie nicht auch?«

5

Ohne besonderen Grund kehrte Janet Ross um elf Uhr abends ins Krankenhaus zurück. Sie war mit einem Kollegen aus der Pathologie ins Kino gegangen, der sie schon seit Wochen eingeladen hatte; endlich hatte sie eingewilligt. Es gab einen harten Krimi, die einzige Art Film, die sich der Pathologe seiner Aussage nach je ansah. Nach dem fünften Mord hatte sie aufgehört mitzuzählen. Sie hatte im Dunkeln zu ihrem Begleiter hinübergesehen – er lächelte. Diese Reaktion paßte so genau zum Klischee des Pathologen, daß sie unwillkürlich an andere Medizinerklischees dachte: daß alle Chirurgen Sadisten, alle Pädiater Kindsköpfe und alle Gynäkologen Frauenhasser seien. Und alle Psychiater verrückt.

Anschließend hatte er sie zum Krankenhaus zurückgefahren, weil sie ihren Wagen dort auf dem Parkplatz hatte stehenlassen. Doch statt nach Hause zu fahren, war sie ohne besonderen Anlaß zur NPA hinaufgegangen.

Sie sah niemanden, nahm aber an, daß Gerhard und Richards im Rechnerraum bei der Arbeit sein würden, und so war es auch. Sie studierten eifrig Computerausdrucke. Es fiel ihnen kaum auf, als sie hereinkam und sich eine Tasse Kaffee eingoß.

»Schwierigkeiten?« fragte sie.

Gerhard kratzte sich am Kopf. »Diesmal ist es Martha«, sagte er. »Erst hat sich George geweigert, ein Heiliger zu sein, und jetzt wird Martha umgänglich. Alles spielt verrückt.«

Richards lächelte. »Sie haben Ihre Patienten, Jan«, sagte er, »und wir haben unseren.«

»Da wir gerade von meinem Patienten sprechen…«

»Natürlich«, sagte Gerhard, stand auf und trat zum Bedienpult des Rechners. »Das habe ich mir schon gedacht, als Sie reinkamen.« Er lächelte. »Oder war's kein netter Abend?«

»Der Film war scheußlich«, sagte sie.

Gerhard drückte auf Tasten, und auf dem Bildschirm erschienen Zahlen und Buchstaben. »Hier sind alle Überprüfungen, seit ich heute mittag um zwölf Minuten nach eins mit der Überwachung angefangen habe.«

13:12	EEG NORMAL
13:22	EEG NORMAL
13:32	EEG SCHLAF
13:42	EEG SCHLAF
13:52	EEG NORMAL
14:02	EEG NORMAL
14:12	EEG NORMAL
14:22	EEG NORMAL
14:32	EEG SCHLAF
14:42	EEG NORMAL
14:52	EEG NORMAL
15:02	EEG NORMAL
15:12	EEG SCHLAF
15:22	EEG SCHLAF
15:32	STIMULATION
15:42	EEG NORMAL
15:52	EEG SCHLAF
16:02	EEG NORMAL
16:12	EEG NORMAL
16:22	EEG NORMAL
16:32	EEG SCHLAF
16:42	EEG NORMAL
16:52	EEG NORMAL
17:02	EEG SCHLAF
17:12	EEG NORMAL
17:22	EEG NORMAL
17:32	EEG SCHLAF
17:42	EEG NORMAL
17:52	EEG NORMAL
18:02	EEG NORMAL
18:12	EEG NORMAL
18:22	EEG NORMAL
18:32	EEG NORMAL
18:42	EEG NORMAL
18:52	STIMULATION
19:02	EEG NORMAL
19:12	EEG NORMAL
19:22	EEG SCHLAF
19:32	EEG SCHLAF
19:42	EEG SCHLAF
19:52	EEG NORMAL
20:02	EEG NORMAL
20:12	EEG NORMAL
20:22	EEG SCHLAF
20:32	EEG NORMAL
20:42	EEG NORMAL
20:52	EEG NORMAL
21:02	STIMULATION
21:12	EEG SCHLAF
21:22	EEG NORMAL
21:32	EEG NORMAL
21:42	EEG NORMAL
21:52	EEG NORMAL
22:02	EEG NORMAL

22:12	EEG NORMAL	22:42	EEG SCHLAF
22:22	EEG NORMAL	22:52	EEG NORMAL
22:32	STIMULATION	23:02	EEG NORMAL

»Damit kann ich nichts anfangen», sagte Ross mit gerunzelter Stirn. »Es sieht aus, als wäre er zwischendurch immer wieder weggedöst und ein paarmal stimuliert worden, aber ...« Sie schüttelte den Kopf. »Gibt es keine andere Art, das darzustellen?«

Während sie sprach, fügte der Rechner den Zahlenkolonnen einen neuen Wert hinzu:

23:12 EEG NORMAL

»Die Leute können einfach nicht mit den Angaben von Computern umgehen«, sagte Gerhard mit gespielter Empörung. Das stimmte. Eine Maschine kann eine Zahlenkolonne nach der anderen auswerten, ein Mensch ist darauf angewiesen, Muster zu sehen. Dafür ist eine Maschine ausgesprochen unfähig, Muster zu erkennen. Das klassische Beispiel ist der Versuch zu erreichen, daß eine Maschine zwischen »B« und »C« unterscheidet. Es ist kinderleicht, mit einem Blick auf die beiden Muster den Unterschied festzustellen, für eine Maschine aber nahezu unmöglich.

»Ich stelle es Ihnen graphisch dar«, sagte Gerhard. Er betätigte Tasten, und das Bild verschwand. Nach einer Weile legte sich ein Gitternetz über den Bildschirm, und die Punkte begannen aufzublinken:

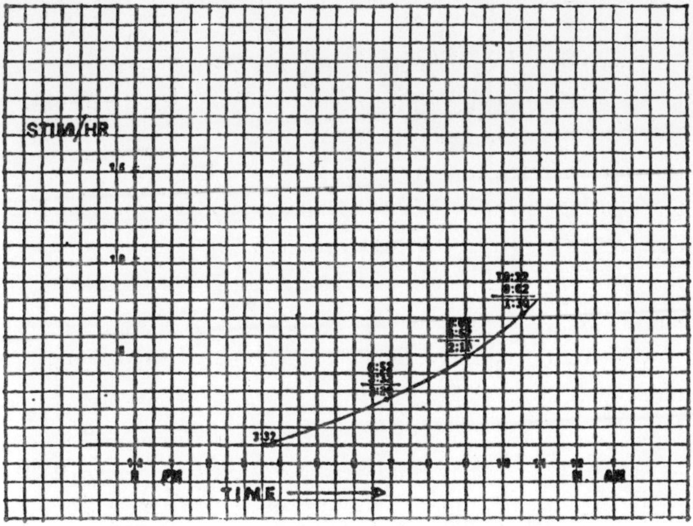

»Verdammt«, sagte sie beim Anblick der Kurve.

»Was ist los?« fragte Gerhard.

»Die Stimulierungen werden häufiger. Erst hatte er lange keine, dann bekam er alle paar Stunden eine. Jetzt sieht es ganz so aus, als wäre es jede Stunde. Was schließen Sie daraus?«

»Nichts Besonderes.«

»Das ist aber ein ganz deutlicher Hinweis«, sagte sie. »Wir wissen, daß Bensons Gehirn mit dem Rechner in Wechselbeziehung steht, stimmt doch?«

»Schon …«

»Und diese Wechselbeziehung dürfte eine Art Lernmuster sein. Es ist wie bei einem Kind mit einem Bonbonglas. Wenn man ihm jedesmal auf die Finger haut, sobald es nach dem Glas greift, tut es das nicht mehr so oft. Sehen Sie«, sie warf rasch eine Skizze aufs Papier.

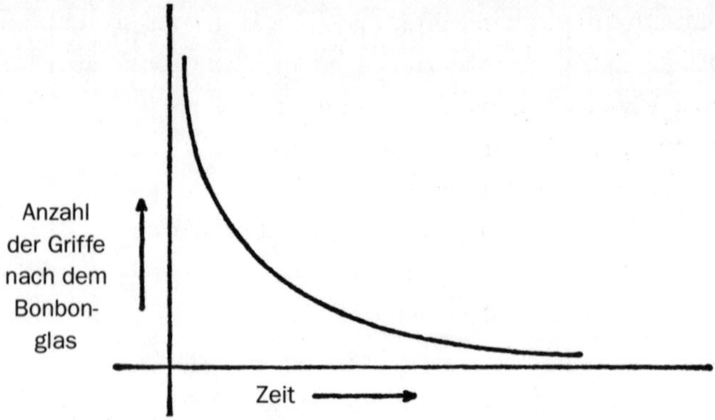

»So«, sagte sie, »das ist eine negative Verstärkung. Das Kind greift zu und bekommt etwas auf die Finger. Also greift es immer seltener zu, bis es schließlich ganz aufhört. Alles klar?«

»Klar«, sagte Gerhard, »aber –«

»Augenblick noch. So funktioniert das, wenn das Kind normal ist. Wenn es aber masochistisch veranlagt ist, sieht die Sache ganz anders aus.« Sie zeichnete eine weitere Kurve.

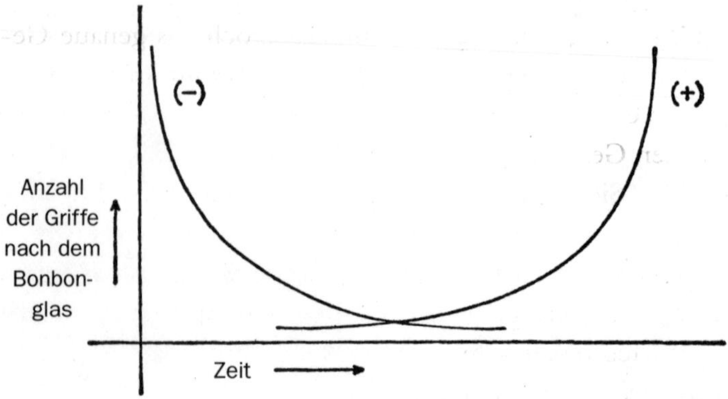

»Hier greift das Kind öfter nach den Bonbons, weil es aus den Schlägen Lustgewinn zieht. Eigentlich müßten sie als negative Verstärkung wirken, kommen aber als positive Verstärkung an. Erinnern Sie sich an Cecil?«

»Nein«, sagte Gerhard.

Der Rechner meldete den nächsten Wert:

23:22 Stimulation

»Verdammter Mist«, sagte sie, »da haben wir es.«

»Was?«

»Benson tritt in einen Zyklus progessiv positiver Verstärkung ein.«

»Ich verstehe nicht.«

»Das ist ganz wie bei Cecil. Man hat ihn 1965 als ersten Affen mit Elektroden an einen Rechner angekoppelt. Damals war der Rechner noch kein einfacher Chip, sondern ein riesiger Apparat, mit dem der Affe fest verdrahtet war. Sobald er einen Anfall entdeckte, sandte er einen Stromstoß aus, um ihn zu beenden. So weit, so gut. Eigentlich hätten die Anfälle jetzt immer seltener auftreten müssen, wie ein Kind immer seltener zum Bonbonglas greifen müßte. Doch das genaue Gegenteil ist eingetreten. Cecil gefielen die Stromstöße, und daher hat er angefangen, sie selbst auszulösen, um möglichst oft in ihren Genuß zu kommen.«

»Und Sie meinen, daß das bei Benson genauso ist?«

»Ich glaube schon.«

Gerhard schüttelte den Kopf. »Hören Sie, Jan, das klingt ja alles ganz interessant, aber ein Mensch kann doch Anfälle nicht nach Belieben auslösen und unterdrücken. Er kann sie nicht beherrschen, denn sie sind –«

»... dem Willen nicht unterworfen«, sagte sie. »Das stimmt. Man kann sie ebensowenig beeinflussen wie Puls, Blutdruck, Schweißausbrüche und alle anderen unwillkürlichen Körperfunktionen.«

Eine lange Pause trat ein. Gerhard sagte: »Sie werden mir gleich sagen, daß ich unrecht habe.«

Auf dem Bildschirm erschien die Anzeige:

23:32 -----

»Ich will Ihnen was sagen«, fuhr sie fort, »Sie haben zu viele Kongresse geschwänzt. Wissen Sie etwas über autonomes Lernen?«

Nach einer Pause sagte er schuldbewußt: »Nein.«

»Darüber hat lange der Schleier des Geheimnisvollen gelegen. Ursprünglich war man überzeugt, man könne lediglich lernen, willkürliche Handlungen zu steuern. Also kann man Autofahren lernen, nicht aber, wie man seinen Blutdruck senkt. Allerdings waren Yogis angeblich imstande, den Sauerstoffbedarf ihres Körpers und ihren Puls bis an die Grenze zu vermindern, an der ein Leben fast nicht mehr möglich ist. Sie konnten die Peristaltik der Eingeweide umkehren und Flüssigkeiten durch den Anus aufnehmen. Doch das waren unbestätigte Berichte – und in der Theorie war all das unmöglich.«

Gerhard nickte zurückhaltend.

»Nun, inzwischen wissen wir, daß es durchaus möglich ist. Man kann einer Ratte beibringen, daß sie nur eins ihrer Ohren erröten läßt. Man kann sich sogar aussuchen, ob es das rechte oder das linke sein soll. Man kann ihr beibringen, den Blutdruck zu steigern oder zu senken und den Puls zu beschleunigen oder zu verlangsamen. Das geht auch mit Menschen. Es ist also keinesfalls unmöglich, sondern ohne weiteres durchführbar.«

»Wie?« Er stellte die Frage mit unverhüllter Neugier. Mochte ihm seine Unwissenheit anfangs peinlich gewesen sein, jetzt war davon nichts mehr zu merken.

»Nun, beispielsweise setzt man jemanden mit hohem Blutdruck mit einer Meßmanschette am Arm in ein Zimmer. Sobald der Blutdruck heruntergeht, läutet eine Glocke. Man fordert den Menschen auf, er möge versuchen, dafür zu sorgen, daß die Glocke so oft wie möglich läutet. Dies Läuten ist für ihn eine Belohnung, und daher gibt er sich Mühe, es zu erreichen. Anfangs geschieht das zufällig, doch bald lernt er, wie er dafür sorgen kann, daß es öfter eintritt. Die Glocke läutet immer häufiger, und nach einigen Stunden ziemlich oft.«

Gerhard kratzte sich am Kopf. »Und Sie glauben also, daß Benson die Zahl seiner Anfälle steigert, um mit Stromstößen belohnt zu werden?«

»Ja.«

»Was für eine Rolle spielt das denn? Er kann doch gar keine Anfälle mehr bekommen, denn der Computer verhindert sie.«

»Eben doch«, sagte sie. »Vor ein paar Jahren hat man einem schizophrenen Norweger Elektroden eingesetzt und ihm die Möglichkeit gegeben, ein Lustzentrum so oft zu stimulieren, wie er wollte. Das hat er so lange getan, bis er durch Überstimulation Krämpfe bekam.«

Gerhard zuckte zusammen.

Richards, der das Bedienpult im Auge behalten hatte, sagte mit einemmal: »Irgendwas stimmt da nicht.«

»Wieso?«
»Wir kriegen keine Werte mehr.«
Auf dem Bildschirm erschien:

```
23:32        -----
23:42        -----
```

Ross sah hin und seufzte. Dann sagte sie: »Lassen Sie sich diese Kurve vom Rechner extrapolieren. Stellen Sie fest, ob Benson tatsächlich in einen Lernzyklus eingetreten ist, und wie rasch der abläuft.« Sie macht sich auf den Weg zur Tür. »Ich seh mal nach ihm.«

Freitag, 12. März 1971

DER ZUSAMMENBRUCH

1

Im sechsten Stock war in der Abteilung Spezialchirurgie alles ruhig. Zwei Schwestern waren im Stationszimmer. Eine vermerkte die Fortschritte der Patienten in deren Akten, die andere aß einen Schokoriegel und blätterte in einer Filmzeitschrift. Keine von beiden achtete weiter darauf, daß Ross an das Wandbrett mit den Krankenakten trat, Bensons Unterlagen herausnahm und etwas nachlas.

Sie wollte wissen, ob er all seine Medikamente bekommen hatte und stellte zu ihrem Erstaunen fest, daß das nicht der Fall war. »Warum hat Benson sein Thorazin nicht bekommen?« wollte sie wissen.

Die Schwestern hoben überrascht den Blick. »Benson?«

»Der Patient auf 620.« Sie sah auf die Uhr. Mitternacht war schon vorüber. »Er sollte ab Mittag Thorazin bekommen, also seit zwölf Stunden.«

»Entschuldigung... darf ich mal?« Eine der Schwestern griff nach der Akte. Ross gab sie ihr und sah zu, während sie das Blatt mit den Vermerken der Ärzte heraussuchte. McPhersons Anweisung, Thorazin zu verabreichen, war mit einem roten Kreis umgeben, neben dem »Rückfrage« stand.

Ross wußte, daß Bensons psychotische Neigungen ohne

hohe Thorazindosen nicht beherrschbar waren und sich als gefährlich erweisen konnten.

»Ach ja«, sagte die Schwester. »Jetzt fällt es mir wieder ein. Doktor Morris hatte gesagt, wir sollten ausschließlich Anweisungen von ihm oder Doktor Ross befolgen. Diesen Doktor McPhee kennen wir nicht und haben daher gewartet, bis er kommt, um seine Anweisung zu bestätigen. Es –«

»Doktor Mc*Pherson* ist der Leiter der NPA«, sagte Ross mit Nachdruck.

Mit gerunzelter Stirn betrachtete die Schwester die Unterschrift. »Und woher sollen wir das wissen? Man kann den Namen doch gar nicht lesen. Sehen Sie selbst.« Sie gab Ross die Akte zurück. »Wir dachten, es heißt McPhee, und der einzige McPhee im Ärzteverzeichnis der Klinik ist Gynäkologe. Das ist uns sonderbar vorgekommen, und weil es immer wieder mal passiert, daß Ärzte aus Versehen was in die falsche Krankenakte schreiben, haben wir –«

»Schon gut«, sagte Ross mit einer Handbewegung. »Schon gut. Geben Sie ihm jetzt einfach sein Thorazin, ja?«

»Wird gemacht«, sagte die Schwester und trat mit einem bösen Blick auf Ross an den Medikamentenschrank. Ross ging den Korridor entlang zu Zimmer 610.

Der Polizeibeamte, der vor Bensons Zimmer Wache hielt, hatte seinen Stuhl auf zwei Beinen schräg an die Wand gestellt. Er rauchte eine Zigarette, deren Asche er mehr oder weniger in die Richtung eines Aschenbechers auf dem Fußboden streute und las mit größerer Hingabe in einem Liebesroman, als Ross das für möglich gehalten hätte. Sie brauchte ihn nicht zu fragen, woher er das Heftchen hatte.

Vermutlich hatte er sich gelangweilt und es sich von einer der Schwestern ausgeliehen.

Er hob den Blick, als sich Ross näherte. »Guten Abend, Doktor.«

»Guten Abend.« Sie unterdrückte den Impuls, ihm wegen seiner laxen Dienstauffassung Vorhaltungen zu machen. Zum einen unterstanden Polizeibeamte ihr nicht, und zum anderen ärgerte sie sich einfach über die Schwestern. »Alles ruhig?« fragte sie.

»Ziemlich.«

Stimmen und Gelächter im Zimmer zeigten ihr an, daß der Fernseher lief. Jemand sagte: »Und was hast du dann gemacht?« Erneut ertönte Gelächter. Sie öffnete die Tür.

Die einzige Lichtquelle im Zimmer war der Fernsehschirm. Benson schien eingeschlafen zu sein. Er hatte der Tür den Rücken zugekehrt und sich die Decke über die Schulter gezogen. Ross schaltete den Fernseher aus und trat ans Bett. Sanft legte sie ihm eine Hand auf das Bein.

»Harry«, sagte sie leise. »Harry –«

Sie hielt inne.

Das Bein unter ihrer Hand war weich und formlos. Sie verstärkte den Druck; das »Bein« beugte sich ganz sonderbar. Sie schaltete die Nachttischlampe ein, so daß helles Licht den Raum erfüllte. Dann zog sie Decke und Laken zurück.

Benson war fort. Statt seiner lagen drei der Plastiksäcke im Bett, mit denen man im Krankenhaus die Abfalleimer auskleidete. Er hatte sie aufgeblasen und fest verknotet. Ein zusammengerolltes Handtuch vertrat die Stelle seines Kopfes und ein weiteres seinen Arm.

Leise sagte Ross zu dem Polizisten: »Sie sollten ganz schnell mal reinkommen.«

Die Hand am Revolvergriff, stürmte er ins Zimmer. Ross wies aufs Bett.

»Verdammte Scheiße«, sagte der Polizeibeamte. »Was ist passiert?«

»Das wüßte ich gern von Ihnen.«

Der Mann ging sofort ins Badezimmer und sah nach; es war leer. Er sah in den Kleiderschrank. »Seine Sachen sind alle noch da –«

»Wann haben Sie zum letztenmal hier drin nachgesehen?«

»– aber seine Schuhe sind weg«, sage er, nach wie vor mit dem Kopf im Kleiderschrank. »Die Schuhe fehlen.« Er wandte sich um und sah Ross verzweifelt an. »Wo ist er?«

»Wann haben Sie zum letzten Mal hier drin nachgesehen?« wiederholte Ross. Sie drückte auf die Klingel neben dem Bett, um die Nachtschwester zu holen.

»Vor etwa zwanzig Minuten.«

Ross trat ans offenstehende Fenster und sah hinaus. Sechs Stockwerke lagen zwischen ihr und dem Parkplatz. »Wie lange haben Sie die Tür unbeaufsichtigt gelassen?«

»Wirklich nur ein paar Minuten –«

»Wie lange?«

»Ich hatte keine Zigaretten mehr. Hier im Krankenhaus gibt's keinen Automaten, deshalb mußte ich zum Cafe auf der anderen Straßenseite. Ich war vielleicht drei Minuten weg. Gegen halb zwölf. Die Schwestern haben gesagt, sie würden die Augen offenhalten.«

»Na toll!« sagte Ross. Sie sah im Nachttisch nach und stellte fest, daß Bensons Rasierzeug da war, sein Geldbeutel, seine Autoschlüssel... alles.

Die Nachtschwester steckte den Kopf zur Tür herein. »Was gibt's?«

»Es sieht so aus, als ob uns ein Patient fehlte«, sagte Ross.

»Wie bitte?«

Ross wies auf die Plastiksäcke im Bett. Die Schwester brauchte eine ganze Weile, bis sie begriff. Dann wurde sie leichenblaß.

»Rufen Sie Doktor Ellis an«, sagte Ross. »Außerdem Doktor McPherson und Doktor Morris. Sagen Sie ihnen, daß Benson verschwunden ist. Sie sind bestimmt zu Hause. Sagen Sie der Telefonzentrale, daß es dringend ist und lassen sich zu ihnen durchstellen. Danach rufen Sie den Sicherheitsdienst. Haben Sie verstanden?«

»Ja«, sagte die Schwester und stürzte davon.

Ross setzte sich auf die Kante von Bensons Bett und wandte sich dem Polizeibeamten zu. »Woher hat er die Säcke?« fragte dieser.

Sie hatte sich bereits Gedanken darüber gemacht. »Einen aus dem Abfalleimer am Bett«, sagte sie, »den anderen aus dem an der Tür. Den dritten aus dem Abfalleimer im Badezimmer. Aus dem Badezimmer hat er auch die beiden Handtücher.«

»Raffiniert», sagte der Polizist. Er wies auf den Wandschrank. »Aber weit kommt er nicht. Er hat seine ganzen Sachen hiergelassen.«

»Aber die Schuhe mitgenommen.«

»Ein Mann im Bademantel mit einem Verband kommt nicht mal dann weit, wenn er Schuhe anhat.« Er schüttelte den Kopf. »Ich melde das besser.«

»Hat er jemanden angerufen?«

»Heute abend?«

»Nein, letzten Monat.«

»Hören Sie, es nützt keinem was, wenn Sie mich jetzt fertigmachen.«

Er war noch ziemlich jung, vermutlich Anfang Zwanzig. Sie merkte, daß er Angst hatte. Er hatte versagt und war nicht sicher, was mit ihm geschehen würde. »Tut mir leid«, sagte sie. »Ja, heute abend.«

»Er hat jemanden angerufen«, sagte er. »Gegen elf.«

»Haben Sie mitgehört?«

»Nein.« Er zuckte die Achseln. »Ich wär doch nie auf den Gedanken gekommen...« Er ließ den Satz unbeendet. »Sie wissen schon.«

»Er hat also um elf jemanden angerufen und ist um halb zwölf verschwunden.« Sie trat auf den Gang hinaus und sah zum Stationszimmer hinüber. Es war immer besetzt. Um den Aufzug zu erreichen, hätte er an den Schwestern vorbeigemußt. Das hätte er auf keinen Fall geschafft.

Welche andere Möglichkeit hatte er gehabt? Sie richtete den Blick auf das andere Ende des Ganges. Von dort führte eine Treppe nach unten. Die hätte er nehmen können. Aber sechs Stockwerke? Dazu war er zu schwach. Außerdem wäre er unten an der Pforte mit seinem Bademantel und dem Verband sofort aufgefallen und man hätte ihn festgehalten.

»Mir will das nicht in den Kopf«, sagte der Polizist, der aus dem Gang hereinkam. »Wohin hätte er denn gehen können?«

»Er ist sehr klug«, sagte Ross. Das schienen alle immer wieder zu vergessen. In den Augen der Polizeibeamten war Benson ein Straftäter, der wegen schwerer Körperverletzung unter Anklage stand, einer von Hunderten mieser Typen, wie sie sie jeden Tag zu sehen bekamen. Für die Leute im Krankenhaus war er ein Kranker, ein unglücklicher, gefährlicher Mensch am Rande des Wahnsinns. Keiner dachte daran, daß Benson außerdem brillant war. Seine Leistung auf dem Gebiet der Informatik, auf dem viele intelligente Menschen arbeiteten, waren herausragend. Bei seiner Aufnahme in die NPA hatte er im WAIS-Kurztest einen Intelligenzquotienten von 144 erreicht. Wenn er die Absicht hatte zu verschwinden, war er durchaus imstande, an der Tür zu lauschen, während der Polizeibeamte mit den Schwestern darüber sprach, daß er schnell einmal Zigaretten holen wollte – und sich dann in wenigen Minuten davonzumachen. Aber wie nur?

Es mußte Benson klargewesen sein, daß er das Krankenhaus auf keinen Fall im Bademantel verlassen konnte. Er hatte seine Straßenkleidung in seinem Zimmer gelassen – damit wäre er vermutlich ebenfalls nicht hinausgelangt. Nicht um Mitternacht. Man hätte ihn an der Aufnahme festgehalten, denn die Besuchszeit war seit drei Stunden vorbei.

Was zum Teufel also würde er tun?

Der Polizeibeamte ging zum Stationszimmer, um von dort seinen Bericht telefonisch durchzugeben. Ross folgte ihm und sah sich in den anderen Krankenzimmer um. Auf 609 lag ein Patient mit Verbrennungen; sie öffnete die Tür und sah hinein, um festzustellen, ob außer ihm jemand im Raum war. 608 war leer; der Patient, eine Nierentransplantation, war am Nachmittag entlassen worden. Auch in diesem Zimmer sah sie sich um.

An der nächsten Tür stand MATERIALLAGER. Es enthielt unter anderem Verband- und Nahtmaterial sowie Bettwäsche. Sie öffnete die Tür und trat ein und ließ den Blick schweifen: Flaschen mit intravenösen Lösungen, sterile Handschuhe, Operationskittel, Reservekleidung für Schwestern und Pfleger –

Dann gab es ihr einen Ruck. Ihr Blick war auf einen blauen Bademantel gefallen, den jemand flüchtig in die Ecke eines Regals gestopft hatte, in dem ordentlich gefaltet Stapel von weißen Hosen, Hemden und Jacken aufeinanderlagen, wie das Krankenhauspersonal sie trug.

Sie rief nach der Schwester.

»Das ist ausgeschlossen«, sagte Ellis und schritt unruhig im Stationszimmer auf und ab. »Ganz und gar ausgeschlossen. Er ist erst vor zwei – eineinhalb Tagen – operiert worden. Er kann unmöglich weg sein.«

»Er ist aber weg«, sagte Janet Ross. »Und er hat es auf die einzig mögliche Weise getan, nämlich, indem er sich die Kleidung eines Pflegers angezogen hat. Dann ist er vermutlich über die Treppe zum fünften Stock gegangen und von da mit dem Aufzug zur Pforte runtergefahren. Bestimmt ist er niemandem aufgefallen, Pfleger kommen und gehen hier zu jeder Tages- und Nachtzeit.«

Ellis trug einen Smoking und ein weißes Hemd mit plissierter Knopfleiste; er hatte seine Fliege gelockert und rauchte eine Zigarette. Ross hatte ihn noch nie rauchen sehen. »Ich bin immer noch nicht überzeugt«, sagte er. »Immerhin war er mit Thorazin vollgepumpt und –«

»Das hat er nie gekriegt«, sagte Ross.

»Er hat es nicht gekriegt?«

»Was ist Thorazin?« erkundigte sich der Polizeibeamte, der sich Notizen machte.

»Die Schwestern waren sich wegen der Anweisung nicht sicher und haben es ihm nicht gegeben. Er hat seit gestern um Mitternacht keinerlei Beruhigungsmittel bekommen.«

»Großer Gott«, sagte Ellis. Er warf den Schwestern einen Blick voll Mordlust zu. Dann fragte er: »Und was ist mit seinem Kopf? Er trägt doch einen dicken Verband – das müßte jedem auffallen.«

Morris, der bisher schweigend in einer Ecke gesessen hatte, sagte: »Er hatte eine Perücke.«

»Sie machen Witze.«

»Ich hab sie gesehen«, sagte Morris.

»Welche Farbe hat die Perücke?« wollte der Polizist wissen.

»Schwarz«, sagte Morris.

»Großer Gott«, sagte Ellis.

Ross sagte: »Woher hatte er die?«

»Eine Bekannte hat sie ihm gebracht. Am Tag seiner Aufnahme.«

»Aber auch mit einer Perücke kann er nicht weit gekommen sein«, sagte Ellis. »Er hat seine Papiere und sein Geld hiergelassen. Um diese Tageszeit stehen keine Taxen vor dem Krankenhaus.«

Sie sah zu Ellis hinüber, verblüfft von seiner Fähigkeit, die Wirklichkeit zu verdrängen. Er wollte einfach nicht wahrhaben, daß Benson fort war, und so tat er, was er konnte, um die Beweise dafür zu leugnen.

»Er hat gegen elf jemanden angerufen«, sagte Ross. Sie sah zu Morris hinüber. »Wissen Sie noch, wer die Perücke gebracht hat?«

»Eine hübsche junge Frau«, sagte Morris.

»Wissen Sie, wie sie heißt?« fragte Ross in sarkastischem Ton.

»Angela Black«, gab Morris zur Antwort.

»Sehen Sie doch mal im Telefonbuch nach«, sagte Ross. Während Morris blätterte, klingelte das Telefon, und Ellis nahm ab. Er hörte zu und gab den Hörer dann kommentarlos an Ross weiter.

»Ja«, sagte Ross.

»Ich habe die Computerprojektion durchgeführt«, sagte Gerhard. »Sie ist gerade fertig geworden. Sie hatten recht. Benson befindet sich in einem Lernzyklus mit dem ihm eingesetzten Computerchip. Die Stimulationspunkte decken sich haargenau mit der projizierten Kurve.«

»Ist ja großartig«, sagte Ross. Während sie zuhörte, ließ sie den Blick zu Ellis, Morris und dem Polizeibeamten wandern. Sie sahen erwartungsvoll zu ihr her.

»Genau, wie Sie gesagt haben«, sagte Gerhard. »Offensichtlich verschaffen die Stromstöße Benson Lustgefühle. Seine Anfälle werden immer häufiger. Die Kurve geht steil nach oben.«

»Und wann wird er umkippen?«

»Das kann nicht mehr lange dauern«, sagte Gerhard. »Immer vorausgesetzt, daß er den Zyklus nicht unterbricht – was ich bezweifle – wird er morgen früh ab sechs Uhr vier nahezu fortlaufend stimuliert.«

»Haben Sie die Projektion überprüft?« fragte sie stirnrunzelnd und sah auf die Uhr. Es war bereits halb eins.

»Aber ja«, sagte Gerhard. »Dauerstimulation ab sechs Uhr vier morgen früh.«

»Ist gut«, sagte sie und legte auf. Sie sah die anderen an. »Benson befindet sich in einer Lernprogression mit seinem Computerchip. Voraussichtlich wird der Umschlagpunkt morgen früh um sechs erreicht.«

»Großer Gott«, sagte Ellis mit einem Blick auf die Wanduhr. »Das sind weniger als sechs Stunden.«

Auf der anderen Seite des Raumes hatte Morris die Telefonbücher beiseite gelegt und sprach mit der Auskunft. »Dann versuchen Sie es in West Los Angeles«, sagte er und fügte nach einer Pause hinzu: »Könnte es eine neue Nummer sein?«

Der Polizeibeamte hörte auf, sich Notizen zu machen, und sah verwirrt drein. »Soll um sechs was passieren?«

»Das nehmen wir an«, sagte Ross.

Ellis nahm tiefe Züge aus seiner Zigarette und sagte: »Vor zwei Jahren hab ich mit Rauchen aufgehört, und jetzt fang ich wieder damit an.« Er drückte die Zigarette sorgfältig aus. »Weiß McPherson Bescheid?«

»Wir haben ihn angerufen.«

»Probieren Sie es mit Nummern, die nicht im Telefonbuch stehen«, sagte Morris. Nachdem er eine Weile zugehört hatte, erklärte er: »Hier spricht Doktor Morris vom Universitätsklinikum. Es handelt sich um einen Notfall. Wir müssen unbedingt feststellen, wo Angela Black lebt. Wenn nämlich –« Wütend knallte er den Hörer auf die Gabel. »Verdammtes Miststück«, sagte er.

»Was erreicht?«

Er schüttelte den Kopf. »Wir wissen nicht mal, ob er die Frau angerufen hat«, sagte Ellis. »Es hätte auch sonst jemand sein können.«

»Ganz gleich, wen er angerufen hat, der Betreffende kann in ein paar Stunden in Teufels Küche kommen«, sagte Ross. Sie schlug Bensons Krankenakte auf. »Sieht aus, als ob das eine lange Nacht wird. Wir sollten uns besser an die Arbeit machen.«

2

Auf der Schnellstraße herrschte wie immer Hochbetrieb, sogar an diesem Freitag um ein Uhr nachts. Janet Ross hielt den Blick auf die roten Rücklichter gerichtet, die sich wie eine wütende Schlange über Kilometer hinweg vor ihr erstreckten. Wohin nur all diese Menschen mitten in der Nacht wollten?

Eigentlich fuhr sie gern auf der Schnellstraße. Es hatte Zeiten gegeben, da hatte sie sich großartig gefühlt, wenn sie nachts im Dunkeln vom Krankenhaus heimgefahren war und die großen grünen Verkehrsschilder auf den Schilderbrücken über ihr dahinhuschten. Alles hatte ihr das Gefühl von Weite und Freiheit vermittelt: das verschlungene Netz von Über- und Unterführungen und der Rausch der Geschwindigkeit, dem sie sich als namenlose Gestalt hingeben konnte. Sie war in Kalifornien aufgewachsen und hatte als Kind den Bau der ersten Schnellstraßen miterlebt. Das Netz war mit ihr gewachsen, und so sah sie darin weder eine Bedrohung noch etwas Negatives. Es war Bestandteil der Landschaft, ermöglichte schnelle Verbindungen und machte Spaß.

Autos spielten eine bedeutende Rolle in Los Angeles, einer Stadt, die mehr von der Technik abhing als jede andere auf der Welt. Los Angeles war auf das Auto ebenso angewiesen wie auf das über Hunderte von Kilometern herbeigepumpte Wasser und auf bestimmte technische Verfahren bei der Errichtung von Gebäuden. Das gehörte seit Anfang des Jahrhunderts zu den Grundtatsachen der Existenz der Stadt.

Doch in jüngster Zeit war Ross aufgegangen, welche auf den ersten Blick unauffälligen psychologischen Auswirkungen das Leben im Auto mit sich bringt. In Los Angeles gab es keine Straßencafés, denn niemand ging zu Fuß; das Straßencafé, von dem aus man anderen zusehen konnte, war nicht ortsgebunden, sondern hatte Räder. Es veränderte sich mit jeder Verkehrsampel, an der die Leute anhielten, einander einen kurzen Blick zuwarfen, um dann weiterzufahren. Doch hatte das Leben in einer klimatisierten, stählernen Umhüllung mit getönten Scheiben, Teppichen, einer Stereoanlage und Servoeinrichtungen aller Art etwas Unmenschliches an sich, denn man war vollständig isoliert. Es lief dem zutiefst menschlichen Bedürfnis nach Nähe zuwider, dem Bedürfnis, mit seinesgleichen zusammenzusein, zu sehen und gesehen zu werden.

Schon seit langem sprachen Psychiater in Los Angeles von einem ortsbezogenen Entpersönlichungssyndrom. In dieser Stadt lebten Menschen, die erst kürzlich ins Land eingewandert und daher Fremde waren; bedingt durch Autos blieben sie Fremde, und es gab nur wenige Einrichtungen, die sie einander näherbrachten. Praktisch niemand ging zur Kirche, und die Beziehungen, die am Arbeitsplatz entstanden, waren nicht in jedem Fall befriedigend. Die Menschen vereinsamten, klagten, daß sie von der Außenwelt abgeschnitten seien, keine Freunde hätten, fern von ihren Angehörigen und ihrer eigentlichen Heimat lebten. Viele begingen Selbstmord – und das Auto diente häufig als Mittel dazu. In der Polizeistatistik tauchten solche Fälle unter der euphemistischen Kategorie »Unfall mit einem Beteiligten« auf. Man suchte sich einen passenden Brückenpfeiler aus, trat das Gaspedal bis zum Bodenblech durch und donnerte mit hundertvierzig oder hundertfünfzig Kilometern pro Stunde dagegen. Mitunter dauerte es Stunden, den Toten aus dem Wrack zu schneiden...

Mit hundert Stundenkilometern überquerte sie fünf Fahrbahnen nach rechts, um die Schnellstraße am Sunset Boulevard zu verlassen. Jetzt ging es den Hügeln von Hollywood entgegen. Auf dem Weg dahin durchquerte sie die sogenannten Schwulenalpen, die man wegen der vielen dort lebenden Homosexuellen so nannte. Los Angeles schien

Menschen förmlich anzuziehen, die anders waren als andere. Diese Stadt bot ihnen Freiheit um den Preis der grenzenlosen Einsamkeit.

Sie erreichte Laurel Canyon und umrundete die Kurven mit quietschenden Reifen. Das Licht der Scheinwerfer fraß sich in die Dunkelheit. Hier gab es kaum Verkehr. Nur noch wenige Minuten, und sie war an Bensons Haus.

Theoretisch war die Aufgabe einfach, der sie und die übrigen Mitarbeiter an der NPA sich gegenübersahen: Sie mußten Benson vor sechs Uhr in die Klinik zurückschaffen. Sofern ihnen das gelang, konnten sie den eingepflanzten Computerchip stillegen und damit die unheilvolle Progression beenden. Anschließend brauchte man Benson nur noch zu sedieren und einige Tage zu warten; dann konnte man ihm neue Elektroden einsetzen. Offensichtlich hatten sie diesmal die falschen Stimulationspunkte erwischt. Sie hatten dies Risiko bewußt in Kauf genommen in der Annahme, Fehler gegebenenfalls korrigieren zu können. Das war jetzt nicht mehr möglich.

Benson mußte unbedingt ins Krankenhaus zurück. Eine einfache Aufgabe mit einer vergleichsweise einfachen Lösung – alle Orte abklappern, an denen er sich aufzuhalten pflegte. Nachdem sie seine Akte durchgegangen waren, hatte sich jeder von ihnen mit einem anderen Ziel auf den Weg gemacht: Ross zu seinem Haus, Ellis zu einem Nachtlokal namens Jackrabbit Club, wo sich Benson früher oft aufzuhalten pflegte, und Morris zu Bensons Arbeitsplatz, der Firma Autotronics in Santa Monica. Er hatte den Geschäftsführer des Unternehmens angerufen und ihn gebeten, dorthin zu kommen und ihm aufzuschließen.

In etwa einer Stunde wollten sie miteinander Verbindung

aufnehmen und feststellen, wie weit sie mit ihren Bemühungen gekommen waren. Ein einfacher Plan, von dem sie nicht recht überzeugt waren, daß er funktionieren würde. Aber eine andere erfolgversprechende Möglichkeit gab es nicht.

Ross stellte ihren Wagen vor Bensons Haus ab und ging über den Plattenweg zur Haustür. Sie war nur angelehnt, und aus dem Inneren des Gebäudes tönte Gelächter und Gekicher. Sie klopfte und stieß die Tür ganz auf.

»Hallo?«

Niemand schien sie zu hören. Das Gekicher schien aus einem der hinteren Räume zu kommen. Sie trat in die Diele. Sie war noch nie zuvor in Bensons Haus gewesen und fragte sich, wie es dort aussehen mochte.

Während sie sich umsah, überlegte sie, daß sie es sich hätte denken müssen.

Von außen war es ein gewöhnliches Holzhaus, ebenso unauffällig wie Benson selbst, aber eingerichtet war es wie ein Rokokopalast mit Wandteppichen, und auf den polierten Dielenböden standen zierliche antike Stühle und Sofas.

»Ist da jemand?« rief sie. Ihre Stimme hallte durch das Haus. Es kam keine Antwort, wohl aber ertönte wieder Gelächter. Sie folgte dem Klang nach hinten und gelangte in die Küche. Ein alter Gasherd stand darin, aber weder Geschirrspüler, Mixer, Toaster noch Elektroherd. Keine neuzeitlichen Geräte, dachte sie. Benson hatte sich eine Welt geschaffen, aus der alle modernen Maschinen verbannt waren.

Durch das Küchenfenster sah sie hinter dem Haus eine kleine Rasenfläche mit einem Schwimmbecken, alles ganz gewöhnlich und im Stil der Epoche, wieder Bensons übliche Fassade. Im Wasser planschten lachend zwei junge Frauen.

Die Unterwasserbeleuchtung tauchte den Garten in grünliches Licht. Ross ging nach draußen.

Die beiden jungen Frauen kicherten und planschten weiter, rangen im Wasser miteinander. Offensichtlich hatten sie nichts von der Ankunft der Besucherin gemerkt. Also stellte sich Ross auf den Beckenrand und fragte: »Ist jemand daheim?«

Jetzt hatten sie die Besucherin bemerkt und lösten sich voneinander. »Suchen Sie Harry?« fragte eine von ihnen.

»Ja.«

»Sind Sie von der Polizei?«

»Ich bin Ärztin.«

Eine der beiden kam mit flinken Bewegungen herausgeklettert und trocknete sich ab. Sie trug einen knappen roten Bikini. »Sie haben ihn um ein paar Minuten verpaßt«, sagte sie. »Aber er hat uns eingeschärft, daß wir der Polizei nichts sagen sollen.« Sie stellte einen Fuß auf einen Stuhl, um sich das Bein abzutrocknen. Ross begriff, daß es sich um verführerische Berechnung handelte, die ihr galt.

»Wann ist er gegangen?«

»Vor ein paar Minuten.«

»Seit wann sind Sie hier?«

»Seit etwa einer Woche«, sagte die andere junge Frau aus dem Wasser. »Harry hat uns eingeladen. Er findet uns nett.«

Die andere legte sich das Handtuch um die Schultern und sagte: »Wir kennen ihn aus dem Jackrabbit. Da kommt er oft hin.«

Ross nickte.

»Dem fällt immer was Lustiges ein«, sagte die junge Frau. »Bei ihm gibt es immer was zum Lachen. Wissen Sie, wie er heute abend aussah?«

»Wie?«

»Wie ein Krankenpfleger. Ganz in Weiß.« Sie schüttelte den Kopf. »Wahnsinnig komisch.«

»Haben Sie mit ihm gesprochen?«

»Na klar.«

»Und was hat er gesagt?«

Die junge Frau im roten Bikini ging ins Haus. Ross folgte ihr. »Daß wir den Bullen nichts sagen und uns amüsieren sollen.«

»Was wollte er hier?«

»Was abholen.«

»Was?«

»Irgendwas aus seinem Arbeitszimmer.«

»Wo ist das Arbeitszimmer?«

»Ich zeig's Ihnen.«

Sie ging Ross voraus. Auf dem Dielenboden des Wohnzimmers hinterließen ihre Füße kleine Pfützen. »Ist das hier nicht zum Schreien? Harry ist echt total bekloppt. Haben Sie ihn schon mal reden hören?«

»Ja.«

»Dann wissen Sie ja Bescheid. Er ist wirklich nicht ganz bei Trost.« Sie wies um sich. »All der alte Krempel hier. Was wollen Sie von ihm?«

»Er ist krank«, sagte Ross.

»Muß es wohl sein«, sagte die junge Frau, »ich hab den Verband gesehen. Hatte er 'nen Unfall?«

»Eine Operation.«

»Tatsache? Im Krankenhaus?«

»Ja.«

»Nicht zu fassen.«

Vom Wohnzimmer führte ein Gang zu den Schlafzimmern. Die junge Frau wandte sich nach rechts und trat in einen Raum, der gleich als Arbeitszimmer zu erkennen war – antiker Schreibisch, antike Lampen, bequeme Sofas. »Hier ist er reingegangen, um was zu holen.«

»Haben Sie gesehen, was es war?«

»Wir haben nicht besonders darauf geachtet. Aber er hat ein paar ziemlich große Papierrollen mitgenommen.« Sie gab die Größe mit den Händen an. »Sah aus wie technische Zeichnungen – Blaupausen oder so was.«

»Blaupausen?«

»Ja. Innen in der Rolle waren sie blau und außen weiß, und sie waren ziemlich groß.« Sie zuckte die Achseln.

»Hat er sonst noch etwas mitgenommen?«

»Ja, einen Metallkasten.«

»Was für einen Metallkasten?« Janet nahm an, es könne sich um eine Art Frühstücksdose oder ein kleines Metallköfferchen gehandelt haben.

»Könnte ein Werkzeugkasten gewesen sein. Ich hab kurz 'nen Blick darauf werfen können, bevor er ihn zugemacht hat. Sah ganz so aus, als ob er Werkzeug und so was da drin gehabt hätte.«

»Ist Ihnen etwas Besonderes aufgefallen?«

Die junge Frau schwieg und biß sich auf die Lippe. »Ich hab es nicht richtig gesehen, aber…«

»Ja?«

»Ich glaube, er hatte da auch 'ne Pistole drin.«

»Hat er gesagt, wohin er wollte?«

»Nein.«

»Oder sonst etwas, das einen Hinweis geben könnte?«

»Nein.«

»Hat er gesagt, daß er zurückkommen würde?«

»Also das war komisch«, sagte die junge Frau. »Er hat mir und Suzie 'nen Kuß gegeben und gesagt, wir sollen uns amüsieren und den Bullen nichts sagen. Dann hat er noch gesagt, er glaubt nicht, daß er uns noch mal wiedersieht.« Sie schüttelte den Kopf. »Das war ganz komisch. Sie wissen ja, wie Harry ist.«

»Ja«, sagte Ross. »Das weiß ich.« Sie sah auf die Uhr. Es war 1:47. Ihnen blieben nur noch gut vier Stunden.

3

Als erstes fiel Ellis der Geruch auf: Es roch feucht-heiß, brünstig, animalisch. Angewidert rümpfte er die Nase. Wie konnte es Benson nur an einem solchen Ort aushalten?

Er sah zu, wie ein Suchscheinwerfer die Dunkelheit durchschnitt und auf einem Paar unendlich langer Beine zur Ruhe kam. Erwartungsvolle Unruhe bemächtigte sich der Zuschauer. Unwillkürlich mußte Ellis an seine Militärzeit denken, die er bei der Marine in Baltimore verbracht hatte. Damals war er zuletzt in einem solchen Lokal gewesen, in dem Phantasien und enttäuschte Erwartungen die stickige heiße Luft schwängerten. Es war schon lange her, und erschreckt fiel ihm auf, wie schnell die Zeit verging.

»Ja, meine Damen und Herren, die unglaubliche, die märchenhafte *Cyn*thia *Sin*-cere. Bitte Applaus für die märchenhafte *Cyn*thia!«

Der Lichtkegel des Scheinwerfers auf der Bühne wurde breiter und zeigte eine nicht besonders hübsche junge Frau, die aber eine wahrhaft aufsehenerregende Figur hatte. Die Kapelle begann zu spielen. Als das Scheinwerferlicht Cynthias Augen traf, blinzelte sie und begann unbeholfen zu tanzen. Sie fand nicht in den Takt der Musik, doch das schien niemanden zu stören. Ellis sah sich im Lokal um. Viele Männer – aber auch eine ganze Anzahl Frauen mit harten Gesichtern und kurzgeschnittenen Haaren.

»Harry Benson«, sagte der Geschäftsführer neben ihm, »ja, der war oft hier.«

»Auch in letzter Zeit?«

»Keine Ahnung«, sagte der Mann und hustete. Ellis roch Alkohol in seinem Atem. »Aber ich sag Ihnen«, fuhr der Geschäftsführer fort, »mir wäre es lieber, er würde wegbleiben. Ich glaube, er ist ein bißchen plemplem. Immer belästigt er mir die Mädchen. Haben Sie eine Ahnung, wie schwierig es ist, die bei der Stange zu halten? Eine Katastrophe, das kann ich Ihnen flüstern.«

Ellis nickte und ließ den Blick über das Publikum schweifen. Wahrscheinlich hatte sich Benson umgezogen; hier würde er bestimmt nicht als Pfleger verkleidet auftauchen. Ellis achtete auf die Hinterköpfe, auf den Bereich zwischen Haaransatz und Hemdkragen. Er hielt Ausschau nach einem weißen Verband, sah aber keinen.

»In letzter Zeit haben Sie ihn also nicht gesehen?«

»Nein«, sagte der Geschäftsführer und schüttelte den Kopf. »Schon etwa eine Woche nicht.«

Eine als Häschen gekleidete Kellnerin kam mit einem Tablett voller Getränke vorüber. »Sal, hast du Harry in letzter Zeit gesehen?«

»Normalerweise ist der hier«, sagte sie ohne rechten Bezug auf die Frage und ging weiter.

»Es wär mir am liebsten, wenn er nicht herkäme«, sagte der Geschäftsführer und hustete erneut.

Ellis ging weiter in den Raum. Der Scheinwerfer beschrieb einen Bogen durch die raucherfüllte Luft über ihm und folgte den Bewegungen der Frau auf der Bühne. Sie schien mit dem Verschluß ihres BHs nicht zurechtzukommen. Während sie mit beiden Händen daran herumzerrte, trat sie von einem Fuß auf den anderen und hielt den leeren Blick auf die Zuschauer gerichtet. Bei ihrem Anblick begriff Ellis, warum Benson Stripperinnen als Maschinen bezeichente. Sie hatten zweifellos etwas Mechanisches und auch etwas Künstliches an sich, denn als sich der Büstenhalter löste, sah er die bogenförmigen Einschnitte unter den Brüsten der Frau, wo der Schönheitschirurg die Silikonimplantate eingesetzt hatte.

Das würde Jaglon gefallen, überlegte er. Es würde glänzend zu seinen Theorien über maschinellen Sex passen. Jaglon gehörte zur Entwicklungsabteilung und war geradezu von der Vorstellung besessen, künstliche Intelligenz mit der des Menschen zu verschmelzen. Er erklärte, während kosmetische Chirurgie und eingepflanzte mechanische Bauteile auf der einen Seite den Menschen der Maschine immer mehr annäherten, sorge die Entwicklung der Roboter auf der anderen dafür, daß Maschinen immer menschlicher wurden. Es könne lediglich eine Frage der Zeit sein, bis sich Menschen mit menschenähnlichen Robotern paarten.

Möglicherweise ist es schon soweit, dachte Ellis, den Blick weiterhin auf die Stripperin gerichtet. Dann betrachtete er erneut das Publikum, um sich zu vergewissern, daß Benson nicht da war. Sicherheitshalber sah er auch in der Telefonkabine an der Rückwand des Raumes und in der Herrentoilette nach.

Der kleine Raum roch nach Erbrochenem. Wieder verzog

er das Gesicht und sah sich im gesprungenen Spiegel über dem Waschbecken an. Was auch immer man sonst über den Jackrabbit Club sagen konnte, auf jeden Fall führte er einen Generalangriff auf die Geruchsnerven. Er überlegte, ob das Benson wirklich nichts ausmachte.

Er ging ins Lokal zurück und bahnte sich einen Weg zur Tür. »Haben Sie ihn gefunden?« fragte der Geschäftsführer.

Ellis schüttelte den Kopf und ging. Draußen sog er tief die kühle Nachtluft ein und stieg in sein Auto. Die Sache mit den Gerüchen ließ ihm keine Ruhe. Er hatte schon früher darüber nachgedacht, war aber noch zu keinem Ergebnis gekommen.

Sein Eingriff an Benson hatte einem bestimmten Teil des Gehirn gegolten, dem limbischen System, dem stammesgeschichtlich ältesten Teil des Hirnmantels. Da es ursprünglich dessen Aufgabe gewesen war, Gerüche zu verarbeiten, hatte man es früher auch als *rhinencephalon* oder *Riechhirn* bezeichnet.

Entstanden war das limbische System vor rund hundertfünfzig Millionen Jahren, als Reptilien die Erde beherrschten. Es steuert unser Trieb- und Instinktverhalten – also Wut und Angst, Begierde und Hunger, Angriff und Flucht. Reptilien wie beispielsweise Krokodile besitzen kaum etwas anderes als dies Hirn, um ihr Verhalten zu steuern, wohingegen der Mensch über die Großhirnrinde verfügt.

Diese allerdings ist recht neuen Ursprungs. Herausgebildet hat sie sich erst vor zwei Millionen Jahren und ist in ihrer gegenwärtigen Gestalt lediglich hunderttausend Jahre alt – im Vergleich mit der Gesamtdauer der Evolution eine sehr kurze Zeit. Die Großhirnrinde hat sich um das limbische Gehirn gelegt, das unverändert weiterbesteht. Ihr verdanken wir

Empfindungen wie Liebe, aber auch die Fähigkeit, uns ethisch zu verhalten oder Gedichte zu verfassen. Zwischen ihr und dem Reptilienhirn besteht ein labiles Stillhalteabkommen, das wie im Fall Benson bisweilen versagt, so daß das Reptilienhirn die Steuerung übernimmt.

Was hatte der Geruch mit alldem zu tun? Ellis war nicht sicher. Es war zwar bekannt, daß Anfällen häufig die Empfindung sonderbarer Gerüche vorausging, aber gab es da noch mehr? Irgendwelche anderen Wirkungen?

Es wußte es nicht und überlegte während der Autofahrt, daß es eigentlich auch nicht besonders wichtig war. Wichtig war einzig und allein, Benson zu finden, bevor sein Reptilienhirn die Oberhand gewann. Einmal war Ellis Zeuge gewesen, wie das geschah. Er hatte in der NPA durch die Spiegelwand zugesehen, wie Benson, der äußerlich einen völlig normalen Eindruck machte, unvermittelt seinen Stuhl ergriff und damit auf die Wand eingeschlagen hatte. Nichts hatte auf diesen blinden Tobsuchtsanfall hingewiesen.

Sechs Uhr, dachte er. Viel Zeit blieb nicht.

4

»Was ist los? Irgendein Notfall?« fragte Farley, während er die Tür zur Firma Autotronics aufschloß.

»Kann man so sagen«, erwiderte Morris, der zitternd vor der Tür stand. Immerhin hatte er eine halbe Stunde lang in der nächtlichen Kälte gewartet.

Farley war ein hochgewachsener, schlanker Mann, der sich betont langsam bewegte. Möglicherweise lag das aber nur daran, daß er noch nicht ganz wach war. Es schien endlos zu dauern, bis er die Büroräume aufgeschlossen und Morris eingelassen hatte. Er machte in einem nicht besonders beeindruckenden Empfangsbereich Licht und ging dann zum hinteren Gebäudeteil.

Dort lag ein einziger riesiger Raum, in dem hier und da Werkbänke und verschieden große, blitzende Maschinen standen. Morris runzelte leicht die Brauen.

»Ich weiß, was Sie denken«, sagte Farley. »Ihrer Ansicht nach ist das hier ein Saustall.«

»Aber ich bitte Sie –«

»Doch, genauso ist es. Trotzdem tun wir unsere Arbeit, das kann ich Ihnen versichern.« Er wies in eine Richtung. »Das da drüben ist Harrys Arbeitsplatz, gleich neben Cat.«

»Cat?«

Farley wies auf eine große Metallkonstruktion, die auf spinnenartigen Beinen in einem anderen Teil des Raumes stand. »Die Abkürzung für Chancenlose Automatische Tischtennisanlage.« Er grinste. »Stimmt aber eigentlich nicht«, sagte er, »nur einer von unseren Scherzen.«

Morris trat an die Maschine, ging um sie herum und sah sie aufmerksam an. »Das Ding spielt Tischtennis?«

»Nicht besonders gut«, räumte Farley ein. »Aber wir arbeiten beide daran. Dafür gibt es Geld vom Verteidigungsministerium. Der Auftrag lautet, einen Tischtennisroboter zu entwickeln. Vermutlich denken Sie, daß das kein wichtiges Projekt ist.«

Morris zuckte die Achseln. Es gefiel ihm nicht, daß man ihm immer wieder sagte, was er dachte.

Farley lächelte. »Weiß der Geier, was die damit vorhaben«, sagte er. »Natürlich wäre es toll, wenn er das könnte. Überlegen Sie doch nur – ein Rechner, der nicht nur imstande ist, eine Kugel zu erkennen, die sich rasch im dreidimensionalen Raum bewegt, sondern auch noch die Fähigkeit besitzt, sie aufzunehmen und nach bestimmten Regeln zurückzuschicken. Sie muß zwischen den beiden Linien aufschlagen, darf nicht außerhalb der Tischplatte landen und so weiter. Ich bezweifle«, fuhr er fort, »daß die wirklich Tischtennisturniere im Sinn haben.«

Er trat an die Rückwand des Raumes und öffnete einen Kühlschrank, auf dessen Tür das große orangefarbene Warnsymbol für radioaktive Strahlung und die Aufschrift prangte FÜR UNBEFUGTE VERBOTEN. Er nahm ein Glas Pulverkaffee und eine Dose Milchpulver heraus. »Wollen Sie einen Schluck Kaffee?«

Morris betrachtete verständnislos die Warnhinweise.

»Das soll nur die Sekretärinnen abschrecken«, sagte Farley und lachte erneut. Seine muntere Art ging Morris auf die Nerven. Er sah zu, wie Farley den Pulverkaffee aufgoß.

Dann ging er zu Bensons Schreibtisch hinüber und stöberte ein wenig in dessen Schubladen.

»Was ist eigentlich los mit Harry?«

»Wie meinen Sie das?« fragte Morris zurück. Die oberste Schublade enthielt Arbeitsmaterial – Papier, Stifte, eine Schieblehre, gekritzelte Notizen und Berechnungen. Die darunter enthielt eine Hängeregistratur, hauptsächlich Korrespondenz, wie es aussah.

»Nun, er war doch im Krankenhaus, oder?«

»Ja. Frisch operiert und dann verschwunden. Deshalb suchen wir ihn jetzt.«

»Er ist ziemlich komisch geworden, das muß man schon sagen«, sagte Farley.

»Hmm«, sagte Morris. Er ging die Akten durch. Geschäftsbriefe, weitere Geschäftsbriefe, Anforderungsformulare …

»Ich weiß noch, wie es angefangen hat«, sagte Farley. »Das war in der Woche der großen Wende.«

Morris hob den Blick von den Briefen. »In was für einer Woche?«

»Die Woche der großen Wende«, sagte Farley. »Wie nehmen Sie Ihren Kaffee?«

»Schwarz, ohne alles.«

Farley gab ihm eine Tasse und rührte Milchpulver in seinen eigenen Kaffee. »Das war im Juli 1969«, sagte er. »Wahrscheinlich haben Sie noch nie davon gehört.«

Morris schüttelte den Kopf.

»So hieß das auch offiziell nicht«, sagte Farley, »aber wir haben es so genannt. Jeder in der Branche wußte, daß sie kommen würde.«

»Wer?«

»Die große Wende. Informatiker auf der ganzen Welt wußten, daß sie kommen würde und haben darauf geachtet. Im Juli 1969 war es soweit. Zum ersten Mal hat da die Gesamtheit aller Rechner auf der Welt in der Fähigkeit, Informationen zu verarbeiten, die Gesamtheit aller Gehirne auf der Welt übertroffen. Die Rechner konnten mehr Informationen aufnehmen und speichern als die dreieinhalb Milliarden menschlicher Gehirne.«

»Und das also war die große Wende?«

»Na, etwa nicht?« fragte Farley.

Morris schlürfte seinen Kaffee. Er verbrannte ihm zwar die Zunge, belebte ihn aber ein wenig. »Soll das ein Witz sein?«

»Aber nein«, sagte Farley. »Die reine Wahrheit. Der Gleichstand zwischen Menschen und Rechnern wurde 1969 erreicht, und seither wird der Vorsprung der Rechner immer größer. Bis zum Jahr 1975 werden sie dem Menschen in der Fähigkeit, Informationen zu verarbeiten, im Verhältnis fünfzig zu eins überlegen sein.« Er ließ eine Pause eintreten. »Das hat Harry ziemlich zu schaffen gemacht.«

»Kann ich mir denken«, sagte Morris.

»Damals hat das bei ihm angefangen. Er wurde sehr sonderbar und sehr verschlossen.«

Morris sah sich in dem Raum um. Aufmerksam betrachtete er die großen Rechneranlagen, die an verschiedenen Stellen standen. Es war ein merkwürdiges Gefühl: zum ersten Mal befand er sich in einem Raum, der voller Computer stand. Ihm ging auf, daß er Benson in mancher Hinsicht falsch eingeschätzt hatte. Er hatte ihn mehr oder weniger wie jeden anderen angesehen – aber wer an einem solchen Arbeitsplatz tätig war, war nicht mehr oder weniger wie jeder andere. Was ein Mensch dort erlebte, mußte ihn unbedingt verändern. Ihm fiel ein, daß Ross einmal gesagt hatte, die Annahme, alle Menschen seien einander im Grunde gleich, sei ein liberaler Mythos. Häufig waren Menschen sehr viel anders als andere.

Das galt auch für Farley, fand er. In einer anderen Situation hätte er Farley als munteren Spaßmacher abgetan, aber offensichtlich hatte der Mann Köpfchen. Worauf mochte seine lustige Art und sein ständiges Grinsen zurückgehen?

»Haben Sie eine Vorstellung, wie schnell die Fortschritte auf diesem Gebiet sind?« fragte Farley. »Verdammt schnell. Im Verlauf weniger Jahre sind wir aus dem Bereich der Millisekunden in den der Nanosekunden vorgedrungen. Der 1952 konstruierte Rechner ILLIAC I konnte pro Sekunde elftausend Rechenoperationen durchführen. Das ist doch eigentlich schon ziemlich schnell, was? Nun, mittlerweile ist ILLIAC IV fast fertig. Dieser Rechner der vierten Generation ist auf zweihunder *Millionen* Rechenoperationen pro Sekunde ausgelegt. Natürlich wäre es nicht möglich gewesen, ihn ohne Zuhilfenahme anderer Rechner zu bauen. Mit der Arbeit am neuen ILLIAC waren zwei Elektronenrechner zwei volle Jahre hindurch von morgens bis abends vollauf beschäftigt.

Morris trank seinen Kaffee. Vielleicht lag es an der Müdigkeit, vielleicht an der Unheimlichkeit des Raumes, er merkte, daß er eine gewisse Seelenverwandtschaft mit Benson entwickelte. Elektronenrechner, die dazu dienten, weitere Elektronenrechner zu bauen – möglicherweise war doch etwas an Bensons Behauptung, und sie übernahmen tatsächlich die Macht. Wie Ross seinen Sinneswandel wohl nennen würde? Vielleicht Sympathiewahnvorstellung?

»Haben Sie in seinem Schreibtisch irgendwas Interessantes gefunden?«

»Nein«, sagte Morris. Er setzte sich auf den Stuhl hinter dem Schreibtisch und sah sich im Raum um. Er versuchte, wie Benson zu handeln, wie Benson zu denken, Benson zu *sein*.

»Womit hat er sich in seiner Freizeit beschäftigt?«

»Was weiß ich«, sagte Farley, der sich auf einen Schreibtisch auf der anderen Seite des Raumes gesetzt hatte. »Er hat sich in den letzten Monaten ziemlich für sich gehalten. Ich wußte, daß er Ärger mit der Polizei hatte und auch, daß er ins Krankenhaus mußte. Außerdem wußte ich, daß er Ihr Krankenhaus nicht besonders mochte.«

»Inwiefern?« fragte Morris, nicht sonderlich interessiert. Es war nicht weiter verwunderlich, daß Benson dem Krankenhaus feindselig gegenüberstand.

Farley ging zu einer Pinnwand, an der Zeitungsausschnitte und Fotos hingen. Er nahm einen vergilbten Zeitungsausschnitt und gab ihn Morris statt einer Antwort.

Er stammte aus der *Times* von Los Angeles und trug das Datum 17. Juli 1969. Die Überschrift lautete: NEUER ELEKTRONENRECHNER FÜR UNIVERSITÄTSKLINIK. Es war ein Bericht über die Anschaffung des IBM 360-Rechnersystems, das als Zentralcomputer im Kellergeschoß des Klinikums installiert und für die Forschung, zur Unterstützung bei Operationen und eine ganze Reihe anderer Aufgaben eingesetzt werden sollte.

»Fällt Ihnen das Datum auf?« fragte Farley. »Es ist die Woche der großen Wende.«

Morris sah hin und runzelte die Stirn.

5

»Ich bemühe mich, konsequent zu sein, Doktor Ross.«

»Das verstehe ich, Harry.«

»Ich denke, daß eine konsequente und vernünftige Haltung wichtig ist, wenn wir über diese Dinge sprechen, finden Sie nicht auch?«

»Unbedingt.«

Sie saß im Zimmer und sah zu, wie sich die Spulen des Tonbandgeräts drehten. Ihr gegenüber hatte sich Ellis, eine glimmende Zigarette in den Fingern, mit geschlossenen Augen in einen Sessel zurückgelehnt. Morris trank eine weitere Tasse Kaffee, während er zuhörte. Ross fertigte eine Liste von allem an, was sie wußten, und versuchte zu entscheiden, wie ihr nächster Schritt aussehen mußte.

Das Band lief weiter.

»Ich stufe die Dinge entsprechend den Tendenzen ein, denen man sich entgegenstemmen muß«, sagte Benson. »Vier davon sind am wichtigsten. Wollen Sie hören, welche das sind?«

»Selbstverständlich.«

»Wirklich?«

»Ja, wirklich.«

»An erster Stelle steht die Allgegenwart des Computers. Zwar ist er eine Maschine, unterscheidet sich aber von allen Maschinen, die der Mensch im Verlauf der Geschichte entwickelt hat. Gewöhnlich haben Maschinen eine genau umrissene Aufgabe – wie beispielsweise ein Auto, ein Geschirrspüler oder ein Kühlschrank. Diese genau umrissene Aufgabenstellung setzen wir bei einer Maschine voraus. Beim Computer aber verhält sich das anders – er kann alles mögliche tun.«

»Gewiß ist der Computer –«

»Lassen Sie mich ausreden. Punkt zwei ist die Selbständigkeit des Computers. Anfangs war das nicht so. Man mußte wie bei einer Addiermaschine ständig danebenstehen und Löcher in Karten stanzen, damit er funktionierte. So kennen wir das vom Auto: Kein Auto fährt allein, ohne Fahrer. Jetzt aber sieht das anders aus. Der Computer wird Schritt für Schritt selbständig. Man kann alle möglichen Anweisungen einbauen, was er als nächstes tun soll – und dann geht man weg und läßt ihn das erledigen.«

»Harry, ich –«

»Bitte unterbrechen Sie mich nicht. Die Sache ist sehr ernst. Nummer drei auf der Liste ist die Miniaturisierung. Jeder kennt die. Der Raumbedarf eines Elektronenrechners, der noch 1950 ein ganzes Zimmer füllte, ist inzwischen auf das Volumen einer Stange Zigaretten geschrumpft. Es wird nicht mehr lange dauern, bis ein Comupter mit noch viel weniger Platz auskommt.«

Auf dem Tonband entstand eine Pause.

Als Benson sagte: »Die Tendenz Nummer vier –«, schaltete Ross das Bandgerät ab. Sie sah Ellis und Morris an. »So kommen wir nicht weiter«, sagte sie.

Ohne zu antworten, starrten sie mit einer Art dumpfer Müdigkeit vor sich hin. Ross sah auf ihre Liste.

Benson um halb eins zu Hause. Hat mitgenommen: Blaupausen? Schußwaffe und Werkzeugkasten.
Benson in letzter Zeit nicht im Jackrabbit Club gesehen. Benson erbost über 7/69 im Universitätskrankenhaus eingesetzten Computer.

»Sagt Ihnen das irgendwas?« fragte Ellis.

»Nein«, erwiderte Ross. »Aber ich denke, daß einer von uns mit McPherson reden sollte.« Sie sah zu Ellis hin, der kraftlos nickte. Morris zuckte kaum wahrnehmbar die Achseln. »Na schön, sagte sie. »Dann mach ich das.«

Es war halb fünf morgens.

»Wir haben alle unsere Möglichkeiten ausgeschöpft«, sagte Ross. »Die Zeit wird knapp.«

McPherson sah sie über den Schreibtisch hinweg an. Seine Augen wirkten müde, dunkle Ringe lagen darunter. »Was soll ich Ihrer Ansicht nach tun?« fragte er.

»Die Polizei informieren.«

»Das ist bereits geschehen. Einer ihrer eigenen Leute hat

das gleich zu Anfang getan. Soweit ich weiß, wimmelt es im sechsten Stock mittlerweile von Polizisten.«

»Die Polizei weiß nichts von der Operation.«

»In drei Teufels Namen, die haben ihn doch selbst zur Operation hergebracht. Natürlich wissen die darüber Bescheid.«

»Aber ihnen ist nicht klar, worum es dabei geht.«

»Danach haben sie nicht gefragt.«

»Und sie wissen auch nichts von der Computerprojektion für sechs Uhr morgens.«

»Was ist damit?« fragte er.

Allmählich wurde sie wütend auf ihn. Er war so verdammt dickfellig. Als ob er nicht genau wüßte, wovon sie sprach.

»Ich nehme an, daß die Polizei anders vorgehen würde, wenn ihr bekannt wäre, daß Benson um sechs einen Anfall bekommen wird.«

»Da haben Sie wahrscheinlich recht«, sagte McPherson. Schwerfällig rutschte er auf seinem Sessel hin und her. »Vermutlich sehen die in ihm dann nicht mehr einen entflohenen Untersuchungsgefangenen, dem schwere Körperverletzung zur Last gelegt wird, sondern einen durchgeknallten Mörder mit Drähten im Gehirn.« Er seufzte. »Im Augenblick sind sie scharf darauf, ihn festzunehmen. Falls wir ihnen mehr sagen würden – sie würden ihn umbringen.«

»Aber unter Umständen ist das Leben Unschuldiger in Gefahr. Sofern die Projektion –«

»Wie Sie selbst sagen«, fiel McPherson ihr ins Wort, »ist es nur eine Projektion. Eine solche Computervorhersage ist immer nur so gut wie die Eingaben, auf die sie sich stützt. Das sind in diesem Fall drei Stimulationen mit der zugehörigen Zeitangabe. Durch drei Punkte auf Millimeterpapier kann man eine ganze Menge Kurven zeichnen und sie auch auf eine ganze Reihe verschiedener Arten extrapolieren. Wir besitzen keinerlei verläßlichen Hinweis darauf, daß er um sechs Uhr ausrastet. Möglicherweise kommt es gar nicht dazu.«

Sie blickte sich im Zimmer um, sah auf die Zeichnungen an den Wänden. In diesem Raum plante McPherson die Zukunft der NPA und hängte die Ergebnisse seiner Vorausberechnungen in Gestalt ausgeklügelter vielfarbiger graphischer Darstellungen an den Wänden auf. Sie wußte, was sie ihm bedeuteten, und sie wußte auch, was ihm die NPA bedeutete. Ihr war klar, daß Benson für ihn einen hohen Stellenwert hatte. Dennoch war der Standpunkt, auf den er sich stellte, unvernünftig und verantwortungslos.

Doch wie sollte sie ihm das klarmachen?

»Sehen Sie mal, Jan«, sagte McPherson. »Am Anfang haben Sie gesagt, wir hätten alle unsere Möglichkeiten ausgeschöpft. Diese Ansicht teile ich nicht. Ich finde, wir haben ohne weiteres noch die Möglichkeit zu warten. Immerhin ist es denkbar, daß er von selbst ins Krankenhaus zurückkehrt, um sich unserer Fürsorge anzuvertrauen. Solange diese Möglichkeit besteht, möchte ich lieber abwarten.«

»Sie werden es also nicht der Polizei sagen?«

»Nein.«

»Und wollen Sie für den Fall, daß er nicht zurückkommt, wirklich die Verantwortung dafür übernehmen, daß er jemanden angreift, weil er einen Anfall bekommt?« fragte sie.

»Die habe ich bereits übernommen«, sagte McPherson mit gequältem Lächeln.

Es war fünf Uhr morgens.

6

Alle waren müde, aber keiner von ihnen konnte schlafen. Sie hielten sich im Rechnerraum auf und verfolgten die Kurve der Computerprojektion, die sich Zentimeter für Zentimeter auf den Anfall hin vorarbeitete. Es war halb sechs, dann Viertel vor sechs.

Ellis rauchte eine ganze Schachtel Zigaretten und ging hinaus, um eine neue zu holen. Morris starrte auf eine wissenschaftliche Zeitschrift, die auf seinen Knien lag, ohne umzublättern. Von Zeit zu Zeit warf er einen Blick auf die Wanduhr.

Ross ging unruhig im Zimmer auf und ab und sah aus dem Fenster, wo die Sonne aufging. Langsam färbte sich der Himmel über dem dünnen braunen Smogdunst im Osten rosa.

Ellis kam mit einem frischen Päckchen Zigaretten zurück.

Gerhard überließ die Rechner einen Augenblick sich selbst, um noch einmal Kaffee zu machen. Morris stand auf und sah ihm schweigend dabei zu, ohne eine Hand zu rühren – er sah einfach nur zu.

Das Ticken der Wanduhr drang Ross ins Bewußtsein. Merkwürdig, daß ihr das vorher noch nie aufgefallen war, denn eigentlich tickte die Uhr ziemlich laut. Außerdem hörte man alle sechzig Sekunden ein mechanisches Knacken, wenn der Minutenzeiger sprang. Das Geräusch fing an sie zu stören, und sie begann sich darauf zu fixieren, auf dieses Knacken zu warten, welches das leise Ticken übertönte. Eine leichte Obsession, überlegte sie. Dann fielen ihr all die anderen psychischen Störungen ein, die sie bereits in der Vergangenheit kennengelernt hatte. *Déjà vu,* das Gefühl, bereits an einem bestimmten Ort gewesen zu sein; heraustreten aus der eigenen Person, der Eindruck, bei einer gesellschaftlichen Veranstaltung sich selbst vom anderen Ende des Raumes aus zuzusehen; Geräuschassoziationen, Wahnvorstellungen, Phobien. Es gibt keine scharfe Trennlinie zwischen gesund und krank, zurechnungsfähig und unzurechnungsfähig. In Wahrheit handelt es sich um ein breitgefächertes Spektrum, in dem jeder irgendwo seinen Platz hat. Ganz gleich, an welcher Stelle man sich befindet, immer kommen einem andere Menschen sonderbar vor. So hielten jetzt sie Benson für sonderbar; und fraglos waren sie es in seinen Augen ebenfalls.

Um sechs Uhr erhoben sich alle mit einem Blick zur Wanduhr und streckten sich. Nichts geschah.

»Vielleicht passiert es genau um vier Minuten nach«, sagte Gerhard.

Sie warteten.

Die Uhr zeigte vier Minuten nach sechs. Nach wie vor geschah nichts. Kein Telefon klingelte, kein Bote kam, nichts.

Ellis schob die Zellophanumhüllung von seiner Zigarettenschachtel und zerknüllte sie. Ross hätte bei dem Geräusch am liebsten aufgeschrien. Er begann mit dem Zellophan herumzuspielen, zerknüllte es, strich es wieder glatt, zerknüllte es erneut. Sie biß die Zähne zusammen.

Die Uhr zeigte zehn nach sechs, dann Viertel nach sechs. McPherson kam herein. »So weit, so gut«, sagte er mit einem Lächeln, in dem keine Freude lag und ging. Die anderen sahen einander an.

Weitere fünf Minuten vergingen. »Ich weiß nicht«, sagte Gerhard mit einem Blick auf die Konsole des Rechners. »Unter Umständen haben wir mit der Vorhersage doch danebengehauen. Immerhin hatten wir nur drei Referenzpunkte. Vielleicht sollten wir eine andere Kurve darüber legen.«

Er setzte sich ans Bedienpult und betätigte Tasten. Unterschiedliche Kurven zeigten sich auf dem Bildschirm, bildeten helle Linien auf dem grünen Hintergrund. Schließlich gab er auf. »Nein«, sagte er. »Der Rechner bleibt dabei – diese Kurve, und keine andere.«

»Nun, dann irrt er ganz offensichtlich«, sagte Morris. »Es ist fast halb sieben. Allmählich müßte die Cafeteria aufmachen. Möchte jemand Frühstück?«

»Ein guter Einfall«, sagte Ellis und stand wieder auf. »Jan?«

Sie schüttelte den Kopf. »Ich warte noch eine Weile hier.«

»Ich glaub nicht, daß es passiert«, sagte Morris. »Frühstücken Sie lieber.«

»Ich warte hier«, entfuhr es ihr, bevor es ihr richtig bewußt wurde.

»Schon gut, schon gut, sagte Morris mit erhobenen Händen. Er warf Ellis einen Blick zu, und die beiden Männer gingen. Ross blieb mit Gerhard zurück.

»Gibt es für die Kurve irgendwelche Toleranzwerte?« erkundigte sie sich.

»Ja, etwa plus minus zwei Minuten«, sagte Gerhard. »Das ist längst vorbei. Jetzt weiß ich auch nicht mehr weiter.«

»Soll das heißen, daß der Anfall zwischen zwei und sechs Minuten nach sechs hätte eintreten müssen?«

»Ja, mit neunundneunzigprozentiger Sicherheit«, sagte er. »Aber offensichtlich ist das nicht passiert.«

»Es könnte eine Weile dauern, bevor man es merkt.«

»Möglich«, sagte Gerhard mit einem Nicken. Er wirkte nicht überzeugt.

Sie kehrte zum Fenster zurück. Die Sonne stand jetzt blaßrot am Himmel. Warum wirkt ein Sonnenaufgang grundsätzlich schwächer und weniger leuchtend als ein Sonnenuntergang? Müßten sie nicht eigentlich gleich sein?

Hinter sich hörte sie ein elektronisches Gerät piepen.

»Au weia«, sagte Gerhard.

Sie drehte sich um. »Was gibt's?«

Er wies auf einen kleinen Kasten, der auf einem Wandbrett in der Ecke stand und mit einem Telefon verbunden war. Ein grünes Licht leuchtete.

»Was gibt's?« wiederholte sie.

»Das ist die Leitung für Bensons Hundemarke. Sie ist vierundzwanzig Stunden am Tag in Betrieb«, sagte er.

Sie ging hin und nahm den Hörer ab. Sie hörte eine gemessene volltönende Stimme sagen: »... hingewiesen werden, daß am Träger des nuklearen Materials kein Eingriff vorgenommen und seine Leiche weder seziert noch eingeäschert werden darf, solange dies Material nicht entfernt worden ist. Sein Verbleib im Körper ist gleichbedeutend mit der Gefahr atomarer Verstrahlung. Genaue Angaben –«

Sie wandte sich zu Gerhard um. »Wie schaltet man das ab?«

Er drückte einen Knopf an dem Kästchen. Die Aufzeichnung verstummte.

»Hallo?« sagte sie.

Nach einer Pause meldete sich eine Männerstimme. »Mit wem spreche ich?«

»Mit Doktor Ross.«

»Haben Sie mit der« – eine kurze Pause – »mit der neuropsychiatrischen Abteilung zu tun?«

»Ja.«

»Dann nehmen Sie Stift und Papier zur Hand, damit Sie

sich eine Adresse notieren können. Hier spricht Captain Anders von der Polizei Los Angeles.«

Sie bedeutete Gerhard mit einer Handbewegung, daß sie etwas zu schreiben brauchte. »Worum geht es?«

»Wir haben hier einen Mordfall«, sagte Anders, »und möchten den Leuten von Ihrer Einrichtung ein paar Fragen stellen.«

7

Drei Streifenwagen standen mit roten Blinkleuchten vor dem Wohnblock in einer Nebenstraße des Sunset Boulevard. Trotz der frühen Stunde und der morgendlichen Kälte hatte sich bereits eine ganze Anzahl Schaulustiger darum versammelt. Ross stellte ihren Wagen ein Stück weiter ab und machte sich auf den Weg zum Gebäudeeingang. Ein junger Beamter vertrat ihr den Weg.

»Wohnen Sie hier?«

»Ich bin Doktor Ross. Captain Anders hat mich angerufen.«

Er nickte zum Aufzug in der Eingangshalle. »Zweiter Stock links«, sagte er und ließ sie durch. Die Menge sah ihr neugierig nach, während sie die Halle durchquerte und auf den Aufzug wartete. Sie spähten einander über die Schulter und unterhielten sich im Flüsterton. Ross fragte sich, was sie wohl von ihr dachten. In rhythmischem Wechsel erfüllten die blitzenden Lichter der Streifenwagen die Halle mit rotem Schein. Dann kam knarrend der Aufzug, und die Türen schlossen sich hinter ihr.

Das Innere des Aufzugs, dessen Wände mit Holzimitatfolie

aus Kunststoff verkleidet waren, machte einen ziemlich heruntergekommenen Eindruck. Der verschlissene grüne Bodenbelag wies zahllose Flecken auf, vermutlich hatten sich Haustiere darauf erleichtert. Ungeduldig wartete sie, bis der zweite Stock erreicht war. Sie wußte ziemlich genau, was es mit solchen Hochhäusern auf sich hatte, in denen Drogensüchtige, Prostituierte und Homosexuelle lebten. Es waren nicht unbedingt Dauermieter, die Mietverträge wurden gegebenenfalls von einem Monat auf den anderen verlängert – so sah es da aus.

Im zweiten Stock stieg sie aus und ging auf die Gruppe von Polizeibeamten zu, die vor einer Wohnungstür standen. Wieder stellte sich ihr ein Beamter in den Weg; sie wiederholte, daß sie mit Captain Anders sprechen wollte, und er ließ sie mit der Mahnung durch, nichts anzufassen.

Die Zweizimmerwohnung war in einer Art Pseudokolonialstil eingerichtet, jedenfalls war das ihr erster Eindruck. Zwanzig Männer drängten sich darin, sicherten Spuren, fotografierten, maßen, sammelten Beweismaterial. Es war unmöglich, sich vorzustellen, wie die Wohnung ausgesehen haben mochte, bevor die Polizeibeamten dort eingetroffen waren.

Ein Mann mit Hornbrille, dem das Haar über den Hemdkragen reichte, trat auf sie zu. Er war noch jung, etwa Mitte Dreißig. Seinem gedeckten dunklen Anzug und seinem Aussehen nach hätte man ihn ohne weiteres für einen Hochschullehrer halten können. Eigenartig, was für Vorurteile man sich so aneignete. Mit leiser Stimme fragte er: »Sind Sie Doktor Ross?«

»Ja.«

»Captain Anders.« Er schüttelte ihr kurz und kräftig die

Hand. »Danke, daß Sie gekommen sind. Die Leiche liegt im Schlafzimmer. Der Gerichtsmediziner untersucht sie gerade.«

Er ging ihr voraus. Eine nackte Frau von Mitte Zwanzig lag auf dem Bett. Der Schädel war zerschmettert und ihr Körper wies mehrere Stichwunden auf. Das Bett war voll Blut, dessen süßlicher, übelkeiterregender Geruch in der Luft hing.

Das Zimmer sah chaotisch aus – ein Sessel neben der Frisierkommode war umgestürzt, allerlei Kosmetika waren auf dem Teppich verstreut, eine Lampe neben dem Bett zerbrochen. Sechs Männer machten sich im Zimmer zu schaffen, einer von ihnen war der Gerichtsmediziner. Er stellte gerade den Totenschein aus.

»Das ist Doktor Ross«, sagte Anders. »Erzählen Sie ihr, was passiert ist.«

Der Arzt wies mit dem Kopf auf die Leiche. »Wie Sie sehen, ist der Täter ziemlich brutal vorgegangen. Ein heftiger Schlag auf die linke Schläfe hat den Schädelknochen zertrümmert und zur sofortigen Bewußtlosigkeit geführt. Die Lampe da drüben muß die Tatwaffe gewesen sein, denn daran finden sich einige Haare der Frau und Blut, das zu ihrer Blutgruppe paßt.«

Ross ließ den Blick zwischen der Lampe und dem Leichnam hin und her wandern. »Und die Stichwunden?«

»Hat man ihr später zugefügt. Da war der Tod höchstwahrscheinlich bereits eingetreten – Todesursache war der Schlag auf den Kopf.«

Ross sah hin. Der Schädel war auf einer Seite eingedrückt, wie ein Fußball, dem die Luft ausgegangen war, so daß die Züge eines ursprünglich wohl ziemlich hübschen Gesichts verzerrt waren.

»Sie sehen«, sagte der Arzt, wobei er näher an die Tote herantrat, »daß sie nur teilweise geschminkt ist. Unserer Rekonstruktion nach muß sie da drüben an der Frisierkommode gesessen haben, um sich zurechtzumachen. Der Schlag ist von seitlich oben gekommen und hat sie mit dem Sessel umgeworfen. Dabei sind all die Fläschchen und Döschen und so weiter mit zu Boden gegangen. Dann hat man sie aus dem Sessel zum Bett geschleppt und daraufgelegt.« Der Doktor hob die Arme und verzog in gespielter Anstrengung das Gesicht, als hebe er einen unsichtbaren Körper auf.

»Das kostet aber ziemlich viel Kraft.«

»Und ob. Es war mit Sicherheit ein Mann.«

»Woher wissen Sie das?«

»Wir haben im Abfluß der Dusche zwei verschiedene Arten Schamhaar gefunden. Die einen passen zu ihrem, die anderen sind von einem Mann. Wie Sie sicher wissen, hat männliches Schamhaar einen eher runden und weibliches einen elliptischen Querschnitt. «

»Nein«, sagte Ross, »das war mir nicht bekannt.«

»Wenn Sie wollen, kann ich Ihnen sagen, wo Sie es nachlesen können«, sagte der Arzt. »Offenkundig hatte der Täter vorher Geschlechtsverkehr mit ihr. Aus dem Sperma wissen wir auch seine Blutgruppe: A0. Wie es aussieht, hat er anschließend geduscht und ist dann herausgekommen, um sie umzubringen.«

Ross nickte.

»Nach dem Schlag auf den Kopf hat er sie aufgehoben und auf das Bett gelegt. Zu dem Zeitpunkt hat sie nicht stark geblutet. An der Frisierkommode oder auf dem Vorleger findet sich so gut wie kein Blut. Dann hat der Mörder irgendeinen Gegenstand gepackt und sie mehrfach damit in den Bauch gestochen. Wie Sie sehen können, liegen die tiefsten Stichwunden im Unterleib, was für den Mörder möglicherweise eine sexuelle Bedeutung hatte. Das ist aber eine bloße Vermutung.«

Ross nickte stumm. Sie trat näher, um sich die Stichwunden anzusehen. Sie waren ziemlich klein, punktförmig, und die Haut um den Einstich herum war zerfetzt.

»Haben Sie die Waffe gefunden?«

»Nein«, sagte der Arzt.

»Was war es Ihrer Ansicht nach?«

»Ich weiß nicht recht. Kein besonders scharfer Gegenstand, aber wohl ziemlich solide – es kostet viel Kraft, mit einem vergleichsweise stumpfen Gegenstand so tief einzudringen.«

»Ein weiterer Hinweis darauf, daß es ein Mann ist«, sagte Anders.

»Ja. Vermutlich war es irgendein Metallgegenstand. Ich denke da ein einen stumpfen Brieföffner, ein Metall-Lineal oder einen Schraubenzieher. Irgend etwas in der Art. Aber wirklich interessant ist das hier«, fuhr der Arzt fort und wies auf den linken Arm der Toten, der ausgestreckt auf dem Bett lag und von Stichwunden geradezu übersät war. »Sehen Sie, er hat ihr Stichwunden im Unterleib und dann im Arm zugefügt, wobei er ein regelrechtes Muster produziert hat. Und jetzt kommt es. Achten Sie darauf: Da, wo der Arm zu Ende war, hat er einfach weitergemacht. Man kann die Einstiche im Laken und in der Decke sehen. Sie gehen in einer geraden Linie weiter.«

Er wies darauf.

»Er scheint geradezu zwanghaft vorgegangen zu sein, denn er hat offenbar eine sinnlose Bewegung mechanisch fortgeführt, als wäre er eine Maschine, die einfach immer weiterläuft ...«

»Ja, das stimmt«, sagte Ross.

»Wir vermuten den Grund dafür in einer Art Trance oder Anfall«, sagte der Arzt. »Wir wissen aber nicht, ob es einen organischen Ursprung hat oder auf eine Funktionsstörung zurückgeht, ob dieses zwanghafte Verhalten eine natürliche Ursache hat oder künstlich ausgelöst wird. Da ihn die Frau offenbar aus freien Stücken in ihre Wohnung gelassen hat, dürfte dieser Zustand beim Täter erst später eingetreten sein.«

Ross merkte, daß sich der Mann mit seinen Fähigkeiten brüsten wollte, und das ärgerte sie. Dies war der falsche Zeitpunkt, um Sherlock Holmes zu spielen. Anders gab ihr die metallene Kennmarke in die Hand. »Im Verlauf unserer Untersuchung haben wir das hier gefunden«, sagte er.

Ross drehte die Marke um.

> ICH BIN TRÄGER EINES IMPLANTIERTEN NUKLEAREN SCHRITTMACHERS. EINE VERLETZUNG ODER FEUER KANN DIE UMHÜLLUNG ZERSTÖREN UND TOXISCHES MATERIAL FREISETZEN. RUFEN SIE BEI VERLETZUNG ODER TOD NACHSTEHENDE NUMMER AN: (213) 652–1134.

»Das haben wir getan und sind bei Ihnen gelandet«, sagte er. Er sah sie aufmerksam an. »Wir haben Ihnen alles gesagt, was wir wissen«, fuhr er fort, »jetzt sind Sie an der Reihe.«

»Er heißt Harry Benson«, gab sie Auskunft, »er ist vierunddreißig Jahre alt und leidet an einem verletzungsbedingten akuten Enthemmungssyndrom.«

Der Arzt schnalzte mit den Fingern. »Der Teufel soll mich holen, VAE also.«

»Was bedeutet das mit dem Enthemmungssyndrom?« fragte Anders. »Und was heißt VAE?«

Gerade in diesem Augenblick kam ein Beamter in Zivil aus dem Wohnzimmer. »Wir haben was an den Fingerabdrücken gefunden«, sagte er, »ausgerechnet in den Unterlagen des Verteidigungsministeriums. Der Kerl ist seit 1968 Geheimnisträger. Er heißt Harry Benson und wohnt in Los Angeles.«

»Und was hat er mit denen zu tun?« fragte Anders.

»Vermutlich geht es um Informatik«, sagte Ross.

»Stimmt«, sagte der Beamte in Zivil. »Seit drei Jahren entwickelt er streng geheime Computerprogramme.«

Anders machte sich Notizen. »Haben die auch seine Blutgruppe?«

»Ja. In den Unterlagen steht A0.«

Ross wandte sich an den Arzt. »Was wissen Sie über das Opfer?«

»Die Frau heißt Doris Blankfurt, Künstlername Angela Black. Sechsundzwanzig Jahre alt, wohnt seit sechs Wochen hier im Haus.«

»Was arbeitet sie?«

»Sie ist Tänzerin.«

Ross nickte.

Anders fragte: »Hat das etwas Besonderes zu bedeuten?«

»Er hat es mit Tänzerinnen.«

»Ist er besonders scharf auf sie?«

»Er fühlt sich von ihnen angezogen und zugleich abgestoßen«, sagte sie. »Das ist ziemlich kompliziert.«

Er sah sie fragend an. Meinte er, sie hielte ihn zum Narren?«

»Und hat er manchmal Anfälle?«

»Ja.«

Anders machte sich wieder Notizen. »Ich brauche da noch ein paar Erklärungen«, sagte er.

»Selbstverständlich.«

»Und eine Beschreibung, Bilder –«

»Kann ich Ihnen alles beschaffen.«

»– so bald wie möglich.«

Sie nickte.

Ihre ursprüngliche Absicht, nicht mit der Polizei zusammenzuarbeiten, war verschwunden. Sie sah unverwandt auf den eingeschlagenen Schädel der jungen Frau. Sie konnte sich ausmalen, wie plötzlich und wie heimtückisch der Überfall gewesen war.

Sie sah auf ihre Uhr. »Jetzt ist es halb acht«, sagte sie. »Ich gehe wieder ins Krankenhaus, fahre aber vorher noch zu Hause vorbei, um mich etwas frisch zu machen und umzuziehen. Sie finden mich dort im Krankenhaus.«

»Ich komm zu Ihnen«, sagte Anders. »Hier bin ich in etwa zwanzig Minuten fertig.«

»In Ordnung«, sagte sie und gab ihm ihre Adresse.

8

Die Dusche tat gut. Wie mit Nadelstichen prasselte ihr das heiße Wasser auf die nackte Haut. Sie entspannte sich, sog den Dampf ein und schloß die Augen. Sie hatte immer gern geduscht, obwohl ihr bekannt war, daß man das eigentlich von Männern sagt. Männer duschen, Frauen baden lieber. Doktor Ramos hatte einmal auf dies Verhaltensmuster hingewiesen. Sie hielt das für Unsinn. Verhaltensmuster waren dazu da, daß man sie durchbrach. Sie war ein Mensch, der über sich selbst bestimmte.

Dann hatte sie entdeckt, daß man Schizophrene mit Duschen behandelt und sie bisweilen beruhigt, indem man zwischen dem heißen und kalten Wasserstrahl abwechselt.

»Halten Sie sich jetzt für schizophren?« hatte Doktor Ramos gefragt und herzlich gelacht. Er lachte nicht oft. Bisweilen versuchte sie, ihn zum Lachen zu bringen, gewöhnlich ohne Erfolg.

Sie stellte das Wasser ab, legte sich ein Handtuch um und trat aus der Dusche. Sie wischte den beschlagenen Badezimmerspiegel frei und starrte ihr Spiegelbild an. »Du siehst abscheulich aus«, sagte sie und nickte. Ihr Spiegelbild nickte zurück. Die Dusche hatte ihr Augen-Make-up abgewaschen, das einzige, was sie zu tragen pflegte. Sie sah, wie klein ihre Augen waren. Die Müdigkeit. Um wieviel Uhr war ihr Termin bei Doktor Ramos? War das überhaupt heute?

Was für ein Wochentag war heute eigentlich? Es dauerte eine ganze Weile, bis ihr einfiel, daß es Freitag sein mußte. Sie hatte mindestens vierundzwanzig Stunden nicht geschlafen und entdeckte jetzt an sich alle Symptome des Schlafmangels, die sie als Medizinalpraktikantin gelernt hatte. Ein sauerer Geschmack, der aus ihrem Magen aufstieg, Zerschlagenheit im ganzen Körper, eine Art geistiger Benommenheit, die alles verlangsamte. Sie fühlte sich schrecklich.

Sie wußte, wie das weitergehen würde. Nach weiteren vier oder fünf Stunden würde ihr ein Tagtraum vorgaukeln, daß sie schlafe. Sie würde sich ein Bett vorstellen und die weiche Matratze, auf der sie lag. Sie würde sich all die herrlichen Empfindungen ausmalen, die mit dem Einschlafen einhergehen.

Hoffentlich fand man Benson bald. Der Spiegel war schon wieder beschlagen. Sie öffnete die Badezimmertür, um kühle Luft hereinzulassen und wischte erneut ein Stück des Spiegels frei. Gerade, als sie anfing, ihr Augen-Make-up zu erneuern, klingelte es an der Tür.

Das dürfte Anders sein. Sie hatte die Wohnungstür unverschlossen gelassen. »Es ist offen«, rief sie und wandte sich dann wieder ihrem Make-up zu. Bevor sie das zweite Auge in Angriff nahm, machte sie eine Pause und sagte: »Wenn Sie Kaffee wollen, können Sie sich Wasser in der Küche heiß machen.«

Sie beendete ihr Make-up, zog das Badelaken fester und beugte sich in den Flur hinaus. »Finden Sie alles, was Sie brauchen?« rief sie.

Harry Benson stand im Gang. »Guten Morgen, Doktor Ross«, sagte er. Seine Stimme klang freundlich. »Hoffentlich komme ich nicht ungelegen.«

Es war seltsam, wieviel Angst sie empfand. Er streckte ihr die Hand hin, und sie schüttelte sie, kaum, daß sie wußte, was sie tat. Ihre Angst ließ sie keinen klaren Gedanken fassen. Warum hatte sie Angst? Sie kannte diesen Mann gut; sie war schon oft mit ihm allein gewesen und hatte nie Angst vor ihm gehabt.

Zum Teil ging ihre Angst auf die Überraschung zurück, ihn dort zu sehen, aber auch darauf, daß sie einander hier nicht im üblichen beruflichen Umfeld begegneten: Sie war sich nur allzusehr bewußt, daß sie nur ein Badelaken um den Leib trug und mit noch nassen nackten Beinen vor ihm stand.

»Augenblick«, sagte sie. »Ich zieh mir nur schnell was über.«

Er nickte höflich und kehrte ins Wohnzimmer zurück. Sie schloß die Schlafzimmertür und setzte sich schwer atmend auf ihr Bett, als wäre sie eine lange Strecke gelaufen. Angst, dachte sie, aber das half ihr auch nicht. Ihr fiel ein Patient ein, der sie in seiner hoffnungslosen Verzweiflung einmal angebrüllt hatte: »Sagen Sie mir nicht, daß ich an Depressionen leide. Ich fühle mich *entsetzlich!*«

Sie trat an den Wandschrank und nahm ein Kleid heraus, wußte kaum, welches. Dann ging sie wieder ins Badezimmer, um ihr Aussehen zu kontrollieren. Ich versuche Zeit zu schinden, dachte sie. Dafür ist jetzt nicht der richtige Augenblick.

Sie atmete tief durch und ging hinaus, um mit Benson zu reden.

Er stand mitten im Wohnzimmer und sah unbehaglich und verwirrt aus. Der Raum kam ihr anders vor als sonst, als sehe sie ihn durch seine Augen. Modern, steril, feindselig. Moderne Möbel, schwarzes Leder und Chrom, harte Linien; moderne Gemälde an den Wänden; es war eine moderne, glitzernde, maschinenartige, feindselige Umgebung, in der sich Effizienz spiegelte.

»So hätte ich es mir bei Ihnen nicht vorgestellt«, sagte er.

»Jeder hat seinen eigenen Geschmack, Harry«, sagte sie mit betont munterer Stimme. »Möchten Sie Kaffee?«

»Nein, danke.«

Er war ordentlich gekleidet, trug Jackett und Krawatte. Seine schwarze Perücke schien ihr nicht dazu zu passen, wie auch seine Augen; sie waren müde und blickten in die Ferne. Es waren die Augen eines Mannes, der nahe daran war, vor Erschöpfung zusammenzubrechen. Sie mußte daran denken, wie die Ratten unter dem Übermaß an lustvoller Stimulation zusammengebrochen waren, bis sie schließlich keuchend auf dem Käfigboden lagen, zu schwach, auch nur ein noch ein einziges Mal auf den Auslösehebel zuzukriechen und ihn zu drücken.

»Sind Sie allein hier?« fragte er.

»Ja.«

Auf seiner linken Wange war unmittelbar unter dem Auge ein kleiner Bluterguß zu erkennen. Sie sah auf seinen Verband. Er war kaum zu sehen, ein weißer Streifen zwischen dem unteren Rand der Perücke und dem Kragen.

»Stimmt was nicht?« fragte er.

»Nein, alles in Ordnung.«

»Sie kommen mir so angespannt vor.« Die Besorgnis in seiner Stimme klang ehrlich. Wahrscheinlich war er gerade stimuliert worden. Ihr fiel ein, wie er nach den Probestimulationen und unmittelbar vor dem Ankoppeln sexuelles Interesse an ihr gezeigt hatte.

»Bin ich aber nicht.« Sie lächelte.

»Ihr Lächeln gefällt mir«, sagte er.

Prüfend musterte sie seine Kleidung und suchte nach Blutspuren. Die junge Frau war über und über mit Blut bedeckt gewesen, und auch Benson mußte voll Blut gewesen sein, doch auf seiner Kleidung war nichts davon zu sehen. Vielleicht hatte er noch einmal geduscht, bevor er sich angezogen hatte. Nach dem Mord.

»Nun«, sagte sie. »Ich trink jetzt einen Kaffee.« Während sie in die Küche ging, empfand sie eine Art Erleichterung. Dort, fern von ihm, fiel es ihr leichter zu atmen. Sie setzte den Kessel auf, drehte das Gas an und blieb einen Augenblick stehen. Sie mußte unbedingt ihre Selbstbeherrschung zurückgewinnen, mußte Herrin der Lage sein.

Das Sonderbare war, daß Bensons plötzliches Auftauchen in ihrer Wohnung sie zwar entsetzt, aber nicht wirklich überrascht hatte. Manche VAE-Patienten hatten Angst vor ihrer eigenen Gewalttätigkeit.

Aber warum war er nicht in die Klinik zurückgekehrt?

Sie ging ins Wohnzimmer. Er stand am großen Fenster und sah auf die Stadt hinaus, die sich in jeder Richtung kilometerweit erstreckte.

»Sind Sie mir böse?« fragte er.

»Böse? Wieso?«

»Weil ich davongelaufen bin.«

»Warum sind Sie davongelaufen, Harry?« Während sie ihn das fragte, spürte sie, wie ihre Kraft und Beherrschung zurückkehrten. Sie konnte mit diesem Mann fertigwerden. Es war ihre Aufgabe. Sie war mit gefährlicheren Männern als ihm allein gewesen. Sie mußte an das halbe Jahr im staatlichen Krankenhaus von Cameron denken, wo sie mit Psychopathen und mehrfachen Mördern gearbeitet hatte – reizende, umgängliche und eiskalte Männer.

»Warum? Darum.« Mit einem Lächeln setzte er sich. Unbehaglich rutschte er in seinem Sessel herum, stand dann auf und setzte sich wieder auf das Sofa. »Ihre Möbel sind alle so ungemütlich. Wie können Sie in einer so ungemütlichen Umgebung leben?«

»Mir gefällt es hier.«

»Aber es ist ungemütlich.« Er sah sie an, in seinem Blick lag der Anflug einer Herausforderung. Wieder wünschte sie, daß sie nicht hier wären. Die Umgebung war für Benson zu bedrohlich, und auf so etwas reagierte er mit Aggression.

»Wie haben Sie hierher gefunden, Harry?«

»Überrascht es Sie, daß ich weiß, wo Sie wohnen?«

»Ein bißchen.«

»Ich hab mich vorbereitet«, sagte er. »Bevor ich ins Krankenhaus gegangen bin, habe ich festgestellt, wo Sie wohnen, Ellis und McPherson – alle.«

»Warum?«

»Vorsichtshalber.«

»Was hatten Sie denn erwartet?«

Er gab keine Antwort. Statt dessen stand er auf, trat ans Fenster und sah auf die Stadt hinab. »Da draußen suchen sie mich«, sagte er. »Stimmt doch?«

»Ja.«

»Aber die finden mich nie. Dazu ist die Stadt zu groß.«

Aus der Küche hörte man das Pfeifen des Kessels. Sie entschuldigte sich und ging hin, um Kaffee zu machen. Ihr Blick suchte auf der Arbeitsfläche nach einem schweren Gegenstand. Vielleicht konnte sie ihm einen Schlag auf den Kopf versetzen. Ellis würde ihr das zwar nie verzeihen, aber –

»Sie haben hier an der Wand ein Bild mit lauter Zahlen drauf«, rief Benson. »Von wem ist das?«

»Von einem gewissen Johns.«

»Warum malt jemand Zahlen? Zahlen gehören zu Maschinen.«

Sie rührte den Pulverkaffee in das Wasser, goß Milch dazu, kehrte ins Wohnzimmer zurück und setzte sich.

»Harry …«

»Nein, ernsthaft. Sehen Sie mal da. Was soll das bedeuten?« Er klopfte mit den Fingerknöcheln auf ein anderes Bild.

»Harry, kommen Sie her, und setzen Sie sich.«

Er sah sie einen Augenblick lang an, kam dann herüber und setzte sich auf das Sofa, ihr gegenüber. Er wirkte verkrampft, lächelte aber kurz darauf gelöst. Einen Augenblick lang weiteten sich seine Pupillen. Wieder eine Stimulation, dachte sie.

Was zum Teufel sollte sie tun?

»Was ist passiert, Harry?« fragte sie.

»Ich weiß nicht«, sagte er immer noch entspannt.

»Sie sind aus dem Krankenhaus verschwunden...«

»Ja. In einem dieser weißen Anzüge. Ich hatte mir das vorher gut überlegt. Angela hat mich abgeholt.«

»Und dann?«

»Dann sind wir zu mir nach Hause gegangen. Ich war ziemlich unruhig.«

»Warum?«

»Na ja, immerhin weiß ich, wie das alles enden wird.«

Sie war nicht sicher, was er damit meinte. »Nämlich wie?«

»Von meinem Haus sind wir dann zu ihrer Wohnung gegangen, haben ein bißchen getrunken, sind miteinander ins Bett gegangen, und dann hab ich ihr gesagt, wie alles enden würde. Da hat sie Angst gekriegt. Sie wollte im Krankenhaus anrufen und den Leuten sagen, wo ich war...« Er starrte vor sich hin, schien einen Augenblick lang verwirrt. Sie wollte lieber nicht weiter in ihn dringen. Er hatte einen Anfall gehabt und konnte sich vermutlich nicht erinnern, daß er die Frau umgebracht hatte. Sein Gedächtnisverlust dürfte vollständig und ungespielt sein.

Aber sie wollte, daß er weitersprach. »Warum haben Sie die Klinik verlassen, Harry?«

»Es war am Nachmittag«, sagte er und sah sie an. »Wie ich am Nachmittag so im Bett lag, ist mir mit einemmal aufgegangen, daß man mich versorgte, mich geradezu *wartete*. Jeder Handgriff ist mir vorgekommen, als wäre ich eine Maschine. Davor hatte ich schon die ganze Zeit Angst gehabt.«

In einem fernen Winkel ihres Bewußtseins hatte sie das Gefühl, als bestätigte sich eine wissenschaftliche Vermutung. Die Ursache für Bensons Maschinenphobie war letzten Endes seine Angst, von anderen abhängig zu sein, seine Selbstständigkeit einzubüßen. Mit seiner Aussage, es habe ihm angst gemacht, daß man ihn versorgte oder gar wartete, sagte er buchstäblich die Wahrheit. Und gewöhnlich haßt ein Mensch, was er fürchtet.

Nun war Benson aber von ihr abhängig. Wie würde er darauf reagieren?

»Ihr habt mich belogen«, sagte er unvermittelt.

»Niemand hat Sie belogen, Harry.«

Er wurde wütend. »Doch, Sie. Sie haben –« Er vollendete den Satz nicht und lächelte wieder. Die Pupillen weiteten sich: eine neue Stimulation. Sie folgten dicht aufeinander: Bald würde der nächste Anfall auftreten.

»Wissen Sie was? Das ist das tollste Gefühl auf der Welt«, sagte er.

»Was für ein Gefühl?«

»Das Summen.«

»Es ist also ein Summen?«

»Sobald alles schwarz wird und zu summen beginnt, bin ich wieder glücklich«, sagte Benson. »Mir wird herrlich warm, und ich bin glücklich.«

»Das sind die Stimulationen«, sagte sie.

Sie widerstand der Versuchung, auf die Uhr zu sehen. Was für eine Rolle spielte es? Anders hatte gesagt, er werde in zwanzig Minuten da sein, aber alles mögliche konnte seine Ankunft verzögern. Selbst wenn er kam, war es nicht sicher, daß er mit Benson fertigwürde. Ein VAE-Patient, der die Beherrschung verliert, ist kaum zu bändigen. Vermutlich würde ihn Anders erschießen oder es zumindest versuchen. Das aber wollte sie auf keinen Fall.

»Wissen Sie, was noch?« fragte Benson. »Das Summen ist nur manchmal angenehm. Wenn es zu stark wird, ist es… erstickend.«

»Wird es jetzt stark?«

»Ja«, sagte er. Dabei lächelte er.

In dem Augenblick, als sie sein Lächeln sah, ging ihr schlagartig auf, wie hilflos sie war. Nichts von dem, was sie über den Umgang mit Patienten gelernt hatte, nützte ihr hier, keine der Techniken, wie man ein Gespräch steuert und auf die Sprachmuster achtet. Worte würden hier ebensowenig helfen wie bei einem Tollwütigen oder einem Menschen mit einem Gehirntumor. Bensons Zustand ging darauf zurück, daß eine Maschine ihn unerbittlich und mit tödlicher Sicherheit einem Anfall entgegentrieb. Mit Worten ließ sich der eingepflanzte Computerchip nicht abschalten.

Es gab nur eine einzige Möglichkeit, etwas zu tun. Dafür aber mußte sie ihn in die Klinik bringen. Doch wie? Sie versuchte es mit einem Appell an seine kognitiven Fähigkeiten. »Verstehen Sie, was bei Ihnen abläuft, Harry? Die Stimulationen steigern Sie in Anfälle hinein.«

»Es ist ein schönes Gefühl.«

»Aber Sie haben selbst gesagt, daß es nicht immer angenehm ist.«

»Nein, nicht immer.«

»Nun, wollen Sie nicht, daß das geändert wird?«

Er überlegte einen Augenblick. »Geändert?«

»In Ordnung gebracht. Damit Sie keine weiteren Anfälle bekommen.« Sie hatte sich ihre Worte sorgfältig überlegt.

»Meinen Sie, daß man bei mir etwas in Ordnung bringen

muß?« Seine Worte erinnerten sie an Ellis: Es war der Lieblingsausdruck des Chirurgen.

»Harry, wir können dafür sorgen, daß Sie sich besser fühlen.«

»Ich fühle mich großartig, Doktor Ross.«

»Aber Harry, als Sie zu Angela gegangen sind –«

»Daran kann ich mich nicht erinnern.«

»Sie sind hingegangen, nachdem Sie das Krankenhaus verlassen haben.«

»Ich kann mich an nichts erinnern. Alle meine Speicherbänder sind gelöscht. Da ist nur noch Rauschen. Sie können sie auf dem Rekorder abspielen, wenn Sie das wollen.« Er öffnete den Mund und gab ein zischendes Geräusch von sich. »Hören Sie? Nichts als Rauschen.«

»Sie sind keine Maschine, Harry«, sagte sie mit sanfter Stimme.«

»Noch nicht.«

In ihrem Magen entstand ein Kloß. Ihr wurde von der inneren Anspannung übel. Wieder notierte ein distanzierter Teil ihres Bewußtseins die auffälligen Äußerungen eines Gefühlszustandes. Sie war dankbar für die Distanz, auch wenn es nur wenige Augenblicke waren. Zugleich aber dachte sie wütend an Ellis und McPherson, an all die Besprechungen, bei denen sie darauf hingewiesen hatte, daß man Bensons Wahnvorstellungen mit der Implantation einer solchen Anlage nur verstärken würde. Die anderen hatten nicht auf sie gehört.

Sie wünschte, sie wären jetzt hier. »Sie alle wollen eine Maschine aus mir machen«, sagte er. »Ich kämpfe gegen Sie.«

»Harry –«

»Lassen Sie mich ausreden.« Sein Gesicht war angespannt; unvermittelt trat ein breites Lächeln darauf.

Wieder eine Stimulation. Sie kamen jetzt in Abständen von wenigen Minuten. Wo blieb Anders? War überhaupt jemand für sie zu erreichen? Sollte sie laut schreiend in die Diele rennen? Sollte sie versuchen, das Krankenhaus anzurufen? Die Polizei.

»Es ist wirklich ein tolles Gefühl«, sagte Benson, nach wie vor lächelnd. »Ein wunderbares Gefühl. Es gibt nichts Vergleichbares. Ich könnte mich darin auf alle Zeiten treiben lassen.«

»Harry, ich möchte, daß Sie versuchen, sich zu entspannen.«

»Ich bin entspannt. Aber das wollen Sie doch gar nicht wirklich, oder?«

»Was will ich denn?«

»Sie wollen, daß ich eine folgsame Maschine bin. Sie wollen, daß ich tue, was man mir sagt. Ist es nicht so?«

»Sie sind keine Maschine, Harry.«

»Und das werde ich auch nie sein.« Sein Lächeln verschwand. »Nie. Nie im Leben.«

Sie holte tief Luft. »Harry«, sagte sie. »Ich möchte, daß Sie mit mir ins Krankenhaus zurückgehen.«

»Nein.«

»Wir können dafür sorgen, daß Sie sich besser fühlen.«

»Nein.«

»Wir sorgen uns um Sie, Harry.«

»Sie sorgen sich um mich.« Er lachte. Es klang ablehnend und schroff. »Sie sorgen sich nicht um *mich,* sondern um Ihr Experiment. Sie sorgen sich um Ihr wissenschaftliches Protokoll, um die Auswertung. Um *mich* geht es Ihnen dabei überhaupt nicht.«

Er war jetzt erregt und wütend. »Es würde in den medizinischen Fachzeitschriften nicht besonders gut aussehen, wenn Sie berichten müßten, daß Sie soundso viele Patienten soundso viele Jahre lang beobachtet haben und einer von ihnen umgekommen ist, weil er den Verstand verloren hat und die Polizei ihn erschießen mußte. Das würde ein schlechtes Licht auf Sie werfen.«

»Harry –«

»Ich weiß Bescheid«, sagte Benson. Er hielt ihr seine Hände hin. »Vor einer Stunde war mir schlecht. Als ich wieder zu mir gekommen bin, habe ich Blut unter meinen Fingernägeln gefunden. Blut. Ich weiß Bescheid.« Er sah auf seine Handflächen und bog die Finger zurück, um seine Nägel zu betrachten. Dann faßte er an den Verband. »Die Operation sollte etwas bringen«, sagte er. »Aber es funktioniert nicht.«

Dann begann er übergangslos zu weinen. Die Tränen liefen ihm über das ausdruckslose Gesicht. »Es funktioniert nicht«, sagte er. »Ich verstehe das nicht, es hat nichts genützt ...«

Dann lächelte er ebenso übergangslos. Eine erneute Stimulation. Zwischen ihr und der vorherigen hatte nicht einmal eine Minute gelegen. Ihr war klar, daß der Umschlag in den nächsten Sekunden erfolgen mußte.

»Ich möchte niemandem etwas antun«, sagte er mit fröhlichem Lächeln.

Sie hatte Mitleid mit ihm und war zugleich auf das tiefste betroffen. »Ich verstehe«, sagte sie. »Wir wollen ins Krankenhaus zurückgehen.«

»Nein, nein ...«

»Ich begleite Sie. Ich bleibe die ganze Zeit bei Ihnen. Alles wird wieder gut.«

»Kommt überhaupt nicht in Frage!« Er sprang auf und sah

sie mit geballten Fäusten wütend an. »Ich hör mir das nicht an –« Er sprach nicht weiter, lächelte aber auch nicht.

Statt dessen begann er zu schnuppern.

»Was ist das für ein Geruch?« fragte er. »Ich hasse ihn. Was ist es? Ich hasse diesen Geruch, hören Sie, ich *hasse* ihn!«

Schnuppernd kam er mit ausgestreckten Händen auf sie zu.

»Harry ...«

»Ich hasse dieses Gefühl«, sagte er.

Sie stand auf und ging ein Stück vom Sofa fort. Mit schweren Schritten folgte er ihr, die Hände nach wie vor ausgestreckt. »Ich will das Gefühl nicht, ich will es nicht«, sagte er. Er hatte aufgehört zu schnuppern und kam jetzt wie ein Schlafwandler auf sie zu.

»Harry ...«

Sein Gesicht war wie eine Maske, ausdruckslos, als wäre er ein Roboter. Seine Arme reckten sich nach wie vor ihr entgegen. Er schien nicht zu wissen, daß er mit langsamen Bewegungen auf sie zukam. Es gelang ihr, den Abstand zu wahren und vor ihm zurückzuweichen.

Mit einemmal nahm er einen schweren gläsernen Aschenbecher auf und warf ihn nach ihr. Sie duckte sich, und er durchschlug eine der großen Scheiben, so daß das Glas splitterte.

Er sprang auf sie zu, legte die Arme schwerfällig um sie und drückte mit unglaublicher Kraft zu. »Harry«, keuchte sie. »Harry.« Sein Gesicht war nach wie vor völlig ausdruckslos.

Mit aller Kraft stieß sie ihm das Knie zwischen die Beine.

Mit einem Stöhnen ließ er sie los und krümmte sich keuchend vornüber. Sie eilte zum Telefon, nahm den Hörer ab und wählte die Nummer der Vermittlung.

»Verbinden Sie mich bitte mit der Polizei.«

»Die von Beverly Hills oder die Polizei von Los Angeles?«

»Völlig egal!«

»Nun, welche von beiden –«

Sie ließ den Hörer fallen. Benson kam wieder auf sie zu. Wie aus weiter Ferne hörte sie die Stimme der Vermittlung: »Hallo, hallo ...«

Benson entriß ihr das Telefon und schleuderte es hinter sich ins Zimmer. Dann nahm er eine Stehlampe vom Boden und schwang sie in großen Kreisen um sich. Es gelang ihr, dem schweren Metallfuß auszuweichen, wobei sie dessen zischenden Luftzug spürte. Falls er sie traf, wäre sie tot. Er würde sie töten. Dieses Bewußtsein riß sie aus ihrer Passivität.

Sie lief in die Küche. Benson ließ die Lampe fallen und folgte ihr. Sie riß Schubladen auf, suchte nach einem Messer, fand aber nur einen Kartoffelschäler. Wo zum Teufel waren die großen Messer?

Jetzt war auch Benson in der Küche. Sie warf blind einen Topf nach ihm, der ihm gegen die Knie prallte. Unbeeindruckt kam er auf sie zu.

Der distanzierte und wissenschaftlich geschulte Teil ihres Bewußtseins funktionierte nach wie vor und machte ihr klar, daß sie im Begriff stand, einen schweren Fehler zu begehen. Bestimmt gab es in der Küche etwas, das sie verwenden konnte, aber was?

Bensons Hände schlossen sich wie ein Schraubstock um ihren Hals. Sie zerrte an seinen Handgelenken, trat nach ihm, aber er wich ihren Tritten aus, drückte sie dann gegen die Arbeitsfläche, so daß sie sich nicht rühren konnte.

Sie bekam keine Luft. Blaue Kreise begannen vor ihren Augen zu tanzen. Ihre Lunge brannte.

Ihre Finger fuhren über die Arbeitsfläche, tasteten nach etwas, womit sie ihm einen Schlag versetzen könnte. Sie fand nichts.

Die Küche...

Wild fuhren ihre Hände umher. Sie ertastete den Geschirrspüler, die Klappe des Backherdes, die Küchenmaschine.

Alles verschwamm ihr grün vor den Augen. Die blauen Kreise wurden größer, tanzten vor ihr umher. Sie würde in ihrer Küche sterben.

Die Küche, die Küche, *Gefahren der Küche.* Blitzartig kam ihr die Erkenntnis, kurz bevor sie das Bewußtsein verlor.

Mikrowellen.

Jetzt sah sie nichts mehr; die Welt war ein stumpfes Grau, aber sie konnte noch tasten. Ihre Finger spürten das Metall des Mikrowellenherdes, das Glas von dessen Klappe, dann weiter aufwärts... die Knöpfe... sie drehte den Einschaltknopf...

Benson kreischte auf.

Schlagartig löste sich der Druck um ihren Hals. Sie glitt zu Boden. Benson kreischte weiter, gab Laute entsetzlicher Qual von sich. Allmählich kehrte ihr Sehvermögen zurück, und sie sah, wie er, die Hände an den Kopf gepreßt, über ihr stand. Er schrie.

Er schien nicht zu bemerken, daß sie am Boden lag und nach Luft rang. Er hielt sich den Kopf, wand sich, zuckte und schrie wie ein verwundetes Tier.

Während er laut brüllend hinausstürmte, versank sie in tiefe Ohnmacht.

9

Sie sah, daß sich an ihrem Hals bereits Blutergüsse bildeten – bläuliche Striemen an beiden Seiten ihrer Kehle. Sie faßte vorsichtig hin, während sie in den Spiegel sah.

»Wann ist er gegangen?« fragte Anders. Er stand in der Badezimmertür und sah ihr zu.

»Ich weiß nicht. Etwa um die Zeit, als ich ohnmächtig geworden bin.«

Er warf einen Blick über die Schulter ins Wohnzimmer. »Da sieht es ziemlich übel aus.«

»Kann ich mir vorstellen.«

»Warum hat er Sie angegriffen?«

»Er hatte einen Anfall.«

»Aber Sie sind seine Therapeutin –«

»Das spielt keine Rolle. Bei einem Anfall verliert er jede Beherrschung. In einer solchen Situation bringen Leute ihre eigenen Kinder um. Solche Fälle hat es schon gegeben.«

Anders verzog das Gesicht. Sie konnte sich denken, welche Schwierigkeiten ihm der Gedanke bereitete. Wer nicht selbst einen VAE-Anfall miterlebt hatte, konnte sich nicht ausmalen, mit welch nackter und sinnloser Gewalt er ablief. Es überstieg jede Vorstellungskraft. Nichts war damit vergleichbar.

»Hmm«, sagte Anders schließlich. »Aber er hat Sie nicht umgebracht.«

Aber beinahe, dachte sie und betastete wieder die Striemen an ihrem Hals. Die Blutergüsse würden in den nächsten Stunden noch viel schlimmer werden. Was konnte sie tun, um sie zu verbergen? Sie mit Make-up überdecken? Sie hatte keins. Einen Pullover mit Rollkragen anziehen?

»Nein«, sagte sie. »Hat er nicht, aber er hätte es gerne getan.«

»Was ist passiert?«

»Ich hab die Mikrowelle eingeschaltet.«

Anders sah sie verständnislos an. »Die Mikrowelle?«

»Die Strahlung des Herdes hat auf die Benson eingepflanzten elektronischen Bauteile gewirkt. Mikrowellen funken bei Schrittmachern aller Art böse dazwischen, das macht den Trägern von Herzschrittmachern ziemlich zu schaffen. Die Gefahren der Küche. Darüber ist in jüngster Zeit eine ganze Reihe von Artikeln erschienen.«

»Oh«, sagte Anders.

Während er hinausging, um einige Telefongespräche zu führen, zog sie sich einen schwarzen Pullover mit Stehbund und einen grauen Rock an. Sie trat zurück und betrachtete sich im Spiegel. Die Blutergüsse waren nicht zu sehen. Dann fiel ihr auf, daß sie schwarz und grau trug. Das stand ihr nicht, war zu trüb, zu tot und zu kalt. Sie überlegte, ob sie sich noch einmal umziehen sollte, ließ es aber dann sein.

Sie hörte Anders im Wohnzimmer telefonieren. Sie ging in die Küche, um etwas zu trinken – keinen Kaffee, sie wollte Whisky auf Eis – und während sie sich das Getränk eingoß, fiel ihr Blick auf die langen Kratzer in der hölzernen Arbeitsfläche, die ihre Fingernägel hinterlassen hatten. Sie sah ihre Fingernägel an. Drei waren abgebrochen. Sie hatte es nicht einmal gemerkt.

Sie ging mit dem Glas ins Wohnzimmer.

»Ja«, sagte Anders gerade. »Ja, ich verstehe. Nein… keine Ahnung. Wir versuchen es.« Eine lange Pause trat ein.

Sie trat an das Fenster mit der zerbrochenen Scheibe und sah auf die Stadt hinaus. Die Sonne war vollständig aufgegangen und erhellte einen dunklen Streifen braunen Dunstes, der über den Gebäuden hing. Wirklich mörderisch, hier zu leben, dachte sie. Es wäre besser, an den Strand zu ziehen, wo die Luft besser war.

»Hören Sie«, sagte Anders gerade empört, »das wäre alles nicht passiert, wenn Sie dafür gesorgt hätten, daß der verdammte Kerl, der im Krankenhaus Wache halten sollte, seine Aufgabe ernst genommen hätte. Sie sollten sich das hinter die Ohren schreiben.«

Sie hörte, wie der Hörer auf die Gabel geknallt wurde und wandte sich um.

»Mist«, sagte er. »Politik.«

»Sogar bei der Polizei?«

»Vor allem da.« sagte er. »Kaum geht was schief, suchen alle nach einem Sündenbock.«

»Und der sollen Sie sein?«

»Sie probieren es jedenfalls.«

Sie nickte und überlegte, was wohl in der Klinik vor sich gehen mochte. Wahrscheinlich war es da genauso. Das Klinikum mußte seinen Ruf in der Öffentlichkeit wahren. Die Abteilungsdirektoren waren wahrscheinlich in Angstschweiß gebadet und der Leiter des Krankenhauses machte sich vermutlich Sorgen darüber, woher in Zukunft die Mittel kommen würden, um den Betrieb aufrechtzuerhalten. Irgend jemand würde auch dort den Schwarzen Peter zugeschoben bekommen. McPherson stand zu hoch; sie und Morris waren zu unbedeutend. Wahrscheinlich würde die Sache an Ellis hängenbleiben – er war zwar Dozent, aber ohne eigenen Lehrstuhl. Wenn man ihn auf die Straße setzte, sah das so aus wie die Kündigung eines Mitarbeiters, der sich in der Probezeit nicht bewährt hatte, der übereifrig, zu ehrgeizig und zu sorglos gewesen war. Das war viel besser, als einem Ordinarius zu kündigen, denn das würde ein schlechtes Licht auf die werfen, die ihn berufen hatten.

Wahrscheinlich würde es Ellis treffen. Sie fragte sich, ob ihm das klar war. Er hatte sich kürzlich ein Haus in Brentwood gekauft, auf das er stolz war. Gleich in der Woche darauf hatte er jeden in der NPA zu einer Einweihungsfeier eingeladen. Sie sah durch die Scherben hinaus.

Anders fragte: »Was haben eigentlich Anfälle mit Herzschrittmachern zu tun?«

»Nichts«, sagte sie. »Aber Benson trägt einen Schrittmacher im Gehirn, und der funktioniert sehr ähnlich wie ein Herzschrittmacher.«

Anders klappte sein Notizbuch auf. »Fangen Sie am besten ganz von vorn an«, sagte er, »und sprechen Sie schön langsam zum Mitschreiben.«

»Gut.« Sie stellte ihr Glas auf den Tisch. »Vorher aber möchte ich telefonieren.«

Anders nickte, setzte sich wieder und wartete, während sie McPherson anrief. Dann erklärte sie dem Polizeibeamten alles, so ruhig, wie ihr das möglich war.

10

McPherson legte den Hörer auf und sah aus dem Fenster seines Büros. Die Morgensonne war nicht mehr bleich und kalt, sondern strahlte die ganze Wärme des Vormittags aus. »Das war Ross«, sagte er.

Morris nickte aus seiner Ecke. »Und?«

»Benson war bei ihr. Danach hat sie seine Spur verloren.«

Morris seufzte.

»Es scheint nicht unser Glückstag zu sein«, sagte McPherson. Er schüttelte den Kopf, ohne den Blick von der Sonne zu nehmen. »Ich glaube nicht an Glück«, sagte er und wandte sich Morris zu. »Sie etwa?«

Morris war müde und hatte nicht richtig zugehört. »Was?«

»Ob Sie an Glück glauben.«

»Na klar. Das tun alle Chirurgen.«

»Ich glaub nicht an Glück«, wiederholte McPherson. »Hab ich noch nie getan. Ich habe immer auf Planung gesetzt.« Er machte eine Handbewegung zu der Wand, an der die Tabellen und Kurven hingen, ließ dann die Hand sinken und starrte trübselig hinüber.

Die Kurven auf den über einen Meter langen Diagrammen waren sorgfältig in verschiedenen Farben eingezeichnet. Es handelte sich um eine Art Flußdiagramme, auf denen die jeweiligen Zeitangaben technische Fortschritte kennzeichneten. McPherson war stets stolz auf sie gewesen. So hatte er beispielsweise 1967 den Entwicklungsstand auf drei Gebieten – Diagnosekonzepte, Operationstechniken und Mikroelektronik – untersucht und war dabei zu dem Schluß gekommen, daß bis Juli 1971 eine Operation von VAE-Patienten möglich sein würde. Auch wenn jetzt der von ihm vorausberechnete Entwicklungsstand schon vier Monate früher eingetreten war, handelte es sich doch um eine beachtlich genaue Berechnung.

»Verdammt genau«, sagte er.

»Was?« fragte Morris.

McPherson schüttelte den Kopf. »Sind Sie müde?«

»Ja.«

»Vermutlich sind wir das alle. Wo ist Ellis?«

»Er macht Kaffee.«

McPherson nickte. Kaffee wäre jetzt genau das richtige. Er rieb sich die Augen und überlegte, wann er wohl zum Schlafen kommen würde. Eine ganze Weile noch nicht – erst mußten sie Benson wieder im Hause haben. Das konnte noch viele Stunden dauern, vielleicht sogar noch einen ganzen Tag.

Er sah erneut auf die Diagramme. Alles war so gut gegangen. Einpflanzung der Elektroden vier Monate vor dem geplanten Zeitpunkt. Computersimulation des Verhaltens fast neun Monate früher als vorgesehen – aber auch damit gab es Probleme. Die Programme George und Martha liefen nicht zuverlässig. Und was war mit seinem Lieblingsvorhaben, dem Projekt Q? Er schüttelte den Kopf. Ausgerechnet das würde möglicherweise nie verwirklicht. Auf dem Flußdiagramm war es für 1979 vorgesehen, und die Anwendung beim Menschen sollte 1986 beginnen. Da würde er fünfundsiebzig Jahre alt sein – sofern er noch lebte. Das machte ihm keine Sorgen, wohl aber der bloße Gedanke, daß ausgerechnet sein Lieblingsprojekt scheitern könnte.

Das Projekt Q war die logische Folge der gesamten an der NPA geleisteten Arbeit. Es ging auf ein Projekt zurück, das sie Projekt Quixoticus genannt hatten, weil es so völlig unmöglich schien. Aber McPherson war überzeugt, daß es gelingen würde, weil es ganz einfach unverzichtbar war. Zum einen war es eine Frage der Größe, zum anderen eine Frage der Kosten.

Ein neuzeitlicher Elektronenrechner – beispielsweise ein IBM-Digitalrechner der dritten Generation – würde mehrere Millionen Dollar kosten. Trotz seines ungeheuren Stromverbrauchs und seines gewaltigen Platzbedarfs besaß auch der größte Computer lediglich die gleiche Zahl an Schaltkreisen wie ein Ameisengehirn. Ein Rechner von der Kapazität eines menschlichen Gehirns wäre so groß wie ein riesiger Wolkenkratzer, und sein Strombedarf entspräche dem einer Stadt mit einer halben Million Einwohner.

Es lag daher auf der Hand, daß niemand je versuchen würde, einen solchen Rechner mit Hilfe der verfügbaren technischen Verfahren zu bauen. Dazu mußte man neue Wege gehen, und McPherson war ziemlich sicher, daß er genau wußte, wie die auszusehen hatten.

Er dachte an die Verwendung lebender Gewebe.

In der Theorie war das ganz einfach. Wie das Gehirn eines Menschen bestand ein Rechner aus Funktionseinheiten – kleinen Schaltzellen, welcher Art auch immer. Ihre Größe hatte sich im Laufe der Jahre beträchtlich verringert und würde das mit dem Fortschritt auf dem Gebiet der Integration von Schaltkreisen und anderen mikroelektronischen Techniken weiterhin tun. Damit würde auch der Energiebedarf abnehmen.

Trotz allem würden die einzelnen Einheiten nie die winzige Größe eines Neurons, einer Nervenzelle, erreichen. Immerhin passen rund hundertfünfzig Millionen Neuronen in einen Kubikzentimeter. Diese Raumökonomie würde keine von Menschen geschaffene Miniaturisierung je ermöglichen, ebensowenig wie der Mensch je imstande wäre, etwas mit dem unvorstellbar geringen Energiebedarf einer Nervenzelle herzustellen.

Also lag der Gedanke nahe, Rechner aus lebenden Nervenzellen herzustellen. Es war bereits gelungen, einzelne Nervenzellen in Gewebekulturen zu züchten und sie künstlich auf unterschiedliche Arten zu verändern. In Zukunft würde man imstande sein, ihr Wachstum nach genauen Vorgaben zu steuern und zu erreichen, daß sie auf eine vorbestimmte Weise Verbindung miteinander eingingen.

Wenn es erst einmal soweit war, könnte man einen Rechner mit einem Raumbedarf von beispielsweise einem halben Kubikmeter bauen, der Billionen von Nervenzellen enthielt. Sein Energiebedarf wäre nicht übermäßig groß, und die Beseitigung seiner Abwärme und Abfallprodukte würde keine unüberwindlichen Schwierigkeiten bereiten. Dabei wäre es bei weitestem das intelligenteste Wesen auf der Welt.

Projekt Q.

Erste Vorarbeiten fanden bereits in einer Anzahl von Labors und Forschungseinheiten der Regierung im ganzen Lande statt, und man kam dabei auch voran.

Doch war die erregendste Aussicht in McPhersons Augen nicht das Entstehen eines superintelligenten organischen Rechners. Darin sah er lediglich ein Abfallprodukt. Wirklich faszinierend war der Gedanke, daraus eine organische Prothese für das menschliche Gehirn herzustellen.

Wer nämlich erst einmal einen organischen Rechner besaß – einen Rechner aus lebenden Zellen, der seine Energie aus mit Sauerstoff und Nährstoffen angereichertem Blut bezog –, konnte diesen einem Menschen einpflanzen. Damit hätte man einen Menschen mit zwei Gehirnen.

Wie würde sich das auswirken? McPherson konnte es sich kaum vorstellen. Natürlich gab es eine Unzahl von Schwierigkeiten. Wo sollte dieser Rechner untergebracht werden? Wie sollte man die Verbindung zwischen ihm und dem Gehirn herstellen? Wie sähe das Ergebnis des Wettstreits zwischen dem ursprünglichen und dem implantierten Gehirn aus? Bis 1986 blieb reichlich Zeit, diese Probleme zu lösen.

Immerhin hatten die meisten Leute noch 1950 über die Vorstellung gelacht, der Mensch könne auf den Mond fliegen.

Projekt Q. Bisher war es nur eine Zukunftsvision, die sich aber mit hinreichender finanzieller Unterstützung verwirklichen lassen würde. Bis zu Bensons Verschwinden aus dem Krankenhaus war er fest davon überzeugt gewesen, daß es so kommen würde. Jetzt hatte sich alles geändert.

Ellis steckte den Kopf zur Tür herein. »Will jemand Kaffee?«

»Ja«, sagte McPherson. Er sah zu Morris hinüber. »Nein«, sagte dieser. Er stand auf. »Ich will mir noch mal ein paar von den Bändern anhören, auf denen die Gespräche mit Benson aufgezeichnet sind.«

»Gute Idee«, sagte McPherson. Er meinte das nicht wirklich, begriff aber, daß Morris sich beschäftigen mußte – er mußte etwas tun, ganz gleich was, um sich wachzuhalten.

Morris ging hinaus. Ellis folgte ihm, und McPherson war mit seinen Gedanken und seinen vielfarbigen Diagrammen allein.

11

Bis Ross ihren Bericht beendet hatte, war es Mittag. Sie war müde. Der Whisky hatte sie zwar beruhigt, aber ihre Erschöpfung noch verstärkt. Gegen Ende war ihr aufgefallen, daß sie nur stockend sprach, sich nicht mehr konzentrieren konnte, eine Aussage in anderer Formulierung wiederholen mußte, weil sie nicht genau das gesagt hatte, was sie eigentlich hatte sagen wollen. Noch nie in ihrem Leben war sie so erschöpft gewesen, so von Müdigkeit benommen.

Anders seinerseits war von geradezu nervtötender Munterkeit. Er fragte: »Was glauben Sie, wo sich Benson jetzt aufhält? Wohin würde er vermutlich gehen?«

Sie schüttelte den Kopf. »Das läßt sich unmöglich sagen. In seinem gegenwärtigen Zustand lassen sich seine Reaktionen nicht vorhersagen.«

»Sie sind seine Psychiaterin«, sagte Anders. »Sicher wissen Sie eine ganze Menge über ihn. Gibt es irgendeine Möglichkeit vorherzusagen, wie er sich verhalten wird?«

»Nein«, sagte sie. Großer Gott, sie war müde. Warum konnte er das denn nicht verstehen? »Benson befindet sich in einem abnormen Zustand, den man fast als psychotisch bezeichnen muß. Er ist verwirrt, wird ständig stimuliert, bekommt immer wieder Anfälle. Er ist zu allem fähig.«

»Er ist also verwirrt…« Anders beendete den Satz nicht. »Was würde er im Zustand der Verwirrtheit tun? Wie würde er sich verhalten?«

»Es hat keinen Sinn, der Sache nachzugehen«, sagte sie. »Er könnte *alles mögliche* tun.«

»Na schön«, sagte Anders. Er sah sie an und trank seinen Kaffee.

Warum konnte er die Sache nicht um Gottes willen einfach auf sich beruhen lassen? Sein Wunsch, Benson auszutricksen, war lachhaft unrealistisch. Außerdem konnte sich jeder denken, wie die Sache ausgehen würde. Irgend jemand würde Benson entdecken und ihn erschießen, und damit wäre die Angelegenheit erledigt. Selbst Benson hatte gesagt –

Mit gerunzelter Stirn hielt sie inne. Was hatte er noch gesagt? Etwas darüber, wie alles enden würde. Welche Worte hatte er genau verwendet? Vergeblich versuchte sie sich daran zu erinnern. Sie hatte zuviel Angst gehabt, als daß sie hätte genau zuhören können.

»Das ist einer von den unlösbaren Fällen«, sagte Anders, stand auf und trat ans Fenster. »In einer anderen Stadt gäbe es vielleicht eine Möglichkeit, aber nicht hier in Los Angeles. Nicht in einer Stadt, die sich über tausenddreihundert Quadratkilometer erstreckt. Los Angeles ist größer als New York, Chicago, San Francisco und Philadelphia zusammen. Haben Sie das gewußt?«

»Nein«, sagte sie. Sie hörte ihm kaum zu.

»Es gibt viele Möglichkeiten, sich zu verstecken«, sagte er. »Zu viele Fluchtwege – Straßen, Flugplatz, Seehafen. Wenn er klug ist, ist er bereits auf dem Weg nach Mexiko oder Kanada.«

»Das tut er bestimmt nicht«, sagte sie.

»Sondern was?«

»Er wird in die Klinik zurückkehren.«

Eine Pause trat ein.

»Ich dachte, Sie könnten sein Verhalten nicht vorhersagen«, sagte Anders.

»Das ist nur so eine Vermutung«, sagte sie. »Nichts weiter.«

»Dann sollten wir aber besser ins Krankenhaus fahren«, sagte er.

In der NPA sah es aus wie im Lagezimmer eines Generalstabs. Man hatte bis Montag alle Termine von Patienten abgesagt; ausschließlich Mitarbeiter und Polizeibeamte hatten Zutritt zum dritten Stock. Aus irgendeinem Grund waren alle Mitarbeiter da und liefen mit entsetzten Gesichtern ziellos umher. Offensichtlich hatten alle Sorge um ihren Arbeitsplatz und fürchteten, daß ihre Forschungsgelder in Gefahr waren.

Page 1 of 1

LOS ANGELES POLICE DEPARTMENT
MISCELLANEOUS CRIME REPORT

☐ Shots Fired ☐ Attempt

DR 7059014-A

VICTIM'S NAME (Last, first, middle – Firm name, if business): BLACK, ANGELA —

PHONES RES. [redacted] BUS.

LOCATION OF OCCURRENCE: [redacted]

R.D. 04

TYPE OF CRIME: HOM

OCCURRED: ON OR BTWN	MO.	DAY	YEAR	DAY WK.	TIME
	3	12	71	F	6:00AM
AND	3	12	71	F	6:30AM

REPORTED:	MO.	DAY	YEAR	TIME
	3	12	71	6:52AM

☐ VEH. SEEN: NO. SEX DESCENT
☐ SUSP. SEEN:

V'S SEX, DESCENT, AGE: F - CAUC - 26

VICTIM'S CONDITION (Normal, Hospitalized, etc.): DEAD

JUV. VICT'S. BIRTHPLACE – CITY/STATE(S) D O B

INVESTIGATIVE DIVISION(S) & PERSON NOTIFIED: LAPD - HOM - ANDERS/STAFF

CONNECTED REPORT(S) – TYPE & DR. NO.: DEATH REPORT (711398) + AUXILIARY FINDINGS REPORT

PREMISES

14 Business
01 BANK/SAV. LOAN
09 HOSPITAL
12 MEDICAL OFF
15 PUBLIC DEPOT
16 RESTAURANT
11 LAUNDROMAT
20 OTHER:

11 Vehicle
01 SUSPECT'S
02 VICTIM'S
07 TAXI
10 OTHER:

10 Store
08 LIQUOR
12 OTHER:

15 Miscellaneous
01 ALLEY
02 CARPORT
06 GARAGE
07 PARK
08 PKG. LOT
14 SCHOOL
16 STREET
12 PED. TUNNEL
11 PED. OVER XING
18 YARD
19 OTHER:

(13) Residence (circled)
01 SUSPECT'S
(02) VICTIM'S (circled)
03 APT./PROJECT
04 HOTEL
05 MOTEL
07 SINGLE FAMILY
08 OTHER:

CODE: V–Victim R–Person Reporting W–Witness

	Name		Address	City	Phone	Day Phone–X
V	Name & Phones Listed Above	RES.				[redacted]
		BUS.				
R	JOS. R. ALLPORT	RES.	[redacted]	LOS ANGELES		[redacted]
		BUS.	SAME			
		RES.				
		BUS.				

VEHICLE

LIC. NO.	STATE	MAKE/MODEL	MFG.	YEAR	TYPE	TOP – COLORS – BOTTOM

Interior
4 UPHOLSTERY
2 BUCKET SEATS
1 HEADLINER
4 STEREO TAPE
2 MIRROR ORNAM
1 FLOOR SHIFT
(CIRCLE IF APPL.)
4 CUSTOM
2 TORN
1 COVER/OTHER
4 EQUIP. ADDED
2 EQUIP. MISSING
1 UNIQUE ITEM

Exterior
4 PAINTED INSCRP.
2 STICKER/DECAL
1 RUST/PRIMER
4 VINYL TOP
2 DECORATIVE PAINT
1 LEVEL ALTERED

Modified
4 FRONT
2 REAR
1 OTHER

Body (CIRCLE IF APPL.)
4 DAMAGE
2 SIDE
1 LEFT
4 RIGHT
2 REAR
1 FRONT

Wheels
4 MAGS
2 CHROME RIMS
1 UNIQUE SIZE

Windows (CIRCLE IF APPL.)
4 DAMAGE
2 SIDE
1 LEFT
4 RIGHT
2 REAR
1 FRONT
4 TINTED
2 COVERED
1 DECAL/PLAQUE

FURTHER VEHICLE DESCRIPTION (INCLUDE INSIDE COLORS)

SUSPECT

	SEX	DESCENT	HAIR	EYES	HEIGHT	WEIGHT	AGE	CLOTHING	NAME & ADDRESS IF KNOWN. NAME, BKG. NO. & CHARGE IF ARRESTED.
1	M	CAUC	BL	BR	5 8	140	34	—	7734 LAUREL CANYON
2									
3									

PERSONAL ODDITIES

SUSP. NO. 1 2 3

300 Amputee
1 1 1 LEG
2 2 2 ARM
3 3 3 FOOT
4 4 4 HAND
5 5 5 EAR
6 6 6 FINGERS

301 Deformed
1 1 1 LEG
2 2 2 ARM
3 3 3 HAND
4 4 4 LIMP
5 5 5 FINGERS
6 6 6 BOWLEGGED

302 Tattoo
1 1 1 ARM
2 2 2 HAND
3 3 3 FINGERS
4 4 4 CHEST/NECK

303
1 1 1 PICTURES
2 2 2 DESIGNS

303 Tattoo (cont.)
3 3 3 NAMES
4 4 4 WORDS
5 5 5 INITIALS
6 6 6 PACHUCO

304 Facial Scars
1 1 1 CHEEK
2 2 2 CHIN
3 3 3 FOREHEAD
4 4 4 LIP
5 5 5 NOSE
6 6 6 EAR
7 7 7 EYEBROW

305 Facial Oddity
0 0 0 BIRTHMARKS
1 1 1 POCKMARKS
2 2 2 MOLES
3 3 3 FRECKLES
4 4 4 PIMPLES
5 5 5 LIPS - THICK
6 6 6 LIPS - THIN
7 7 7 CHIN - PROTRUDED
8 8 8 CHIN - RECEDES
9 9 9 HOLLOW CHEEK

307 Teeth
1 1 1 MISSING
2 2 2 GOLD
3 3 3 BROKEN
4 4 4 FALSE
5 5 5 STAIN/DECAY
6 6 6 PROTRUDING
7 7 7 IRREGULAR

308 Body Scars
1 1 1 ARM
2 2 2 HAND
3 3 3 WRIST
4 4 4 NECK
5 5 5 BURN
6 6 6 CHEST

(309) Speech (circled)
0 0 0 IMPEDIMENT
1 1 1 ACCENT (U.S.)
2 2 2 ACCENT (OTHER)
3 3 3 LISPS
4 4 4 STUTTERS
5 5 5 HARE LIP
(6) 6 6 MUMBLES (circled)
7 7 7 RAPID
8 8 8 SOFT/LOW
9 9 9 REFINED

311 Eyes
1 1 1 MISSING
2 2 2 CROSSED
3 3 3 SUNGLASSES
4 4 4 GLASSES (PLAIN)
5 5 5 BULGING
6 6 6 SQUINT/BLINK
7 7 7 SLANTED

(312) Hair Type (circled)
1 1 1 DYED
2 2 2 PROCESSED
(3) 3 3 WIG/TOUPEE (circled)
4 4 4 CREW CUT
5 5 5 BALD
6 6 6 AFRO
7 7 7 LONG
8 8 8 THIN/RECEDED
9 9 9 STRAIGHT

313
1 1 1 WAVY
2 2 2 BUSHY
3 3 3 CURLY

314 Facial Hair
1 1 1 MUST - CHINESE
2 2 2 GOATEE
3 3 3 BEARD - FULL
4 4 4 MUST - HEAVY
5 5 5 MUST - THIN
6 6 6 MUST - MEDIUM
7 7 7 BROWS - HEAVY
8 8 8 UNSHAVEN

315 Ears
1 1 1 CAULIFLOWER
2 2 2 PIERCED
3 3 3 PROTRUDING
4 4 4 CLOSE TO HEAD
5 5 5 LARGE
6 6 6 SMALL

316 Nose
1 1 1 CROOKED
2 2 2 HOOKED
3 3 3 UPTURNED
4 4 4 LONG
5 5 5 BROAD
6 6 6 FLAT
7 7 7 SMALL
8 8 8 THIN

(317) Face (circled)
1 1 1 NEGRO W/CAUC. FEATURES
2 2 2 HI CHEEK BONE
3 3 3 LONG
4 4 4 BROAD
5 5 5 THIN
(6) 6 6 ROUND (circled)

(318) Complexion (circled)
1 1 1 DARK
2 2 2 SALLOW
3 3 3 RUDDY
4 4 4 LIGHT/FAIR
(5) 5 5 MEDIUM (circled)

(319) Other: (circled)
(1) 1 1 bandages/neck
1 1 1 ______
1 1 1 ______

WEAPON

40
10 GUN-CALIBER ______
(11) REVOLVER (circled)
12 AUTOMATIC
13 2 INCH
14 4 INCH
15 6 IN. OR MORE
16 BLUE STEEL

40
17 NICKEL PLATED
18 UNUSUAL GRIPS
21 RIFLE
22 SHOTGUN
23 SAWED OFF
19 RUSTY/DEFECTIVE
24 MACHINE GUN
20 RARE TYPE GUN

40
25 TOY GUN
26 OTHER GUN
30 KNIFE
31 SWITCH BLADE
32 BLADE OVER 6 INCH
28 BODILY FORCE (ONLY)
42 CAUSTIC CHEM./POISON
45 FIRECRACKERS

40
41 LIQUOR/DRUGS
47 FIXED OBJ. (WALL ETC.)
40 BLACKJACK/CLUB
44 EXPLOSIVES
48 RAZOR
49 SCALDING LIQUID
50 MISSILE, ROCK
51 BELT, CORD, WIRE

40
52 BOTTLE, BRKN. GLASS
53 VEHICLE
54 ASPHYXIATION, SUFFOCATION
55 DROWNING
56 NARCOTICS
57 AXE, CLEAVER
58 ICE PICK

(40) (circled)
59 SCISSORS, FORK
61 GAS, CARBON MONOXIDE
63 PAINT, TAR, CRAYON
64 BB GUN, AIR RIFLE, PELLET GUN, SLINGSHOT
62 FLOODING
60 FIRE
(70) OTHER/UNKNOWN: (circled)

03.10.0 (1-71)

MISCELLANEOUS CRIME REPORT

CHECKED

Page 2 of 2

MISCELLANEOUS CRIME REPORT

DR

TRADEMARKS

23 Abnormal Acts
- 66 URINATION
- 52 DEFECATION
- 65 PHOTOGRAPHED VICT.
- 55 SET FIRE
- 57 PUT OBJ IN VAGINA
- 61 SADISM (PLEASURE FROM INFLICTING PAIN)
- 62 SODOMY
- 54 FETISHISM (EXCITED BY OBJ.- FOOT, HAIR, ETC.
- 60 OTHER UNUSUAL ACT perversion

23 Suspect's Actions
- 22 DAMAGED BUILDING
- 23 DAMAGED PUBLIC PROP.
- 39 COMMITTED SEX ACTS IN PRESENCE OF VICTIM
- 39 HARBORED A RUNAWAY
- 43 OTHER:

22 Pretended To Be
- 31 POLICE
- 40 OTHER:

22 Victim Was
- 61 POLICEMAN
- 57 FIREMAN
- 58 LAPD/FD

21 Type
- 27 HOMOSEXUAL
- 38 RIOT
- 21 CULT RITUAL
- 34 ORGANIZED GANG
- 22 DISRUPTIVE PRESENCE-SCHOOL
- 13 CAUSED HOSTILE CROWD TO GATHER
- 42 TRAIN WRECK-TAMPER
- 31 MAIL-MAILBOX TAMPER
- 17 CHILD STEALING
- 14 CHILD BEATING
- 18 WIFE BEATING
- 43 OTHER: epileptic

25 Bombings
- 81 PRIOR WARNING
- 82 FAILED TO EXPLODE
- 83 EXPLODED
- 84 CAUSED FIRE

24 Quarrel
- 59 REVENGE
- 60 TRAFFIC (T/A)
- 56 JUV. PARTY
- 51 BUSINESS
- 53 DRUNKEN
- 54 GAMBLING
- 55 JEALOUS
- 58 FAMILY
- 57 LANDLORD/NEIGHBOR
- 52 COMMON-LAW
- 61 OTHER unknown

24 Suspect Wore
- 03 CLOTHES OF OPPOSITE SEX
- 10 MASK-FACE-COVER
- 04 UNUSUAL CLOTHES

24 Lingerie Involved
- 41 CUT OR TORN
- 44 OTHER:

24 Telephone
- 89 TORE FROM WALL
- 81 PULL/CUT/DISCONNECT WIRES
- 84 CONTACTED BY
- 90 OTHER:

24 Solicited/Offered
- 36 RIDE
- 25 ASSISTANCE
- 34 MONEY
- 28 NARCOTICS
- 39 OTHER:

22 Shots Fired
- 93 AT VICTIM
- 95 AT INHABITED DWELL
- 96 AT MOVING VEH.
- 98 OTHER:

22 Initial Contact
- 17 SUSPECT IN VEHICLE
- 23 VICTIM IN VEHICLE
- 15 SUSPECT A PED.
- 20 VICTIM A PED.
- 06 BAR
- 08 INVITATION
- 11 PLACE OF ENTERTAINMENT
- 13 RESIDENCE
- 16 SUSP. A RELATIVE
- 18 VICTIM KNOWS SUSP.

23 Reason
- 84 SEX
- 83 ROBBERY
- 81 BURGLARY
- 82 RACIAL HOSTILITY
- 85 STRIKE/LABOR TROUBLE
- 86 ~~SUSPECT INSANE~~
- 87 ~~UNKNOWN~~
- 88 OTHER:

25 Force
- 54 HANDCUFFED
- 49 COVERED VICT'S. FACE
- 46 TIED VICT. TO OBJECT (BED, ETC.)
- 47 BURNED VICTIM
- 53 GAGGED
- 42 BIT
- 45 BOUND
- 51 CUT/STABBED
- 41 BRUTAL ASSAULT
- 48 CHOKED
- 44 BOMB THREATS, SCARES, NO BOMB FOUND
- 70 OTHER:

22 Vehicle Involved
- 71 CAUSED DAMAGE TO VEHICLE
- 76 FORCED WAY INTO VICTIM'S VEHICLE
- 83 OTHER:

(1) IDENTIFY ADDITIONAL SUSPECTS ON A SECOND FACE SHEET. IDENTIFY ADDITIONAL WITNESSES. (2) RECONSTRUCT THE CRIME. (3) DESCRIBE PHYSICAL EVIDENCE-STATE LOCATION FOUND AND BY WHOM, GIVE DISPOSITION. (4) SUMMARIZE OTHER DETAILS RELATING TO CRIME. (5) INDICATE TIME AND LOCATION WHERE VICTIM AND WITNESSES CAN BE LOCATED BY DAY INVESTIGATORS IF NO AVAILABLE PHONE. (6) LIST STOLEN ITEMS *-EXCEPT IF CASH IS THE ONLY ITEM TAKEN-* ON A PROPERTY SUPPLEMENTAL REPORT, FORM 03.06.0.

(2) Victim invited suspect to apt. Apparently friendly relations occurred and sexual intercourse obtained, Following this victim and suspect took showers. Then victim was applying makeup when suspect struck her over head with lamp. This apparently caused death of ~~[illegible]~~ victim. Suspect placed victim on bed and carried out multiple stabbings with unknown weapon, presumably blunt. The suspect fled the scene.

(3) Physical evidence - refer to crime lab photographs and notes of RV Hopgood

(4) No other details known

(5) Victim to morgue. No witnesses

(6) No stolen items

SUPERVISOR APPROVING	SERIAL NO.	INTERVIEWING OFFICERS	SERIAL NO.	DIVISION	DETAIL	PERSON REPORTING (SIGNATURE)
		RV Hopgood	1139-A	Hom	4	x John Andeus
DATE & TIME REPRODUCED / DIVISION / CLERK		TW Morton	1279-C	Hom	5	CLEARED BY MULTIPLE FOLLOW-UP DR NO.: / CLEARED BY ARREST ☐ Yes ☑ No

Los Angeles Police Department
DEATH REPORT

NAME OF DECEASED (LAST, FIRST, MIDDLE) BLACK, ANGELA —
DR. 711398

DESCRIPTION of DECEASED	SEX	DESCENT	HAIR	EYES
	F	CAUC	BLOND	BL
HEIGHT	WEIGHT	AGE	BUILD	COMPLEXION
5'4"	110	26	MED	FAIR

LOCATION OF OCCURRENCE [redacted]
RPT. DIST. 04 — TYPE (Trf., Nat., Hom.) HOM

LOCATION OF ORIGINAL ILLNESS OR INJURY SAME
RPT. DIST 09 — TYPE ORIG. RPT. HOM

IDENTIFYING MARKS AND CHARACTERISTICS ———

DATE/TIME ORIGINAL ILL./INJ. 6:10 AM 4/12/71
OCCUPATION OF DECEASED DANCER
DATE/TIME RPTD. TO P.D. 4/12/71 6:52 AM

CLOTHING AND JEWELRY WORN NUDE BODY

DATE/TIME DECEASED DISCOVERED 7:04 AM 4/12/71
DATE/TIME DEATH OCCURRED 6:10 AM 4/12/71
RELATIVES NOTIFIED BY CDR

REMOVED TO (Address) MORGUE – LA COUNTY
REMOVED BY (name & unit) CDR

DECEASED'S RESIDENCE ADDRESS AT LOCATION OF OCCURRENCE

PROBABLE CAUSE OF DEATH
REASON (Quarrel—illness—revenge, etc.)

DECEASED'S BUSINESS ADDRESS NONE KNOWN

INVESTIGATIVE DIVISION(S) OR UNIT(S) NOTIFIED AND PERSONS CONTACTED

CODE: R—Person reporting death D—Person discovering deceased I—Person identifying deceased W—Witness

CODE	NEAREST RELATIVE UNKNOWN / NAME	RELATIONSHIP	NOTIFIED		ADDRESS	CITY	PHONE	X
D/I	Jos R. Allport	Apt Mgr	☐ YES ☐ NO	RES.	[redacted]	Los Angeles	[redacted]	X
				BUS.	Same			
				RES.				
				BUS.				
				RES.				
				BUS.				

DOCTOR IN ATTENDANCE CARLSON – CORONER'S OFF
BUSINESS ADDRESS
PHONE

SOURCE OF CALL (HOW NOTIFIED AND BY WHOM) D/I → LAPD (HOM)

CORONER'S CASE NUMBER: 554/71/AB ASSIGNED BY: ARANI

DISPOSITION OF PROPERTY ☑ RELEASED TO CORONER RECEIPT ☑ YES ☐ NO RECEIPT NUMBER 2034598
☐ RELEASED TO RELATIVE NAME ______ ADDRESS ______

(1) RECONSTRUCT THE CIRCUMSTANCES SURROUNDING THE DEATH. (2) DESCRIBE PHYSICAL EVIDENCE, LOCATION FOUND AND GIVE DISPOSITION.

See Misc. Crime rept DR. 7059014-A

IF ADDITIONAL SPACE REQUIRED, USE REVERSE SIDE

SUPERVISOR APPROVING	SERIAL NO.	INTERVIEWING OFFICER(S)—SER. NO.—DIVISION—DETAIL	PERSON REPORTING DEATH (SIGNATURE)
			x Jos Allport
DATE & TIME REPRODUCED—DIVISION—CLERK			INDEXED 461598 / CHECKED 20301

03.11.0 7-69

DEATH REPORT

Fortwährend klingelten Telefone, Reporter riefen an, McPherson hatte sich mit den Verwaltungsspitzen des Klinikums in seinem Büro eingeschlossen; Ellis beschimpfte jeden, der ihm auf weniger als zehn Schritte näher kam. Morris war unauffindbar, Gerhard und Richards bemühten sich, einige Telefonleitungen freizubekommen, damit sie mit Hilfe eines anderen Rechners ein Projektionsprogramm laufen lassen konnten, aber alle Leitungen waren besetzt.

Rein äußerlich herrschte in der NPA das Chaos: Zigarettenstummel türmten sich in Aschenbechern, zerdrückte Kaffeebecher lagen am Boden, überall sah man angebissene Hamburger und Tacos, Jacketts und Uniformjacken waren achtlos über Stuhllehnen geworfen. Unaufhörlich schrillten Telefone; kaum hatte jemand ein Gespräch beendet und aufgelegt, da klingelte es gleich wieder.

Ross ging mit Anders in ihrem Arbeitszimmer den Bericht durch, den er abgefaßt hatte und kontrollierte Bensons Personenbeschreibung. Sie war für den Computer aufbereitet, ließ sich aber recht gut entziffern: Weißer, männlich, schwarze Haare, braune Augen, 1,72 m, 64 kg, 34 Jahre alt. Besondere Merkmale: 312/3 Perücke, 319/1 Verband um den Hals. Vermutlich bewaffnet mit 40/11 Revolver. Sonstige Merkmale: 23/60 ungewöhnliches Verhalten (Sonstiges) – Neigung zu zwanghafter Wiederholung einer bestimmten Handlungsweise. Grund für das Verbrechen: 23/86 vermutlich geistesgestört.

Ross seufzte. »Ihre Computerkategorien passen eigentlich nicht wirklich auf ihn.«

»Die sind selten sehr aussagekräftig«, sagte Anders. »Wir können lediglich hoffen, daß die Beschreibung genau genug ist, damit ihn jemand identifizieren kann. Wir werden auch sein Foto veröffentlichen. Gerade jetzt werden mehrere hundert Exemplare gedruckt und in der Stadt verteilt. Das hilft sicher.«

»Und wie geht es jetzt weiter?« fragte Ross.

»Wir warten«, sagte er. »Es sei denn, Ihnen fällt ein Versteck ein, in das er sich zurückgezogen haben könnte.«

Sie schüttelte den Kopf.

»Dann warten wir«, sagte er.

12

Leuchtstofflampen an der niedrigen Decke erhellten den großen, weiß gefliesten Raum. Sechs Edelstahltische standen nebeneinander, jeder von ihnen reichte bis zu einem Spülbecken an einem Ende des Raumes. Fünf der Tische waren leer, auf dem sechsten lag Angela Blacks Leichnam. Zwei Gerichtsmediziner und Morris beugten sich darüber, während die Autopsie ihren Fortgang nahm.

Morris hatte in seiner Eigenschaft als Chirurg schon an vielen Autopsien teilgenommen, die aber gewöhnlich anders verlaufen waren. Hier verbrachten die Pathologen nahezu eine halbe Stunde damit, das Äußere einer Leiche zu begutachten und Fotos zu machen, bevor sie den ersten Schnitt führten. Mit großer Aufmerksamkeit betrachteten sie das Äußere der Stichwunden und vor allem auch die Art der Verletzung, die sie als Ablederung der Haut bezeichneten.

Einer der Pathologen erläuterte, daß diese Art Wunde von stumpfen Gegenständen hervorgerufen werden. Sie zerschneiden die Haut nicht, sondern dehnen sie, bis sie einreißt. Dann dringt das Instrument ein, doch liegt die Rißstelle immer ein wenig vor der, an der die Waffe tief eindringt. Sie wiesen auch darauf hin, daß an verschiedenen Stellen Körperhaare in die Wunde mit eingedrungen waren – ein weiterer Hinweis darauf, daß ein stumpfer Gegenstand sie verursacht hatte.

Auf Morris' Frage nach der Art der Tatwaffe schüttelten sie den Kopf. »Das läßt sich noch nicht sagen. Dazu müssen wir uns genauer ansehen, wie tief sie gedrungen ist.«

Das aber war nur schwer feststellbar, denn da die Haut elastisch ist, kehrt sie in ihre ursprüngliche Lage zurück; darunter liegende Gewebeschichten bewegen sich vor und nach dem Eintritt des Todes.

Die Arbeit ging langsam und mühselig voran. Morris war müde. Seine Augen schmerzten. Nach einer Weile verließ er den Raum und ging nach nebenan ins Polizeilabor, wo der Handtascheninhalt der jungen Frau auf einem großen Tisch ausgebreitet lag.

Drei Männer beschäftigten sich damit: Einer benannte die Gegenstände, ein zweiter notierte sie und der dritte versah sie mit Etiketten. Schweigend sah Morris zu. Es handelte sich vorwiegend um Alltagsgegenstände: Lippenstift, Puderdose, Autoschlüssel, Geldbeutel, Papiertaschentücher, Kaugummi, Antibabypillen, Adreßbüchlein, Kugelschreiber, Lidschatten, Haarklammer. Außerdem zwei Streichholzbriefchen.

»Zwei Streichholzbriefchen«, sagte einer der Beamten. »Beide tragen die Aufschrift ›Airport Marina Hotel‹.«

Morris seufzte. Die Männer gingen ihrer Aufgabe so bedächtig und geduldig nach. Es war in keiner Weise besser als die Autopsie. Glaubten sie wirklich, auf diese Weise etwas zu finden? Ihm war dieses schwerfällige, routinemäßige Vorgehen unerträglich. Janet Ross nannte seinen Drang, etwas zu unternehmen, diese Unfähigkeit, geduldig abzuwarten, die Chirurgenkrankheit. Einmal hatte sich Morris bei einer Besprechung in der NPA, in der es darum gegangen war, ob eine Frau namens Worley als Kandidatin für die Stufe drei in Frage kam, für eine Operation stark gemacht, obwohl die Frau an verschiedenen anderen Beschwerden litt. Lachend hatte Ross gespottet: »Ausgeprägter Hang zu sofortiger Bedürfnisbefriedigung«. Er hätte sie in dem Augenblick ohne weiteres umbringen können, und es milderte seine Mordgelüste keineswegs, daß Ellis klinisch distanziert und betont sachlich erklärt hatte, er sei auch der Überzeugung, daß Mrs. Worley für eine Operation kaum in Frage komme. Morris hatte sich entsetzlich im Stich gelassen gefühlt, obwohl McPherson gesagt hatte, ihm scheine die Sache durchaus erwägenswert und er schlage vor, die Frau eine Weile als mögliche Kandidatin für eine Operation im Auge zu behalten.

Ausgeprägter Hang zu sofortiger Bedürfnisbefriedigung, dachte er. Der Teufel soll die blöde Kuh holen.

»Airport Marina, was?« sagte einer der Polizisten. »Steigen da nicht all die Stewardessen ab?«

»Keine Ahnung«, sagte der andere.

Morris hörte kaum zu. Er rieb sich die Augen und beschloß, noch etwas Kaffee zu trinken. Er war seit sechsunddreißig Stunden ununterbrochen auf den Beinen, und es würde noch eine ganze Weile weitergehen.

Er verließ den Raum und ging auf der Suche nach einem Kaffeeautomaten nach oben. Irgendwo in diesem Gebäude mußte es doch Kaffee geben. Auch Polizisten trinken Kaffee; jeder trinkt Kaffee. Dann blieb er stehen, und ein Frösteln überlief ihn.

Er wußte etwas über das Hotel Airport Marina.

Dort hatte man Benson zum ersten Mal festgenommen, weil er in der Bar einen Mechaniker zusammengeschlagen hatte. Morris war sich seiner Sache ganz sicher.

Nach einem Blick auf die Uhr ging er auf den Parkplatz hinaus. Wenn er sich beeilte, konnte er es bis zum Flughafen schaffen, ehe der Feierabendverkehr einsetzte. Es war noch nicht ganz fünf Uhr am Nachmittag.

Pfeifend setzte eine Düsenmaschine zur Landung an, als Morris an der Ausfahrt zum Flughafen die Schnellstraße verließ. Während er an Bars, Motels und Autovermietungen vorüber den Airport Boulevard entlangfuhr, hörte er im Autoradio eine Durchsage. »Unfall auf der Schnellstraße nach San Diego. Ein LKW versperrt drei Fahrstreifen in nördlicher Richtung. Der Computerberechnung nach fließt der Verkehr mit etwa zwanzig km/h. Auf der Schnellstraße nach San Bernadino ist auf der linken Fahrspur südlich der Ausfahrt nach Exeter ein PKW. Der Computerberechnung nach fließt der Verkehr mit etwa fünfzig km/h ...«

Morris dachte wieder an Benson. Vielleicht standen die Computer tatsächlich im Begriff, die Macht zu übernehmen. Ihm fiel ein komischer kleiner Engländer ein, der im Krankenhaus Vorträge gehalten und den Chirurgen erklärt hatte, schon bald werde es Eingriffe geben, bei denen sich der Chirurg auf einem anderen Kontinent befinde als der Patient – er werde mit Hilfe von Roboterhänden operieren, die ihre Signale über einen Satelliten empfangen. Auch wenn ihnen die Vorstellung aberwitzig erschien, waren die anderen Chirurgen bei diesen Worten doch zusammengezuckt.

»Auf der Schnellstraße nach Ventura westlich von Haskell Behinderung durch einen Zusammenstoß zweier Fahrzeuge.

Der Verkehr fließt der Computerberechnung nach mit knapp dreißig km/h.«

Er merkte, daß er aufmerksam auf die Verkehrsdurchsagen hörte. Computer hin oder her, sie waren für jeden wichtig, der in Los Angeles lebte. Die Menschen gewöhnten sich daran, unwillkürlich auf Verkehrsdurchsagen zu achten, wie sie in anderen Teilen des Landes unwillkürlich auf den Wetterbericht achteten.

Morris war aus Michigan nach Kalifornien gekommen. In den ersten Wochen nach seiner Ankunft hatte er die Leute gefragt, wie das Wetter im Laufe des Tages oder am nächsten Tag würde. Er war der Ansicht gewesen, das sei nicht nur eine völlig natürliche Frage für einen Neuankömmling, sondern auch sehr geeignet, ein Gespräch anzuknüpfen. Doch jedesmal hatte ihm diese Frage sonderbare und verwirrte Blicke eingetragen. Später hatte er begriffen, daß er an einen der wenigen Orte auf der Welt gekommen war, wo sich niemand für das Wetter interessierte – es war immer mehr oder weniger gleich, und man redete nur selten darüber.

Autos hingegen faszinierten zwangsläufig jeden. Jeder wollte wisse, was für einen Wagen man fuhr, wie man damit zufrieden war, ob er zuverlässig war, welchen Ärger man damit gehabt hatte. Dementsprechend waren Berichte über Fahrten, ungünstige Verkehrsverbindungen, Abkürzungen, die man entdeckt, und Unfälle, die man erlebt hatte, stets willkommene Gesprächsthemen. In Los Angeles war alles wichtig, was mit Autos zu tun hatte, und es war der Mühe wert, so viel Zeit und Aufmerksamkeit darauf zu verwenden, wie man nur aufbringen konnte.

Als endgültiger Beweis dafür, wie idiotisch das alles war, fiel ihm ein, daß ein Astronom einmal gesagt hatte, falls Marsbewohner einen Blick auf Los Angeles werfen könnten, würden sie wahrscheinlich zu dem Ergebnis kommen, dort sei das Auto die vorherrschende Lebensform. In gewissem Sinne hätten sie damit sogar recht.

Er stellte den Wagen auf dem Parkplatz des Airport Marina Hotel ab und trat in die Halle. Das Gebäude wirkte wie ein von Kunststoff und Leuchtreklamen erschlagenes japanisches Gasthaus – eine in Kalifornien durchaus übliche Stilmischung, die gut zu seinem Namen paßte. Er ging zur Bar, die um diese Tageszeit dunkel und fast verlassen dalag. Der Barkellner starrte mit leerem Blick vor sich hin. Ein oder zwei Geschäftsleute saßen an der Bar, und in einer Ecke unterhielten sich zwei Stewardessen bei einem Getränk miteinander.

Morris setzte sich gleichfalls an die Bar. Als der Kellner zu ihm trat, schob er Bensons Bild zu ihm hinüber. »Haben Sie den schon mal gesehen?«

»Was soll's denn sein?« fragte der Mann.

Morris klopfte mit dem Finger auf das Bild.

»Das hier ist 'ne Bar. Hier gibt's Getränke.«

Morris begann, sich sonderbar zu fühlen. Solche Empfindungen hatte er schon früher gehabt, wenn er sich nach Beginn einer Operation vorkam wie ein Chirurg in einem Film. Irgendwie theatralisch. Jetzt war er also Privatdetektiv.

»Er heißt Benson«, sagte Morris. »Ich bin sein Arzt. Er ist sehr krank.«

»Was hat er?«

Morris seufzte. »Haben Sie ihn schon mal gesehen?«

»Na klar, schon oft. Harry, stimmt's?«

»Stimmt. Harry Benson. Wann haben Sie ihn zum letzten Mal gesehen?«

»Vor einer Stunde.« Der Mann zuckte die Achseln. »Was hat er denn?«

»Eine ernsthafte Erkrankung des Gehirns. Wir müssen ihn unbedingt finden. Wissen Sie, wohin er gegangen ist?«

»Am Gehirn hat er's? Ach du Scheiße.« Er nahm das Bild zur Hand und betrachtete es im Schein einer Bierreklame hinter ihm. »Ja, das ist er. Aber er hat sich die Haare schwarz gefärbt.«

»Wissen Sie, wohin er gegangen ist?«

»Auf mich hat er nicht den Eindruck gemacht, als wenn er krank wäre. Sind Sie sicher, daß Sie –«

»Wissen Sie, wohin er gegangen ist?«

Ein längeres Schweigen trat ein. Der Barkellner machte ein finsteres Gesicht. »Sie sind gar kein Arzt«, sagte er. »Verschwinden Sie jetzt.«

»Ich brauche Ihre Hilfe«, sagte Morris. »Es ist sehr wichtig.« Während er sprach, öffnete er seine Brieftasche und holte Ausweise und Kreditkarten heraus, alles, worauf sein ›Dr. med.‹ stand. Er breitete sie auf dem Tresen aus.

Der Barkellner sah nicht einmal hin.

»Außerdem sucht ihn die Polizei«, sagte Morris.

»Das hab ich mir doch gleich gedacht«, sagte der Barkellner. »Dachte ich mir's doch.«

»Und ich kann einen Polizisten kommen lassen, der dafür sorgt, daß Sie mir meine Fragen beantworten. Unter Umständen sind Sie der Beihilfe zum Mord schuldig.« Morris fand, daß das gut klang. Zumindest klang es dramatisch.

Der Barkellner nahm eine der Karten auf, sah darauf und ließ sie wieder fallen. »Ich weiß gar nichts«, sagte er. »Er kommt machmal her, das ist alles.«

»Und wo ist er heute hingegangen?«

»Keine Ahnung. Er ist zusammen mit Joe gegangen.«

»Wer ist das?«

»Ein Mechaniker. Arbeitet in der Spätschicht bei United.«

»Die Fluglinie United?«

»Ja«, sagte der Barkellner. »Hören Sie, was ist mit –«

Aber Morris war bereits gegangen.

Aus der Hotelhalle rief er bei der NPA an und ließ sich mit Captain Anders verbinden.

»Hier Anders.«

»Hier Morris. Hören Sie, ich bin am Flughafen. Ich habe eine Fährte, die mich zu Benson führen könnte. Vor etwa einer Stunde hat man ihn in der Bar des Airport Marina Hotels gesehen. Er ist mit einem Mechaniker namens Joe gegangen, der für United arbeitet. Spätschicht.«

Ein kurzes Schweigen trat ein. Morris hörte, wie ein Bleistift über Papier fuhr. »Alles klar«, sagte Anders. »Sonst noch was?«

»Nein.«

»Wir schicken gleich ein paar Streifenwagen los. Glauben Sie, daß er zu den Wartungshallen von United gegangen ist?«

»Wahrscheinlich.«

»Wir schicken gleich ein paar Wagen hin.«

»Was ist mit –«

Morris hörte mitten im Satz auf und sah auf den Hörer. Die Leitung war tot. Er atmete tief durch und versuchte zu überlegen, was er als nächstes tun sollte. Ab jetzt lag die Angelegenheit in den Händen der Polizei. Benson war gefährlich. Er sollte den Fall der Polizei überlassen.

Wie lange aber würde sie bis hierher brauchen? Wo war die nächste Polizeiwache? In Inglewood? In Culver City? Sogar mit Blaulicht und Sirene konnte die Fahrt im Stoßverkehr zwanzig Minuten dauern, vielleicht sogar eine halbe Stunde.

Das war zu lang. Möglicherweise war Benson in einer halben Stunde schon verschwunden. Es empfahl sich, ihn bis dahin im Auge zu behalten. Einfach feststellen, wo er war, und ihn im Auge behalten.

Sich nicht einmischen. Aber auch nicht zulassen, daß er entkam.

Auf dem großen Schild stand UNITED AIRLINES – ZUTRITT NUR FÜR WARTUNGSPERSONAL. Unter dem Schild stand ein Pförtnerhäuschen. Morris brachte den Wagen zum Stehen und beugte sich aus dem Fenster.

»Ich bin Doktor Morris und suche Joe.« Er war auf eine längere Erklärung vorbereitet, aber der Wachmann schien sich nicht groß dafür zu interessieren. »Joe hat vor etwa zehn Minuten seine Schicht in Hangar sieben angetreten.«

Vor sich sah Morris drei riesige Wartungshallen, hinter denen sich Parkplätze erstreckten. »Welche von denen ist Nummer sieben?«

»Die ganz links«, sagte der Wachmann. »Ich weiß nicht, warum er ausgerechnet dahin gegangen ist, vielleicht wegen seinem Besucher.«

»Was für ein Besucher?«

»Er hat einen Besucher mit eingetragen ...« Der Wachmann sah auf seinem Klemmbrett nach. »Ein gewisser Benson. Mit dem ist er in Nummer sieben gegangen.«

»Was gibt es da?«

»Eine DC-10 zur Hauptuntersuchung. Im Augenblick passiert da gar nichts – sie warten auf ein neues Triebwerk.

Die DC-10 steht bestimmt noch ’ne ganze Woche da drin. Wahrscheinlich wollte er ihm die mal zeigen.«

»Danke«, sagte Morris. Er fuhr weiter, auf den Parkplatz in der Nähe von Halle sieben. Er stieg aus und hielt dann inne. Wenn er es recht betrachtete, wußte er nicht, ob sich Benson in der Halle befand oder nicht. Das müßte er überprüfen, sonst stünde er ziemlich dumm da, wenn die Polizei kam. Es war ohne weiteres möglich, daß Benson entkam, während er hier auf dem Parkplatz saß.

Es war wohl besser nachzusehen. Angst hatte er nicht. Er war jung und durchtrainiert. Außerdem war ihm bewußt, wie gefährlich Benson war. Dieses Wissen würde ihn schützen. Die größte Gefahr bedeutete Benson für Menschen, denen nicht klar war, welche tödliche Bedrohung von seiner Krankheit ausging.

Er beschloß, einen raschen Blick in die Halle zu werfen, um festzustellen, ob sich Benson darin aufhielt oder nicht. Mit Ausnahme der hohen Tore, durch welche die Flugzeuge hinein und hinaus rollten und die jetzt geschlossen waren, schien der riesige Bau keinerlei Türen zu haben. Wie kam man da nur hinein?

Er ließ den Blick über die Außenwände laufen, die zum größten Teil aus Wellblech bestanden. Dann sah er ganz links eine Tür von normaler Größe. Er stieg wieder in seinen Wagen, fuhr hin, stellte das Fahrzeug ab und betrat die Halle.

In ihrem Inneren war es pechschwarz. Es herrschte völlige Stille. Nachdem er eine Weile in der Nähe der Tür stehengeblieben war, hörte er ein leises Stöhnen. Als er mit den Händen an der Wand nach einem Lichtschalter suchte, stieß er auf einen stählernen Kasten und tastete ihn vorsichtig ab. Auf ihm saßen mehrere große Schalter.

Er betätigte sie.

Eine nach der anderen leuchteten die Deckenlampen auf, sie waren sehr hell und saßen sehr hoch. In der Mitte der Halle sah er ein riesiges Flugzeug stehen, auf dessen Außenhaut sich das Licht der Lampen an der Hallendecke brach. Es wirkte im Inneren eines Gebäudes noch viel größer als sonst. Er ging auf das Flugzeug zu und entfernte sich von der Tür.

Wieder hörte er ein Stöhnen.

Anfangs konnte er nicht feststellen, woher es kam. Niemand war zu sehen; der Fußboden war völlig leer. Doch nahe der weiter von ihm entfernten Tragfläche sah er eine Leiter und ging unter dem schlanken, hohen Heck darauf zu. Es roch nach Treibstoff und Schmieröl, scharfe Gerüche. Es war warm.

Wieder ein Stöhnen.

Er ging schneller. Laut hallten seine Schritte in dem höhlenartigen Bau. Das Stöhnen schien irgendwo aus dem Flugzeug zu kommen. Wie kam man da wohl hinein? Ein sonderbarer Gedanke: Er war schon Dutzende von Malen geflogen und wußte, daß man über eine Treppe dicht hinter der Kanzel einsteigt. Aber hier in der Halle … Das Flugzeug war so gewaltig, wie kam man da nur hinein?

Er kam an den beiden Düsentriebwerken der einen Tragfläche vorüber. Im Inneren der riesigen Zylinder erkannte er schwarze Turbinenschaufeln. Komisch, daß ihm die Triebwerke früher nie so groß erschienen waren. Wahrscheinlich hatte er nicht darauf geachtet.

Wieder stöhnte jemand. Er faßte nach der Leiter und kletterte hinauf. In knapp zwei Metern Höhe gelangte er auf die von Nieten übersäte, glatte, silbrig schimmernde Tragfläche. Eine Aufschrift zeigte, wohin man treten durfte. In ihrer

Nähe sah er Blutstropfen. Er ließ den Blick über die Tragfläche laufen und sah einen blutbefleckten Mann auf dem Rücken liegen. Er ging näher hin und sah, daß sein Gesicht schrecklich zugerichtet war und sein Arm in einem unnatürlichen Winkel nach hinten abstand.

Hinter sich hörte er ein Geräusch. Er fuhr herum.

Schlagartig gingen alle Lichter in der Halle aus.

Morris erstarrte. Er hatte jede Orientierung verloren, kam sich vor, als hinge er in der Luft in einer ungeheuren, endlosen Schwärze. Er machte keine Bewegung. Mit angehaltenem Atem wartete er.

Außer dem Stöhnen des Verletzten hörte man kein Geräusch. Morris kniete nieder, ohne so recht zu wissen, warum. Irgendwie fühlte er sich in der Nähe der Metallfläche des Flügels sicherer. Angst hatte er eigentlich nicht, er war nur entsetzlich verwirrt.

Dann hörte er ein leises Lachen. Jetzt beschlich ihn die Angst.

»Benson?«

Keine Antwort.

»Benson, sind Sie das?«

Keine Antwort. Aber er hörte Schritte auf dem Betonboden. Gleichmäßige Schritte, die ein leises Echo hervorriefen.

»Harry, ich bin's, Doktor Morris.«

Morris versuchte mit den Augen die Dunkelheit zu durchdringen. Es war sinnlos. Er konnte nichts erkennen – weder den Rand der Tragfläche, noch den Umriß des Rumpfes. Nichts, überhaupt nichts konnte er sehen.

Die Schritte kamen näher.

»Harry, ich möchte Ihnen helfen.« Während er das sagte,

merkte er, daß seine Stimme ihm nicht gehorchte. Gewiß bemerkte Benson die Angst, die darin lag. Er beschloß, nichts mehr zu sagen. Sein Herz hämmerte, und sein Atem kam in harten, schweren Stößen.

»Harry ...«

Keine Antwort. Aber die Schritte hatten aufgehört. Vielleicht gab Benson auf. Vielleicht war er stimuliert worden. Vielleicht überlegte er es sich anders.

Ein anderes Geräusch: ein metallisches Knirschen. Ganz in der Nähe.

Wieder knirschte es.

Er kam die Leiter herauf.

Morris war in kaltem Schweiß gebadet. Er konnte nach wie vor nichts sehen. Er wußte nicht einmal mehr, an welcher Stelle der Tragfläche des Flugzeugs er sich befand. War die Leiter vor oder hinter ihm?

Wieder knirschte es.

Er versuchte das Geräusch zu orten. Es kam von irgendwo vor ihm. Das hieß, daß er mit dem Gesicht zum Heck stand, zum hinteren Rand der Tragfläche. Zur Leiter hin.

Ein erneutes Knirschen.

Wie viele Sprossen hatte die Leiter? Sie dürfte knapp zwei Meter hoch sein, also sechs oder sieben Sprossen. Bald wäre Benson oben. Womit konnte er sich verteidigen? Morris tastete seine Taschen ab. Schweißnaß klebte ihm die Kleidung am Leibe. Einen Augenblick lang kam ihm der Gedanke, wie lächerlich diese Situation war: Schließlich war Benson der Patient und er der Arzt. Sicherlich würde Benson auf die Stimme der Vernunft hören und tun, was man ihm sagte.

Wieder ein Knirschen.

Einen Schuh! Rasch zog er einen Schuh aus. Zu blöd, daß

er eine Gummisohle hatte! Aber besser als gar nichts. Er nahm ihn fest in die Hand und hob ihn über den Kopf, bereit zuzuschlagen. Vor seinem inneren Auge sah er den niedergeschlagenen Mechaniker, das entstellte, blutverschmierte Gesicht. Dann begriff er, daß er mit aller Kraft würde zuschlagen müssen, die ihm zu Gebote stand.

Er würde versuchen müssen, Benson zu töten.

Er hörte kein weiteres Knirschen, wohl aber Atemzüge. Dann, zuerst in einer gewissen Entfernung, aber allmählich lauter, hörte er Polizeisirenen. Sie kamen. Auch Benson würde sie hören und aufgeben.

Wieder ein Knirschen.

Offenbar kletterte Benson die Leiter wieder hinunter. Erleichtert atmete Morris auf.

Dann hörte er ein sonderbares Kratzen und spürte, wie die Tragfläche unter seinen Füßen bebte. Benson war nicht hinuntergeklettert. Er hatte den Weg nach oben fortgesetzt und stand jetzt auf der Tragfläche.

»Doktor Morris?«

Fast hätte Morris geantwortet, unterließ es aber im letzten Augenblick. Ihm war klar, daß auch Benson nichts sehen konnte. Seine Stimme würde ihm zeigen, wo er sich befand. Morris schwieg.

»Doktor Morris? Bitte helfen Sie mir.«

Die Sirenen wurden immer lauter. Einen Augenblick lang empfand Morris ein Hochgefühl bei dem Gedanken, daß man Benson fassen würde. Bald wäre der ganze Alptraum vorüber.

»Bitte helfen Sie mir, Doktor Morris.«

Ob er es ernst meinte? Vielleicht ist es ihm ernst, überlegte Morris. In dem Fall mußte er als sein Arzt ihm helfen.

»Bitte.«

Morris stand auf. »Ich bin hier, Harry«, sagte er. »Jetzt bleiben Sie ganz ruhig und –«

Etwas zischte durch die Luft. Er spürte es, bevor es ihn traf. Dann durchfuhr ein quälender Schmerz seinen Mund und Unterkiefer, er schlug rückwärts auf und rollte über die Tragfläche. Der Schmerz war entsetzlich, schlimmer als alles, was er je erlebt hatte.

Dann stürzte er ins Schwarze. Es war nicht sehr weit bis zum Boden, doch der Fall schien lange zu dauern. Es kam ihm vor, als höre er gar nicht mehr auf.

13

Janet Ross stand vor dem Behandlungszimmer in der Notaufnahme und sah durch das kleine Fenster in der Tür hinein. Zu sechst drängten sie sich dort um Morris, bemüht, ihm zu helfen. Sie konnte nicht viel sehen, eigentlich nichts als seine Füße. Er hatte nur einen Schuh an, der andere fehlte. Man sah viel Blut, die meisten im Raum Anwesenden waren damit bespritzt.

Anders, der neben ihr vor der Tür stand, sagte: »Ich brauche Ihnen ja wohl nicht zu sagen, was ich davon halte.«

»Nein«, sagte sie.

»Der Mann ist extrem gefährlich. Morris hätte auf die Polizei warten sollen.«

»Aber die haben ihn nicht gefaßt«, sagte sie, mit einemmal erzürnt. Anders verstand überhaupt nicht, daß man sich für einen Patienten verantwortlich fühlen konnte, daß man das Bedürfnis hatte, sich um jemanden zu kümmern.

»Morris auch nicht«, sagte Anders.

»Und warum hat die Polizei ihn nicht erwischt?«

»Benson war weg, als die Männer die Halle erreichten. Sie hat mehrere Ausgänge, und es war nicht möglich, sie alle zu sichern. Die Männer haben dann Morris unter der Tragfläche und den Mechaniker oben auf ihr gefunden. Beide waren ziemlich schwer verletzt.«

Die Tür öffnete sich. Ellis trat heraus. Er war unrasiert, wirkte abgespannt und niedergeschlagen.

»Wie geht's ihm?« erkundigte sich Ross.

»Er ist okay«, sagte Ellis. »Ein paar Wochen lang wird er nicht viel reden können, aber davon abgesehen geht es ihm ganz gut. Er kommt jetzt auf die Chirurgische, da werden sie ihm den Kiefer verdrahten und alle Zähne rausholen.« Er wandte sich an Anders. »Hat man die Waffe gefunden?«

Anders nickte. »Ein sechzig Zentimeter langes Bleirohr.«

»Es muß ihn genau in den Mund getroffen haben«, sagte Ellis. »Aber wenigstens hat er keine ausgeschlagenen Zähne aspiriert. Auf dem Röntgenbild sind die Bronchien frei.« Er legte den Arm um Janet. »Die kriegen ihn schon wieder hin.«

»Was ist mit dem anderen?«

»Der Mechaniker?« Ellis schüttelte den Kopf. »Auf den würde ich keine Wetten abschließen. Seine Nase ist eingeschlagen und das Nasenbein ist ihm bis ins Gehirn gedrückt worden. Aus den Nasenlöchern tritt Liqour aus. Er hat viel Blut verloren, und es besteht die Gefahr einer Enzephalitis.«

Anders fragte: »Und wie hoch schätzen Sie die Chance, daß er durchkommt?«

»Sein Zustand ist sehr kritisch.«

»Na schön«, sagte Anders und ging.

Ross begleitete Ellis zur Cafeteria. Er hatte seinen Arm

nicht von ihrer Schulter gelöst. »Das ist ein ganz entsetzliches Durcheinander«, sagte er.

»Kommt Morris wirklich wieder völlig in Ordnung?«

»Klar.«

»Er sah immer ziemlich gut aus ...«

»Sie werden ihm den Kiefer schon wieder zusammenflicken.«

Ein Zittern durchlief sie.

»Frieren Sie?«

»Ja«, sagte sie, »und ich bin müde. Entsetzlich müde.«

Sie trank mit Ellis Kaffee. Es war halb sieben, und die Cafeteria war voller Klinikpersonal, das zu Abend aß. Ellis kaute langsam, an seinen Bewegungen war zu erkennen, wie müde er war. »Wirklich sonderbar«, sagte er.

»Was?«

»Heute nachmittag ist ein Anruf aus Minnesota gekommen. Da ist ein Lehrstuhl für Neurochirurgie frei. Sie wollten wissen, ob ich interessiert bin.«

Sie sagte nichts.

»Ist das nicht sonderbar?«

»Nein«, sagte sie.

»Ich hab ihnen gesagt, daß ich nichts anderes in Erwägung ziehe, solange man mich hier nicht rausschmeißt«, sagte Ellis.

»Glauben Sie, daß das passiert?«

»Sie etwa nicht?« fragte er. Er ließ den Blick durch die Cafeteria zu den weißgekleideten Schwestern, den Assistenzärzten und Stationsärzten schweifen. »In Minnesota würde es mir nicht gefallen«, sagte er. »Da ist es zu kalt.«

»Aber die Universität ist gut.«

»Ja, doch, ist sie.« Er seufzte. »Sie ist wirklich gut.«

Er tat ihr leid, doch sie unterdrückte die Empfindung. Er hatte es sich selbst zuzuschreiben, und außerdem hatte er gegen ihren Rat gehandelt. In den letzten vierundzwanzig Stunden hatte sie sich nicht gestattet, zu irgend jemandem zu sagen: »Das habe ich ja gleich gesagt.« Sie hatte es sich nicht einmal gestattet, das zu denken. Zum einen bestand keine Notwendigkeit, es zu sagen, und zum anderen würde sie Benson damit nicht helfen. Das aber war ihr Hauptanliegen.

Für den tapferen Chirurgen hatte sie im Augenblick nicht viel Mitgefühl übrig. Tapfere Chirurgen setzen das Leben anderer aufs Spiel, nicht das eigene. Das äußerste, was ein Chirurg einbüßen konnte, war sein Ruf.

»Ich geh wohl besser zur NPA zurück«, sagte er. »Mal sehen, wie es da läuft. Wissen Sie was?«

»Was?«

»Ich hoffe, sie bringen ihn um«, sagte Ellis. Damit ging er zu den Aufzügen.

Die Operation begann um sieben Uhr abends. Sie sah von der verglasten Beobachtergalerie aus zu, wie man Morris in den OP fuhr und abdeckte. Bendixon und Curtiss hatten die Aufgabe übernommen, beide Koryphäen auf dem Gebiet der plastischen Chirurgie. Sie würden ihn soweit wiederherstellen, wie das menschenmöglich war.

Der Schreck fuhr ihr in die Glieder, als sie zusah, wie man die sterilen Kompressen von Morris' Gesicht abnahm, so daß das rohe Fleisch sichtbar wurde. Die obere Hälfte seines Gesichts sah aus wie immer, wenn auch blaß, die untere hingegen war ein roter Brei, wie ein Stück Fleisch im Metzgerladen. Völlig unmöglich, in all der Röte den Mund zu finden.

Ellis hatte das in der Notaufnahme vor sich gehabt, und der

Anblick entsetzte sie noch auf die Entfernung. Sie konnte sich vorstellen, wie das aus der Nähe aussah.

Sie sah zu, wie Morris' Rumpf und Kopf rundum mit Tüchern abgedeckt wurden, so daß lediglich das Operationsfeld freiblieb. Die Chirurgen standen in ihren Kitteln und Handschuhen bereit, das Operationsbesteck lag auf den Tischen, die Schwestern warteten auf ihren Einsatz. Das ganze Ritual der Vorbereitung lief glatt und reibungslos ab. Die immer gleiche Abfolge ließ ganz vergessen, daß der Eingriff einem Kollegen galt, und sicherlich würden die Chirurgen auch nicht daran denken. Die starr ablaufende und sich nie ändernde Vorbereitung macht den Chirurgen unempfänglich für solche Erwägungen, so wie das Anästhesiegas den Patienten unempfänglich für den Schmerz macht.

Sie blieb noch einige Augenblicke und ging dann.

14

Als sie sich der NPA näherte, sah sie, daß eine Traube von Reportern Ellis vor dem Gebäude umstellt hatte. Es war deutlich zu erkennen, daß er gereizt auf ihre Fragen antwortete; mehrfach hörte sie den Begriff »Bewußtseinssteuerung«.

Mit einem Anflug von schlechtem Gewissen betrat sie das Gebäude durch den Hintereingang und nahm den Fahrstuhl zum dritten Stock. *Bewußtseinssteuerung,* dachte sie. Die Sonntagsbeilagen würden den Begriff weidlich ausschlachten. Dann kämen tiefschürfende Kommentare in den Tageszeitungen über die Gefahren verantwortungsloser und unüberwachter Forschung und noch tiefer schürfende in den medizinischen Fachzeitschriften. Sie sah sie schon richtig vor sich.

Bewußtseinssteuerung. Großer Gott.

In Wahrheit, überlegte sie, wird das Bewußtsein aller Menschen gesteuert, und jeder ist froh darüber. Die mächtigsten Steuerungsinstanzen des Bewußtseins sind zugleich die, die den meisten Schaden anrichten: dic Eltern. Theoretiker vergessen gewöhnlich, daß niemand mit Vorurteilen, Neurosen oder einem seelischen Knacks auf die Welt kommt; damit solche Zustände entstehen, bedarf es der helfenden Hand. Selbstverständlich fügen Eltern ihren Sprößlingen nicht absichtlich Schaden zu. Sie impfen ihnen lediglich Verhaltensweisen ein, die sie für wichtig und nützlich halten.

Ein neugeborenes Kind ist wie ein kleiner Computer, der darauf wartet, daß man ihn programmiert, und es lernt alles, was man ihm beibringt, ob falsches Sprechen oder falsches Verhalten. Wie ein Computer nimmt es alles in sich auf; es hat keine Möglichkeit, zwischen Gut und Böse zu unterscheiden.

Diese Analogie ist durchaus zutreffend: Schon viele Menschen haben sich darüber geäußert, daß ein Computer wie ein kleines Kind alles buchstäblich nimmt und es so versteht, wie man es sagt. Ein Computer, dem man beispielsweise befehlen würde, er solle »Schuhe und Socken anziehen«, würde mit Sicherheit antworten, daß sich Socken nicht über Schuhe ziehen lassen.

Beim Menschen sind alle wichtigen Programmierschritte bis zum siebten Lebensjahr abgeschlossen. Dazu gehören das Zusammenleben verschiedener Rassen, das Sexualverhalten, ethische Grundhaltungen und die Einstellung gegenüber Religion und Staat. Die Peitsche hat den Kreisel in Schwung gebracht, jetzt kann man das Kind loslassen, damit es den ihm vorgezeichneten Weg geht.

Bewußtseinssteuerung.

Was ist mit so einfachen Dingen wie gesellschaftlichen Konventionen? Man schüttelt einem Menschen, dem man begegnet, die Hand und hat das Weinglas rechts vom Teller stehen. Man schaut im Aufzug vor sich hin. Man überholt links. Es gibt Hunderte solcher Übereinkünfte, die der Mensch braucht, um das Zusammenleben zu ordnen – wer eine davon außer Kraft setzt, bewirkt damit eine geradezu unerträgliche Unsicherheit.

Der Mensch braucht eine Bewußtseinssteuerung. Er ist froh, daß es sie gibt, denn ohne sie ist er rettungslos verloren – doch kaum versucht jemand, das bedrohlichste Problem der heutigen Welt, nämlich die Frage der unbeherrschten Gewalttätigkeit, zu lösen, ertönt plötzlich von allen Seiten der Vorwurf: Bewußtseinssteuerung, Bewußtseinssteuerung!

Was ist denn besser – gesteuertes Verhalten oder hemmungslos ungesteuertes?

Ross stieg im dritten Stock aus und suchte ihr Arbeitszimmer auf. Dazu mußte sie an mehreren Polizeibeamten vorüber, die sich im Gang aufhielten. Als sie eintrat, legte Anders gerade mit gerunzelter Stirn den Telefonhörer auf.

»Wir haben eine Spur«, sagte er.

»Ach?« Erwartungsvolle Spannung verdrängte ihren Ärger.

»Ja«, sagte Anders. »Aber der Teufel soll mich holen, wenn ich weiß, was da los ist.«

»Was ist denn passiert?«

»Wir haben Bensons Personenbeschreibung und Fotos in der Stadt in Umlauf gebracht, und jemand hat ihn erkannt.«

»Wer?«

»Ein Angestellter des Stadtplanungsamts im Rathaus. Er sagt, Benson sei vor zehn Tagen dort gewesen. Das Stadtplanungsamt legt Bauvorschriften fest, und in seinen Räumen befindet sich das Archiv aller öffentlichen Bauten des Stadtgebiets.«

Ross nickte.

»Benson wollte sich, wie der Mann sagt, nach Einzelheiten eines bestimmten Gebäudes erkundigen und vor allem Verkabelungs- und Stromlaufpläne einsehen. Er hat irgendeinen Ausweis vorgelegt und behauptet, er sei Elektroingenieur.«

Ross sagte: »Die jungen Frauen in seinem Haus haben gesagt, er hätte technische Zeichnungen geholt.«

»Vermutlich die aus dem Stadtplanungsamt.«

»Und wozu gehören sie?«

»Zum Universitätsklinikum«, sagte Anders. »Er ist im Besitz sämtlicher Leitungspläne für das ganze Krankenhaus. Was glauben Sie, was er damit vorhat?«

Um acht Uhr abends wäre sie fast im Stehen eingeschlafen. Der Hals tat ihr entsetzlich weh, und sie hatte Kopfschmerzen. Sie begriff, daß ihr keine Wahl blieb – wenn sie sich nicht ein wenig hinlegte, würde sie einfach umfallen. »Ich bin auf dem Stockwerk, wenn Sie mich brauchen«, sagte sie zu Anders und verließ den Raum. Sie ging an mehreren uniformierten Polizeibeamten vorüber den Korridor der NPA entlang. Sie fielen ihr gar nicht mehr auf; es kam ihr vor, als hätte es schon immer Polizeibeamte auf den Gängen gegeben, so lange sie zurückdenken konnte.

Sie warf einen Blick in McPhersons Arbeitszimmer. Er saß schlafend hinter seinem Schreibtisch, der Kopf war ihm auf die Schultern gesunken. Sein Atem kam in kurzen, abgehackten Stößen. Es klang, als habe er einen Alptraum. Leise schloß sie die Tür wieder.

Ein Pfleger kam mit vollen Aschenbechern und leeren Kaffeetassen vorbei. Ein sonderbares Bild, ein Pfleger, der aufräumt und abwäscht. Der Anblick löste einen Gedanken in ihr aus – irgend etwas Ungewöhnliches, irgendeine Frage, die sie nicht formulieren konnte.

Die Frage arbeitete in ihr weiter, aber schließlich gab sie auf. Sie war müde, konnte keinen klaren Gedanken fassen. Sie sah, daß einer der Behandlungsräume leer war, ging hinein, schloß die Tür und legte sich auf die Untersuchungsliege.

Schon wenige Augenblicke später schlief sie ein.

15

Im Aufenthaltsraum der NPA sah sich Ellis teils aus Eitelkeit und teils aus Neugier die Elfuhrnachrichten an, in denen das Interview mit ihm gesendet wurde. Gerhard, Richards und Captain Anders waren ebenfalls anwesend.

Auf dem Bildschirm sah man Ellis mit leicht zusammengekniffenen Augen in die Kamera sehen, während er die Fragen der Reporter beantwortete. Er hatte den Eindruck, daß er gelassen wirkte, während sich ihm Mikrofone entgegenstreckten. Das gefiel ihm. Auch fand er seine Antworten durchaus vernünftig.

Die Reporter wollten Einzelheiten über den Eingriff von ihm wissen, und er erläuterte ihn kurz, aber verständlich. Dann fragte einer: »Warum hat man die Operation durchgeführt?«

»Der Patient leidet an zeitweilig auftretenden Anfällen von Gewalttätigkeit«, antwortete Ellis, »ausgelöst von einer organischen Erkrankung des Gehirns, die zu einer Schädigung geführt hat. Ihren Auswirkungen versuchen wir etwas entgegenzusetzen, um auf diese Weise seine Neigung zur Gewalt zu unterbinden.«

Dagegen konnte ja wohl niemand etwas einwenden, nahm er an. Selbst McPherson würde diese höfliche Antwort gefallen.

»Kommt diese Art von Hirnschaden, der zu Gewalttätigkeit führt, häufig vor?«

»Das wissen wir nicht«, sagte Ellis. »Wir wissen nicht einmal, wie oft es überhaupt zu Hirnschäden kommt. Aber wir haben Grund zu der Annahme, daß vermutlich zehn Millionen Amerikaner an eindeutigen und fünf weitere Millionen an leichten Hirnschäden leiden.«

»Fünfzehn Millionen?« sagte einer der Reporter. »Das wäre jeder dreizehnte.«

Flinkes Bürschchen, dachte Ellis. Später rechnete er nach, daß es eher jeder vierzehnte war.

»In etwa«, antwortete er auf dem Bildschirm. »Zweieinhalb Millionen Menschen leiden an zentraler Lähmung, bei zwei Millionen treten Anfallsleiden auf, darunter auch VAE. Sechs Millionen sind geistig zurückgeblieben, und vermutlich leiden zweieinhalb Millionen an hyperkinetischer Verhaltensstörung.«

»Und die sind alle gewalttätig?«

»Absolut nicht. Die meisten sind ausgesprochen friedfertig. Aber bei der Untersuchung gewalttätiger Menschen zeigt sich, daß ein überproportional hoher Prozentsatz von ihnen an einem Hirnschaden leidet. Damit meine ich *organische* Hirnschäden. Wir sind der Überzeugung, daß sie sehr häufig Gewalttätigkeit auslösen. Das steht im Widerspruch zu einer ganzen Anzahl von Theorien, die Armut, gesellschaftliche

Diskriminierung und Ungerechtigkeit des sozialen Systems als Ursachen ansehen. Gewiß, möglicherweise tragen auch gesellschaftliche Faktoren zur Gewalttätigkeit bei, doch sind organische Hirnschäden ein wesentlicher Faktor. Denen aber läßt sich nicht mit Maßnahmen auf gesellschaftlicher Ebene beikommen.«

In den Fragen der Reporter trat eine Pause ein. Ellis konnte sich an diese Pause erinnern, und er wußte noch, welches Hochgefühl er dabei empfunden hatte. Ihm war klargewesen, daß es ihm gelungen war, das Ruder herumzureißen, daß er Herr der Lage war.

»Mit Gewalttätigkeit meinen Sie –«

»Unprovozierte Übergriffe einzelner«, sagte Ellis. »Gewalttätigkeit ist das größte Übel in der heutigen Welt und zählt hierzulande zu den schwersten Problemen. In den Vereinigten Staaten wurden 1969 mehr Menschen überfallen oder getötet als während des gesamten Vietnamkriegs gefallen sind oder verwundet wurden. Im einzelnen waren das –«

Die Reporter schrieben eifrig mit.

»– 14 500 Morde, 36 500 Vergewaltigungen und 306 000 Fälle von schwerer Körperverletzung. Insgesamt bedeutet das eine Drittelmillion Fälle von Gewaltätigkeit. Dabei sind tödlich verlaufende Autounfälle nicht mitgerechnet, obwohl Autos in vielen Fällen als Werkzeug für Gewalttätigkeit dienen. Wir hatten 56 000 Verkehrstote und drei Millionen Verletzte.«

»Für Zahlen hatten Sie schon immer ein gutes Händchen«, sagte Gerhard, der aufmerksam zusah.

»Aber es klappt doch, oder?« gab Ellis zurück.

»Schon. Aber Ihr Blick wirkt unruhig, das macht keinen besonders vertrauenserweckenden Eindruck.«

»So sehe ich immer aus.«

Gerhard lachte.

Auf dem Bildschirm sagte ein Reporter: »Und Sie glauben, daß zwischen diesen Zahlen und organischen Gehirnerkrankungen ein Zusammenhang besteht?«

»Weitgehend, ja«, sagte Ellis. »Wiederholt auftretende Gewalttätigkeit eines Menschen gehört zu den Merkmalen, die auf einen organischen Hirnschaden hinweisen. Dafür gibt es einige bekannte Beispiele. Charles Whitman, der in Texas siebzehn Menschen getötet hat, litt an einem bösartigen Hirntumor und hat seinem Psychiater Wochen vor der Tat gesagt, er plane, auf einen Turm zu steigen und auf Menschen zu schießen. Richard Speck war mehrfach durch brutale Gewalttätigkeit aufgefallen, bevor er acht Krankenschwestern tötete. Der Kennedy-Mörder Lee Harvey Oswalds ist wiederholt tätlich gegen Menschen geworden, häufig gegen seine Frau. Zu diesen berühmten Fällen hinzurechnen muß man die rund eine Drittelmillion von Gewalttaten, zu denen es Jahr für Jahr kommt, ohne daß die Öffentlichkeit davon erfährt. Wir bemühen uns, auf chirurgischem Wege etwas gegen diese Art von Gewalttätigkeit zu unternehmen. Meiner Ansicht nach ist das nichts Verwerfliches, sondern ein nobles und wichtiges Ziel.«

»Aber läuft das nicht auf Bewußtseinssteuerung hinaus?«

Ellis fragte zurück: »Und wie nennen Sie das, was bei der allgemeinen Schulpflicht herauskommt?«

»Erziehung«, sagte der Reporter.

Damit endete das Interview. Wütend stand Ellis auf.

»Damit stehe ich wie ein Trottel da«, sagte er.

»Aber nein, nicht im geringsten«, sagte Captain Anders.

Samstag, 13. März 1971

DAS ENDE

Jemand prügelte auf sie ein, schlug sie mit brutaler Gewalt bewußtlos. Sie drehte sich beiseite und stöhnte.

»Kommen Sie schon«, sagte Gerhard und schüttelte sie. »Aufwachen, Jan.«

Sie öffnete die Augen. Im Zimmer war es dunkel. Jemand beugte sich über sie.

»Los, wachen Sie auf.«

Sie gähnte. Die Bewegung des Kiefers jagte ihr Schmerzen durch den Nacken. »Was gibt's?«

»Ein Anruf für Sie. Benson ist am Apparat.«

Diese Mitteilung weckte sie schneller, als sie für möglich gehalten hatte. Gerhard half ihr, sich aufzusetzen, und sie schüttelte den Kopf, um klar denken zu können. Ihr Hals tat von oben bis unten weh, und ihr übriger Körper war steif und schmerzte, aber sie achtete nicht darauf.

»Wo?«

»Im Rechnerraum.«

Als sie ins grelle Licht des Ganges hinaustrat, mußte sie blinzeln. Die Polizisten waren noch immer da, wirkten jetzt aber erschöpft. Ihre Augen waren stumpf, ihre Gesichter schlaff. Sie folgte Gerhard in den angegebenen Raum.

Richards hielt ihr den Hörer hin und sagte: »Hier kommt sie.«

Sie nahm ihn. »Hallo, Harry?«

In einer Ecke des Raumes hörte Captain Anders an einem zweiten Apparat mit.

»Mir geht's nicht gut, Doktor Ross«, sagte Harry Benson. »Ich möchte, daß das aufhört.«

»Was ist denn, Harry?« Sie hörte die Müdigkeit in seiner Stimme. Er sprach langsam und ein wenig wie ein quengelndes Kind. Was wohl eine der Ratten nach vierundzwanzig Stunden ununterbrochener Stimulation gesagt hätte?

»Es geht mir nicht besonders gut. Ich bin müde.«

»Wir können Ihnen helfen«, sagte sie.

»Es sind die Gefühle«, sagte Benson. »Die machen mich müde. Nichts weiter, einfach müde. Ich will, daß die aufhören.«

»Dazu müssen Sie sich von uns helfen lassen, Harry.«

»Ich glaube nicht, daß Sie das tun werden.«

»Sie müssen uns schon vertrauen, Harry.«

Eine lange Pause trat ein. Anders sah quer durch den Raum zu Ross. Sie zuckte die Achseln. »Harry?« fragte sie.

»Hätten Sie mir das doch nie angetan«, sagte Benson. Anders sah auf die Uhr.

»Was?«

»Die Operation.«

»Wir können das wieder in Ordnung bringen, Harry.«

»Ich wollte es selbst tun«, sagte er. Seine Stimme klang jetzt unüberhörbar wie die eines quengelndes Kindes. »Ich wollte mir das Ding rausreißen.«

Ross runzelte die Brauen. »Haben Sie es versucht?«

»Nein. Ich hab mir den Verband abzunehmen versucht, aber das tut entsetzlich weh. Ich mag Schmerzen nicht.«

Er war wirklich wie ein kleines Kind. Sie überlegte, ob

diese Regression mit seinem Zustand zu tun hatte oder lediglich das Ergebnis von Angst und Müdigkeit war.

»Ich bin froh, daß Sie es nicht getan haben –«

»Aber *irgendwas* muß ich tun«, sagte Benson. »Dies Gefühl muß aufhören. Ich nehm mir den Computer vor.«

»Harry, das geht nicht. Das müssen wir tun.«

»Nein, ich mach das schon.«

»Harry«, sagte sie leise mit besänftigender, mütterlicher Stimme. »Bitte vertrauen Sie uns.«

Statt einer Antwort hörte man lediglich Atmen. Angespannte und erwartungsvolle Gesichter sahen auf Ross.

»Bitte vertrauen Sie uns, Harry. Nur dies eine Mal. Dann wird alles gut.«

»Die Polizei sucht mich.«

»Hier ist keine Polizei«, sagte sie. »Die sind alle weg. Sie können herkommen. Alles wird gut.«

»Sie haben mich schon mal belogen«, sagte er. Es klang bockig.

»Nein, Harry, das war ein Mißverständnis. Wenn Sie jetzt herkommen, wird alles gut.«

Nach sehr langem Schweigen sagte Benson mit einem tiefen Seufzer: »Es tut mir leid. Ich weiß, wie es ausgeht. Ich muß mir den Computer selber vornehmen.«

»Harry –«

Ein Knacken in der Leitung, dann nur noch ein Rauschen. Ross legte auf. Sofort wählte Anders die Nummer der Telefongesellschaft und erkundigte sich, ob diese über eine Fangschaltung hatte feststellen können, woher der Anruf kam. Daher also hat er auf die Uhr gesehen, dachte Ross.

»Verdammt«, sagte Anders und knallte den Hörer auf. »Sie haben es nicht geschafft. Die Dummköpfe haben den Anruf nicht mal feststellen können.« Er setzte sich in seiner Ecke hin.

»Er war wie ein kleines Kind«, sagte sie und schüttelte den Kopf.

»Was hat er damit gemeint, daß er sich den Computer vornehmen will?«

»Vermutlich will er sich den Computerchip herausreißen.«

»Aber er hat doch gesagt, daß er das versucht hat.«

»Vielleicht, vielleicht auch nicht«, sagte sie. »Durch die vielen Stimulationen und Anfälle ist er nicht ganz klar im Kopf.«

»Ist es überhaupt möglich, sich die Elektroden und den Computerchip herauszureißen?«

»Ja«, sagte sie. »Tiere jedenfalls tun das. Affen ...« Sie rieb sich die Augen. »Gibt es einen Kaffee?«

Gerhard goß ihr eine Tasse ein.

»Armer Harry«, sagte sie. »Er muß furchtbare Angst haben.«

Von der anderen Ecke des Raumes her fragte Anders: »Was glauben Sie, wie stark sich das auswirkt, daß er nicht klar im Kopf ist?«

»Sehr.« Sie trank in kleinen Schlucken. »Gibt es auch Zucker?«

»So sehr, daß er die Computer verwechseln könnte?«

»Zucker ist schon seit ein paar Stunden alle«, sagte Gerhard.

»Ich verstehe nicht«, sagte sie.

»Er ist im Besitz der Leitungspläne für das Krankenhaus«, sagte Anders. »Der Hauptrechner, der bei seiner Operation eine wichtige Rolle gespielt hat, befindet sich im Keller des Gebäudes.«

Sie stellte ihre Kaffeetasse hin und sah ihn verständnislos

an. Mit gerunzelten Brauen rieb sie sich erneut die Augen, nahm die Tasse und stellte sie wieder hin. »Ich weiß nicht«, sagte sie.

»Die Pathologen haben angerufen, während Sie schliefen«, sagte Anders. »Sie sind zu dem Ergebnis gekommen, daß es sich bei der Waffe, mit der Benson auf die Tänzerin eingestochen hat, um einen Schraubenzieher handelt. Dann hat er den Mechaniker und Morris angegriffen – Maschinen und Menschen, die mit Maschinen zu tun haben. Morris war an dem Vorhaben beteiligt, Benson an eine Maschine anzuschließen.«

Sie lächelte leicht. »Sind *Sie* hier der Psychiater?«

»Ich habe nur gefragt. Halten Sie das für möglich?«

»Selbstverständlich ...«

Erneut klingelte das Telefon. Ross nahm ab. »NPA.«

»Kundenbetreuung Pacific Telephone«, sagte eine Männerstimme. »Wir haben die von Captain Anders beantragte Fangschaltung noch einmal überprüft. Ist er da?«

»Augenblick.« Sie nickte zu Anders hinüber und dieser nahm den Hörer ab.

»Hier Anders.« Nach einer langen Pause sagte der Beamte: »Können Sie das wiederholen?« Nickend hörte er zu. »Und in welchem Zeitraum haben Sie das festgestellt? Aha. Vielen Dank.«

Er legte auf und wählte sofort wieder. »Sie sollten mir mehr über diese Atombatterie sagen«, forderte er Ross auf, während er wählte.

»Was ist damit?«

»Ich möchte wissen, was passiert, wenn die geöffnet wird«, sagte Anders und wandte sich dann ab, als sich die Vermittlung meldete.

»Sprengstoffkommando. Hier spricht Anders von der Mordkommission.« Er wandte sich wieder an Ross.

Sie sagte: »Sie enthält rund siebenunddreißig Milligramm radioaktives Plutonium, 239 Pu. Wenn sie geöffnet wird, besteht schwere Verstrahlungsgefahr für jeden, der sich in der näheren Umgebung befindet.«

»Welche Art Strahlung wird abgegeben?«

Sie sah ihn überrascht an.

»Ich habe studiert«, erklärte er. »Ich kann sogar lesen und schreiben, wenn es unbedingt sein muß.«

»Alphastrahlen«, sagte sie.

Anders sprach in den Hörer. »Anders, Mordkommission«, sagte er. »Schicken Sie sofort ein Fahrzeug zum Universitätsklinikum. Hier besteht unter Umständen Verstrahlungsgefahr. Ein Mann und seine unmittelbare Umgebung könnten durch Alphastrahlen von Plutonium 239 verseucht sein.« Er hörte zu und sah dann zu Ross hinüber. »Besteht Detonationsgefahr?«

»Nein.«

»Keine Detonationsgefahr«, sagte Anders. Er hörte wieder zu. »In Ordnung. Verstanden. Schicken Sie die Leute schnellstmöglich her.«

Er legte auf. Ross sagte: »Würde es Ihnen etwas ausmachen, mir zu sagen, was hier vor sich geht?«

»Man hat die Fangschaltung überprüft«, sagte Anders, »und festgestellt, daß zu dem Zeitpunkt, als Sie mit Benson gesprochen haben, kein Anruf von außen in die NPA gekommen ist. Nicht einer.«

Ross sah ihn verständnislos an.

»Ja«, sagte Anders. »Er muß von irgendwo im Krankenhaus angerufen haben.«

Ross sah aus dem Fenster im dritten Stock hinab auf den Parkplatz, wo Anders mindestens zwanzig Polizeibeamten Anweisungen erteilte. Die Hälfte von ihnen begab sich in den Haupttrakt des Krankenhauses, die übrigen blieben in Grüppchen draußen, unterhielten sich miteinander, rauchten. Dann kam ein weißer Wagen des Sonderkommandos, dem drei Männer in metallisch schimmernden grauen Schutzanzügen schwerfällig entstiegen. Anders sprach kurz mit ihnen, nickte dann und blieb bei dem Wagen, aus dem sonderbare Gerätschaften ausgeladen wurden.

Dann ging er zur NPA zurück.

Gerhard, der neben Ross stand, sah den Vorbereitungen zu. »Benson schafft es auf keinen Fall«, sagte er.

»Das ist mir klar«, sagte sie. »Ich frage mich nur die ganze Zeit, ob es eine Möglichkeit gibt, ihn zu entwaffnen oder bewegungsunfähig zu machen. Könnten wir einen tragbaren Mikrowellensender herstellen?«

»Daran hab ich auch schon gedacht«, sagte Gerhard. »Das ist aber ziemlich gefährlich. Es läßt sich nicht genau vorhersagen, wie er sich auf Bensons Anlage auswirkt. Ganz davon abgesehen würde er alle Herzschrittmacher bei den Patienten in der Klinik aus dem Takt bringen.«

»Können wir sonst etwas tun?«

Gerhard schüttelte den Kopf.

»Aber es muß doch *irgend etwas* geben«, sagte sie.

Er hörte nicht auf, den Kopf zu schütteln. »Außerdem wird sich ziemlich bald der Umgebungsfaktor bemerkbar machen«, sagte er.

»Theoretisch.«

Gerhard zuckte die Achseln.

»Der ›Umgebungsfaktor‹ gehörte zu den Gedankenkonstruktionen der Entwicklungsgruppe am NPA. Hinter diesen einfachen Vorstellung verbargen sich weitreichende Zusammenhänge. Die Theorie stützte sich auf etwas, das allgemein bekannt ist: Die Umwelt beeinflußt unser Gehirn; Erfahrungen, die wir machen, gerinnen zu Verhaltensweisen, Gewohnheiten und Erinnerungen, und sie alle bahnen sich einen Weg in den Neuronen des Gehirns, der dort chemisch oder elektrisch fixiert wird. So wie sich der Körper eines Arbeiters unter dem Einfluß seiner Tätigkeit verändert, verändert sich das Gehirn eines Menschen entsprechend seiner Erlebnisse, wobei die Veränderungen, ganz wie die Schwielen des Arbeiters, weiterbestehen, wenn das Erlebnis vorbei ist.

So gesehen nimmt unser Gehirn frühere Umgebungen in sich auf; es ist die Gesamtsumme früherer Erlebnisse – lange, nachdem sie vorüber sind. Daraus aber ergibt sich, daß Ursache und Heilung nicht dasselbe sind. Zwar kann die Ursache von Verhaltensstörungen in Erfahrungen liegen, die wir in der Kindheit gemacht haben, es ist aber nicht möglich, sie dadurch zu heilen, daß man diese Ursache beseitigt, denn die ist im Erwachsenenalter längst verschwunden. Die Heilung muß aus einer anderen Richtung kommen. Wie die Leute von der Entwicklungsabteilung zu sagen pflegten: »Ein Streichholz kann ein Feuer hervorrufen, das sich aber, wenn es erst einmal brennt, nicht dadurch löschen läßt, daß man das Streichholz ausbläst. Das Problem ist nicht mehr das Streichholz, sondern das Feuer.«

Der eingepflanzte Computerchip hatte Benson nun seit über vierundzwanzig Stunden stimuliert und damit seinem Gehirn neue Erfahrungen und Erwartungen vermittelt. Er hatte eine neue Umgebung in sich aufgenommen, und schon bald würde es unmöglich sein vorauszusagen, auf welche

Weise Bensons Gehirn reagieren würde, denn es war nicht mehr sein früheres Gehirn – es war ein neues, das Ergebnis neuer Erfahrungen.

Anders kam herein. »Wir sind soweit«, sagte er.

»Das sehe ich.«

»Wir haben je zwei Männer an den Haupteingang, vor die Notaufnahme, an jeden der drei Aufzüge und vor alle Zugänge zum Kellergeschoß gestellt. Die Flure mit den Krankenzimmern habe ich ausgespart, damit da keine Unruhe entsteht.«

Wie rücksichtsvoll, dachte sie, sagte aber nichts.

Anders sah auf die Uhr. »Null Uhr vierzig, sagte er. »Jetzt sollte mir jemand zeigen, wo sich der Hauptrechner befindet.«

»Im Keller«, sagte sie und nickte zum Hauptgebäude hinüber. »Da drüben.«

»Bringen Sie mich hin?«

»Klar«, sagte sie. Es machte ihr nichts aus. Sie machte sich keine Illusionen mehr über ihre Möglichkeiten, das Ergebnis zu beeinflussen. Ihr war klar, daß sie ein Rädchen in einem unerbittlich ablaufenden Uhrwerk war, Bestandteil eines Prozesses, an dem viele Menschen beteiligt waren und der viele frühere Entscheidungen in sich faßte. Was geschehen sollte, würde geschehen.

Während sie mit Anders dem Gang folgte, fiel ihr unwillkürlich Mrs. Emily Crail ein. Es war sonderbar: Schon ewig hatte sie nicht an ihre erste Patientin als Klinikpsychiaterin gedacht. Das lag viele Jahre zurück. Mrs. Crail, eine Frau von fünfzig Jahren mit schon erwachsenen Kindern, die ihrem Mann nichts mehr bedeutete, litt an Depressionen, die bisweilen den Wunsch in ihr weckten, ihrem Leben ein Ende zu setzen. Als Janet Ross den Fall übernahm, hatte sie sich persönlich verantwortlich gefühlt. Sie war jung, wollte zeigen, was sie konnte, und bekämpfte Mrs. Crails Selbstmordgedanken wie ein General, der einen Krieg führt: sie schaffte die nötigen Hilfsmittel heran, entwarf Strategien, machte Schlachtpläne und paßte sie den geänderten Gegebenheiten an. Sie half Mrs. Crail über zwei fehlgeschlagene Selbstmordversuche hinweg.

Dann merkte sie allmählich, daß auch ihren Kräften und Fähigkeiten sowie ihrem Wissen Grenzen gesetzt waren. Es ging Mrs. Crail keineswegs besser, sie plante ihre Selbstmordversuche immer gerissener, bis sie schließlich damit Erfolg hatte. Als es soweit war, hatte sich Ross – glücklicherweise – innerlich bereits von ihrer Patientin gelöst.

Genauso ging es ihr jetzt mit Benson.

Am anderen Ende des Ganges hörte sie, wie ihr Gerhard aus dem Rechnerraum nachrief: »Janet! Janet! Sind Sie noch da?«

Sie kehrte um, von Anders neugierig gefolgt. Im Rechnerraum flackerten die Kontrolleuchten am Bedienpult auf und erloschen.

»Sehen Sie sich das an«, sagte Gerhard und wies auf einen der Protokolldrucker.

```
Laufendes Programm beendet
Programmwechsel
zu 05 40 02 01 00
Programmwechsel
```

»Der Hauptrechner startet ein neues Programm«, sagte Gerhard.

»Ja, und?«

»Wir haben keine Anweisung dazu gegeben.«

»Worum geht es bei dem neuen Programm?«

»Keine Ahnung«, sagte Gerhard. »Wir haben keinerlei Änderung veranlaßt.«

Ross und Anders sahen aufmerksam auf das Bedienpult.

Das neue Programm lautet

Dann nichts. Keine weiteren Zeichen erschienen auf dem Blidschirm. Anders fragte: »Was hat das zu bedeuten?«

»Ich weiß nicht«, sagte Gerhard. »Vielleicht hat ein anderer Nebenrechner den unseren außer Kraft gesetzt, was allerdings eigentlich nicht möglich sein dürfte. Wir haben unseren schon vor zwölf Stunden auf Vorrang geschaltet, deshalb dürfte ausschließlich dieser Arbeitsplatz Programmwechsel einleiten.«

Auf dem Bildschirm erschienen weitere Buchstaben.

Das neue Programm lautet: Wegen Fehlfunktion des Rechners werden alle Programme Beendet
Beendet Beendet Beendet
Beendet Beendet Beendet
Beendet Beendet

»Was?« fragte Gerhard. Er gab auf der Tastatur Befehle ein, hielt aber nach einer Weile inne. »Er nimmt keine Anweisungen mehr an.«

»Warum nicht?«

»Irgendwas muß mit dem Hauptrechner im Keller nicht in Ordnung sein.«

Ross sah zu Anders. »Sie sollten mir den besser zeigen«, sagte er.

Dann fiel eine der Konsolen vollständig aus. Alle Lichter erloschen, die erleuchtete Fläche auf dem Bildschirm schnurrte zu einem hellen Punkt zusammen, der schließlich verschwand. Ein zweites Bedienpult fiel aus, dann ein drittes. Der Protokolldrucker blieb stehen.

»Der Rechner hat sich abgeschaltet«, sagte Gerhard.

»Vermutlich hat ihm jemand dabei geholfen«, sagte Anders.

Er ging mit Ross zu den Aufzügen.

Sie spürten die feuchte Kälte des Abends, als sie über den Parkplatz zum Hauptgebäude hinüberhasteten. Anders überprüfte seinen Revolver, er drehte ihn zur Seite, um im Licht der Parkplatzbeleuchtung etwas erkennen zu können.

»Eins sollte ich Ihnen wohl sagen«, sagte sie. »Es hat keinen Sinn, ihm damit zu drohen. Er reagiert nicht rational darauf.«

Anders lächelte. »Weil er eine Maschine ist?«

»Er reagiert einfach nicht darauf. Wenn er einen Anfall hat, sieht er die Waffe nicht, erkennt sie nicht und reagiert nicht angemessen darauf.«

Sie betraten das Gebäude durch den hell erleuchteten Haupteingang und gingen zu den Aufzügen im Haupttrakt. Anders fragte: »Wo hat er seine Atombatterie?«

»Unter der Haut am Halsansatz seiner rechten Schulter.«

»Wo genau?«

»Hier«, sagte sie und wies auf ihre eigene Schulter, wobei sie mit dem Finger ein Rechteck zeichnete.

»In der Größe, die Sie zeigen?«

»Ja. Etwa wie eine Zigarettenschachtel.«

»In Ordnung«, sagte Anders.

Sie fuhren mit dem Aufzug in den Keller. Zwei Polizeibeamte begleiteten sie. Beide waren nervös und angespannt, und immer wieder zuckten ihre Hände zu ihren Dienstwaffen.

Anders nickte auf seinen Revolver hinab. »Haben Sie schon mal mit so einem Ding geschossen?«

»Nein.«

»Noch nie?«

»Nein.«

Darauf sagte er nichts weiter. Die Aufzugtüren öffneten sich. Während die Kühle der Kellerluft sie anwehte, blickten sie den von grellen Lampen erleuchteten Gang hinunter, der vor ihnen lag – nackte, graue Betonwände; an der Decke liefen Versorgungsleitungen. Sie traten hinaus. Die Aufzugtüren schlossen sich.

Einen Augenblick lang blieben sie lauschend stehen. Außer dem fernen Summen der Maschinenanlage hörten sie nichts. Anders flüsterte: »Ist nachts gewöhnlich jemand hier unten?«

Sie nickte. »Wartungspersonal. Pathologen, sofern noch etwas zu tun ist.«

»Liegen die Labors der Pathologie hier unten?«

»Ja.«

»Wo steht der Rechner?«

»Kommen Sie mit.«

Sie führte ihn den Gang entlang. Unmittelbar vor ihnen lag die Wäscherei. Sie war bereits für die Nacht abgeschlossen, und vor der Tür standen riesige Wagen voller Wäschebündel. Mißtrauisch beäugte Anders sie, bevor sie sich weiter auf den Weg zur Zentralküche machten.

Auch die Küche war geschlossen, aber in den riesigen, weißgefliesten Räumen, in denen man lange Reihen von Tischen mit Edelstahlflächen sah, brannte noch Licht. »Hier können wir abkürzen«, sagte sie und ging durch die Küche voraus. Ihre Schritte hallten auf den Bodenfliesen. Anders ging entspannt, hielt den Revolver leicht vor sich, so daß der Lauf zur Seite wies.

Aus der Küche kamen sie auf einen weiteren Gang. Er sah fast genauso aus wie der, aus dem sie gekommen waren. Anders sah Ross fragend an. Ihr war klar, daß er nicht mehr wußte, wo sie sich befanden; sie konnte sich noch gut erinnern, wie viele Monate sie selbst gebraucht hatte, sich im Keller zurechtzufinden. »Nach rechts«, sagte sie.

Sie kamen an einem Schild an der Wand vorbei, auf dem es hieß: ALLE UNFÄLLE SIND DEM UNMITTELBAREN VORGESETZTEN ZU MELDEN. Es zeigte einen Mann mit einem verletzten Finger. Ein Stück weiter verkündete ein zweites Schild: WENN SIE EIN DARLEHEN BRAUCHEN, WENDEN SIE SICH AN IHRE KREDITBANK.

Sie wandten sich nach rechts in einen weiteren Gang und kamen an eine Ansammlung von Verkaufsautomaten – heißer Kaffee, Gebäck, belegte Brote, Süßigkeiten. Sie mußte daran denken, wie oft sie als diensthabende Ärztin spätnachts hier unten gewesen war, um sich etwas zu essen zu holen. Das waren die alten Zeiten, in denen sie den Beruf des Arztes für schön und aussichtsreich gehalten hatte. Gewiß würde man große Fortschritte machen, es wäre spannend, das mitzuerleben, und sie wäre daran beteiligt.

Anders sah sich im Automatenbereich um und blieb stehen. Dann flüsterte er: »Sehen Sie sich das mal an.«

Erstaunt sah sie hin. Jeder der Automaten war demoliert. Süßigkeiten und in Folie gewickelte Sandwiches waren auf dem Fußboden verstreut, und aus dem Kaffeeautomaten ergoß sich braune Flüssigkeit in kurzen Stößen wie Blut aus einer durchtrennten Arterie.

Anders ging um die Kaffee- und Sodawasserpfützen herum zu den Automaten und untersuchte sie genauer. »Sieht aus, als hätte er eine Axt genommen«, sagte er. »Woher kann er die haben?«

»Zu jedem Feuerlöscher gehört eine Axt.«

»Ich sehe hier aber keine«, sagte er und sah sich um. Dann sah er Ross an.

Sie gab keine Antwort. Sie gingen weiter den Gang entlang, bis sich der Weg gabelte.

»Und jetzt?«

»Nach links«, sagte sie. Sie fügte hinzu: »Es ist nicht mehr weit.«

Vor ihnen machte der Gang erneut eine Biegung. Ross wußte, daß dahinter das Krankenhausarchiv lag und unmittelbar dahinter der Rechnerraum. Das hatte man mit Absicht so angeordnet, weil man angenommen hatte, im Laufe der Zeit würden alle im Krankenhaus verwendeten Unterlagen digitalisiert.

Mit einemmal erstarrte Anders. Ross folgte seinem Beispiel und lauschte. Man hörte Schritte und ein sonderbares Geräusch – jemand summte eine Melodie.

Anders legte die Finger auf die Lippen und bedeutete Ross mit einer Handbewegung zu bleiben, wo sie war. Er schob sich auf die Stelle zu, wo der Gang abbog. Das Summen wurde lauter. Er blieb an der Biegung stehen und spähte vorsichtig um die Ecke. Ross hielt den Atem an.

»He!« ertönte eine Männerstimme. Schnell wie eine angreifende Schlange fuhr Anders' Arm um die Ecke, ein Mann stürzte und rutschte Ross entgegen. »He!« Ein Eimer voll Wasser ergoß sich über den Boden. Ross sah, daß es sich um einen älteren Mann handelte, der wohl zum Reinigungspersonal gehörte. Sie ging zu ihm.

»Was zum –«

»Pst«, sagte sie, einen Finger auf die Lippen gelegt. Sie half ihm auf die Beine.

Anders kehrte zurück. »Verlassen Sie auf keinen Fall den Keller«, sagte er zu dem Mann. »Gehen Sie in die Küche, und warten Sie da. *Versuchen Sie auf keinen Fall das Gebäude zu verlassen.*« Seine Stimme war ein wütendes Zischen.

Es war Ross klar, was er damit sagen wollte. Die wartenden Beamten würden auf jeden schießen, der jetzt den Versuch unternahm, den Keller zu verlassen.

Der Mann nickte, verängstigt und verwirrt.

»Es ist alles in Ordnung«, sagte Ross.

»Ich hab nichts gemacht.«

»Hier unten ist jemand, den wir finden müssen«, sagte Ross. »Warten Sie einfach, bis es vorbei ist.«

»Bleiben Sie in der Küche«, sagte Anders.

Der Mann nickte, klopfte sich ab und ging. Er drehte sich einmal um und schüttelte den Kopf. Ross und Anders folgten dem Gang, umrundeten eine Ecke und kamen zum Archiv. Auf einem großen Schild an der Wand stand PATIENTENAKTEN.

Anders sah sie fragend an. Sie nickte. Sie gingen hinein.

Das Archiv war ein riesiger Raum mit deckenhohen Regalen voller alter Krankenakten – wie eine gewaltige Bibliothek. Überrascht blieb Anders stehen.

»Ganz schön viel Papierkram«, sagte Ross.

»Befinden sich hier die Unterlagen über jeden Patienten, der je im Krankenhaus war?«

»Nein«, sagte sie. »Nur die aus den letzten fünf Jahren. Die anderen haben wir in einem Lagerraum untergebracht.«

»Grundgütiger.«

Mit dem Revolver in der Hand ging Anders voraus durch

die parallel stehenden Regalreihen. Keiner sagte etwas. Von Zeit zu Zeit blieb Anders stehen und spähte durch eine Lücke in den Regalen zu einem anderen Gang hinüber. Sie sahen niemanden.

»Arbeitet zur Zeit niemand hier unten?«

»Eigentlich müßte jemand da sein.«

Sie ließ den Blick über die Reihen von Krankenakten gleiten. Das Archiv beeindruckte sie immer wieder aufs neue. Sie als Ärztin hatte durchaus eine Vorstellung von einer medizinischen Praxis mit einer großen Anzahl von Patienten. Sie selbst hatte Hunderte behandelt, mit Tausenden eine Stunde lang oder über Wochen hinweg zu tun gehabt. Doch die Zahl der Unterlagen im Krankenhaus belief sich auf Millionen – und das war erst ein einziges Krankenhaus in einer einzigen Stadt in einem einzigen Land. Alles in allem waren das Millionen und Abermillionen von Patienten.

»Wir haben so was auch«, sagte Anders. »Kommt es oft vor, daß Sie Akten verlegen?«

»Dauernd.«

Er seufzte. »Wir auch.«

In diesem Augenblick kam ein junges Mädchen von höchstens fünfzehn oder sechzehn Jahren mit einem Stapel Akten auf dem Arm um die Ecke. Anders riß im Bruchteil einer Sekunde den Revolver hoch. Erschreckt starrte ihn das Mädchen an, ließ die Akten fallen und fing an zu schreien.

»Ruhe«, zischte Anders.

Sofort erstarb der Schrei in einer Art gurgelndem Geräusch. Das Mädchen hatte die Augen weit aufgerissen.

»Ich bin Polizeibeamter«, sagte Anders und wies auf das Abzeichen auf seiner Brust. »Haben Sie jemanden hier unten gesehen?«

»Jemanden …«

»Diesen Mann.« Er zeigte ihr Bensons Bild. Sie sah es an und schüttelte den Kopf.

»Bestimmt nicht?«

»Nein … Ich meine, ja … Ich meine …«

Ross sagte: »Ich denke, wir sollten jetzt zur Computerzentrale gehen.« In gewisser Weise war es ihr unangenehm, daß sie das Mädchen erschreckt hatten. Das Krankenhaus beschäftigte für die Arbeit im Archiv stundenweise Schüler und Studenten, die für diese Aufgabe nicht besonders gut bezahlt wurden.

Ross konnte sich an einen Vorfall erinnern, bei dem sie in etwa dem gleichen Alter einmal Angst empfunden hatte. Bei einem Waldspaziergang mit einem Jungen hatte sie eine Schlange gesehen. Der Junge hatte behauptet, es handele sich um eine Klapperschlange, und sie hatte Angst bekommen. Viel später erfuhr sie, daß er sie nur hatte ärgern wollen. Die Schlange war völlig harmlos gewesen. Sie hatte sich –

»Schön«, sagte Anders. »Also der Computer. Wo geht's lang?«

Ross ging zum Ausgang. Anders wandte sich an das Mädchen, das sich daran machte, die herabgefallenen Aktenblätter aufzusammeln. »Hören Sie«, sagte er. »Wenn Sie diesen Mann sehen, lassen Sie sich nicht auf ein Gespräch mit ihm ein. Schreien Sie einfach, so laut Sie können. Verstanden?«

Sie nickte.

In dem Augenblick begriff Ross, daß sie es diesmal mit einer wirklichen Klapperschlange zu tun hatte. Das hier war Wirklichkeit.

Sie gelangten erneut auf den Gang und machten sich auf

den Weg zur Computerabteilung. Sie war der einzige Teil des Untergeschosses, dem man eine Art Verschönerung gegönnt hatte. Mit einemmal gingen sie auf blauem Teppichboden statt auf kahlem Beton, man hatte eine der Wände eingerissen, um große Glasscheiben zu installieren, durch die man in den Raum hineinsehen konnte, der die Rechneranlage enthielt. Ross konnte sich noch gut erinnern, wie damals der Rechner eingebaut worden war. Ihrer Ansicht nach bedeuteten die Glaswände eine unnötige Ausgabe, und das hatte sie McPherson auch gesagt.

»Es ist besser, wenn die Leute sehen können, womit sie es zu tun bekommen«, hatte McPherson geantwortet.

»Was wollen Sie damit sagen?«

»Sie sollen sehen, daß der Computer nichts als eine Maschine ist. Größer und teurer als die meisten anderen, aber trotzdem nur eine Maschine. Die Leute sollen sich daran gewöhnen, daß Computer Teil ihrer alltäglichen Umgebung sind, und weder Angst davor haben noch in Ehrfurcht erstarren.«

Doch jedesmal, wenn sie an der Computerabteilung vorübergekommen war, hatte sie genau das Gegenteil empfunden: Der große Aufwand, den man getrieben hatte, der Teppichboden und die teure Umgebung trugen dazu bei, den Computer als etwas Besonderes, Ungewöhnliches, Einzigartiges erscheinen zu lassen. Ihr schien es bezeichnend, daß der einzige andere Ort im Krankenhaus, an dem es einen Teppichboden gab, der Gang vor der kleinen Kapelle im Erdgeschoß war. Es kam ihr vor, als handele es sich um etwas Ähnliches: einen Schrein für den Computer.

Bedeutete es dem Rechner etwas, wenn ein Teppich auf dem Boden lag?

Jedenfalls hatten die Mitarbeiter der Klinik auf ihre eigene

Weise auf das Schauspiel hinter den Glasscheiben reagiert. Auf einem handgeschriebenen Schild, das mit Klebestreifen an der Scheibe befestigt war, hieß es: DEN COMPUTER NICHT FÜTTERN UND NICHT REIZEN.

Ross und Anders duckten sich unter den unteren Rand der Scheibe. Vorsichtig spähte Anders in den Raum.

»Was sehen Sie?« fragte sie.

»Ich glaube, ich sehe ihn.«

Auch sie sah hin. Sie merkte, daß ihr Herz mit einemmal heftig schlug; ihr Körper war voll angespannter Erwartung.

Im Inneren sah man sechs hoch aufragende Magnetband-Laufwerke, ein großes L-förmiges Steuerpult für den Zentralrechner, einen Drucker, einen Lochkartenleser und zwei Diskettenlaufwerke. Blitzend und metallisch schimmernd stand die Anlage reglos im Licht der Leuchtstofflampen da. Ross sah niemanden – nur die Geräte, allein, jedes für sich. Sie mußte an Stonehenge in Südengland denken, an die aufragenden Monolithen aus der Steinzeit.

Dann sah sie ihn: Ein Mann bewegte sich zwischen zwei Magnetband-Laufwerken. Weißer Pflegerkittel, schwarzes Haar.

»Das ist er«, sagte sie.

»Wo ist die Tür?« fragte Anders. Ohne erkennbaren Grund prüfte er seinen Revolver erneut und ließ mit lautem Klicken die Trommel einrasten.

»Dahinten.« Sie wies den Gang entlang zur etwa drei Meter entfernten Tür.

»Gibt es weitere Aus- oder Eingänge?«

»Nein.«

Immer noch hämmerte ihr Herz. Sie sah von Anders zu dem Revolver und wieder zu Anders.

»In Ordnung. Bleiben Sie hier unten.« Mit diesen Worten drückte er sie zu Boden und schob sich dann auf die Tür zu. Er hielt inne, richtete sich auf den Knien ein wenig auf und warf einen Blick zurück zu Ross. Überrascht sah sie, daß er Angst hatte. Sein Gesicht war angespannt, sein Körper verkrampft. Am ausgestreckten Arm hielt er den Revolver steif vor sich.

Wir haben alle Angst, dachte sie.

Dann stieß Anders mit lautem Krachen die Tür auf und warf sich zu Boden. Sie hörte ihn rufen: »Benson!« Fast gleichzeitig fiel ein Schuß. Auf ihn folgte ein zweiter oder ein dritter. Sie konnte nicht sagen, wer sie abgefeuert hatte. Sie sah lediglich Anders Füße, die in den Gang hinausragten. Grauer Rauch kam durch die offene Tür und stieg im Gang schräg empor.

Zwei weitere Schüsse, dann ein lauter Schmerzensschrei. Sie schloß die Augen und drückte ihre Wange auf den Teppich. Anders rief. »Geben Sie auf, Benson!«

Das wird nichts nützen, dachte sie. Begriff Anders das denn nicht?

Weitere Schüsse folgten rasch aufeinander. Mit einemmal zerbarst die Scheibe über ihr, und große Glasstücke regneten auf ihre Schultern und ihr Haar herunter. Sie schüttelte sie ab. Dann landete zu ihrem Erstaunen kaum einen Meter von ihr entfernt Benson, der durch die Scheibe gesprungen war, auf dem Boden des Ganges. Sie sah, daß Blut über eins der weißen Hosenbeine lief.

»Harry –«

Ihre Stimme krächzte sonderbar. Sie hatte Angst. Sie wußte, daß sie vor diesem Mann keine Angst haben durfte – damit tat sie ihm keinen Gefallen und beging Verrat an ihrem

Beruf. Es bedeutete den Verlust eines äußerst wichtigen Vertrauens. Dennoch hatte sie Angst.

Benson sah sie mit ausdruckslosen Augen an, die nichts wahrzunehmen schienen. Er lief durch den Korridor davon.

»Harry, warten Sie –«

»Lassen Sie ihn«, sagte Anders, der aus der Computerzentrale kam und Benson nachsetzte, den Revolver steif in der Hand haltend. Das sah so aberwitzig aus, daß Ross fast gelacht hätte. Sie hörte Bensons Schritte leise im Gang verhallten. Dann umrundete Anders eine Ecke und verfolgte ihn weiter. Das Geräusch der Schritte verschmolz mit dem abgehackt widerhallenden Echo.

Dann war sie allein. Benommen stand sie auf. Ihr war übel. Sie wußte, was jetzt geschehen würde. Gleich einem Tier in der Falle würde Benson einem der Notausgänge zustreben. Sobald er sich draußen zeigte, würden ihn die wartenden Beamten niederschießen, denn dort bestand keine Gefahr, Unbeteiligte zu verletzten. Alle Ausgänge waren bewacht. Es gab keinen Ausweg.

Da sie das Ende nicht mit ansehen wollte, trat sie in den Computerraum und sah sich darin um. Der Zentralrechner war völlig zerstört. Zwei Ständer mit Magnetband-Laufwerken lagen am Boden, das Hauptsteuerpult war von kleinen runden Löchern durchsiebt, sprühende Funken fielen zischend zu Boden. Sie mußte etwas unternehmen, damit kein Feuer ausbrach. Während sie sich nach einem Feuerlöscher umsah, sah sie, daß Bensons Axt in einer Ecke auf dem Teppichboden lag. Dann fiel ihr Blick auf den Revolver.

Neugierig nahm sie ihn auf. Er war mit einem Ölfilm bedeckt und überraschend schwer – viel schwerer, als sie angenommen hatte. Klobig und kalt lag die Waffe in ihrer Hand.

Da Anders seine Waffe noch hatte, mußte das Bensons Revolver sein. Sie hielt den Blick darauf gerichtet, als könne er ihr etwas über Benson verraten.

Irgendwo im Keller fielen rasch nacheinander vier Schüsse. Sie hallten durch das Labyrinth der unterirdischen Gänge. Ross ging zu der zerbrochenen Scheibe hinüber und blickte hinaus. Sie sah und hörte nichts.

Es war wohl zu Ende. Das Zischen der Funken hinter ihr ließ sie sich umwenden. Außerdem hörte sie ein immer wiederkehrendes, eintöniges schlagendes Geräusch. Als sie sich umsah, erkannte sie, daß sich eins der Magnetbänder abgewickelt hatte und gegen die Spule schlug.

Sie ging hinüber und schaltete das Gerät ab. Auf einem der Bildschirme erschien jetzt immer wieder das Wort ERMINA. ERMINA. ERMINA. Wieder fielen zwei Schüsse, diesmal näher als zuvor. Offenbar war Benson noch am Leben, kämpfte nach wie vor. Sie stellte sich in eine Ecke des verwüsteten Computerraums und wartete.

Wieder fiel ein Schuß, diesmal ganz in ihrer Nähe.

Als sie näher kommende Schritte hörte, duckte sie sich hinter eins der großen Magnetband-Laufwerke. Die Ironie der Situation entging ihr nicht: Zuvor hatte sich Benson hinter den Computern verschanzt, jetzt kauerte sie hinter den hoch aufragenden Metallsäulen, als könnten diese sie schützen.

Ganz in ihrer Nähe atmete jemand schwer. Die Schritte verstummten, die Tür zum Computerraum wurde geöffnet und fiel dann laut krachend zu. Da sie sich nach wie vor hinter dem Magnetband-Laufwerk verborgen hielt, konnte sie nicht sehen, was geschah.

Auf dem Gang hörte man erneut jemanden herbeieilen.

Er lief am Computerraum vorbei, die Schritte verhallten am anderen Ende des Ganges. Danach war alles still. Sie hörte heftiges Atmen, dann Husten.

Sie richtete sich auf und trat vor.

Harry Benson lag in seinem zerfetzten weißen Pflegeranzug am Boden, den Oberkörper halb an der Wand aufgerichtet. Das linke Bein war über und über rot. Er schwitzte heftig, sein Atem kam in abgehackten Stößen, er starrte unverwandt vor sich hin, ohne zu merken, daß er nicht allein im Raum war.

Ross hatte immer noch den Revolver in der Hand und empfand ein sonderbares Hochgefühl. Irgendwie würde alles gut. Sie würde ihn lebend zurückbringen. Die Polizisten hatten ihn nicht getötet, und durch einen unsagbaren glücklichen Zufall hatte sie ihn ganz für sich allein. Das erfüllte sie mit einem wunderbaren Glücksgefühl.

»Harry.« Er sah langsam zu ihr her und zwinkerte. Erst schien er sie nicht zu erkennen, dann aber sagte er mit einem freundlichen Lächeln: »Hallo, Doktor Ross.«

Einen Augenblick lang stand vor ihrem inneren Auge das Bild des weißhaarigen McPherson, der sich vorbeugte, um sie zu beglückwünschen, weil sie das Projekt gerettet und Benson lebend zurückgebracht hatte. Dann fiel ihr ohne jeden Zusammenhang ein, wie sie die Abschlußfeier nach ihrem Medizinexamen hatte verlassen müssen, weil ihr Vater erkrankt war. Wieso mußte sie gerade jetzt daran denken?

»Alles wird gut, Harry«, sagte sie. Ihre Stimme war voll Zuversicht. Das gefiel ihr.

Sie wollte, daß er ihr vertraute, deshalb rührte sie sich nicht, tat keinen Schritt auf ihn zu. Sie blieb auf der anderen Seite des Raumes, hinter dem Steuerpult des Rechners.

Benson lag schwer atmend am Boden und sagte eine Weile nichts. Dann ließ er den Blick durch den Raum schweifen und auf der zerstörten Computeranlage zur Ruhe kommen. »Ich hab's geschafft«, sagte er. »Stimmt doch?«

»Es wird wieder gut, Harry«, sagte sie. In Gedanken entwarf sie bereits einen Plan. Noch in der Nacht konnte man eine Notoperation an seinem Bein vornehmen und am vormittag seinen Computerchip von der Stromversorgung trennen, die Elektroden neu programmieren, und alles wäre in Ordnung. Eine Katastrophe würde rückgängig gemacht. Es war ein geradezu unglaublicher Glücksfall. Ellis würde sein Haus nicht verkaufen müssen, McPherson könnte das NPA weiter ausbauen. Man würde ihr dankbar sein und ihre Leistung anerkennen, würde sicher zu schätzen wissen, was sie –

»Doktor Ross...« Er bemühte sich aufzustehen und zuckte dabei vor Schmerzen zusammen.

»Bleiben Sie, wo Sie sind, Harry. Bewegen Sie sich nicht.«

»Ich muß.«

»Bleiben Sie, wo Sie sind, Harry.«

Bensons Augen blitzten kurz auf. Das Lächeln war verschwunden. »Ich will nicht, daß Sie mich Harry nennen. Ich heiße Benson. Sagen Sie Mister Benson zu mir.«

Der Zorn in seiner Stimme war unüberhörbar. Das überraschte und ärgerte sie. Sie versuchte doch nur, ihm zu helfen. Wußte er nicht, daß sie der einzige Mensch war, der nach wie vor bereit war, ihm zu helfen? Es wäre den anderen nur allzu recht, wenn er umkäme.

Wieder bemühte er sich, auf die Beine zu kommen.

»Keine Bewegung, Harry.« Sie zeigte ihm den Revolver. Es war eine feindselige Geste. Er hatte sie aufgebracht. Sie durfte sich nicht über ihn ärgern, aber so war es nun einmal.

Er lächelte breit wie ein Kind, das sein Spielzeug wieder erkennt. »Das ist meine.«

»Jetzt habe ich sie«, sagte sie.

Das breite Lächeln, das wie festgefroren auf seinem Gesicht lag, mochte zum Teil vom Schmerz herrühren. Er kam auf die Füße und lehnte sich schwerfällig gegen die Wand. Wo sein Bein gelegen hatte, war ein dunkelroter Fleck auf dem Teppich. Er sah auf ihn hinab.

»Ich bin verletzt«, sagte er.

»Bewegen Sie sich nicht. Alles wird gut.«

»Er hat mich ins Bein geschossen …« Er hob den Blick von dem Blutfleck zu ihr. Sein Lächeln war unverändert. »Sie würden das Ding doch nicht benutzen, oder?«

»Doch«, sagte sie. »Wenn ich muß.«

»Sie sind meine Ärztin.«

»Bleiben Sie, wo Sie sind, Harry.«

»Ich glaube nicht, daß Sie es benutzen würden«, sagte Benson. Er tat einen Schritt auf sie zu.

»Kommen Sie nicht näher, Harry.«

Er lächelte. Er tat einen weiteren Schritt, zwar unsicher, hielt aber das Gleichgewicht. »Ich glaube nicht, daß Sie es tun würden.«

Seine Worte ängstigten sie. Sie hatte Angst, auf ihn zu schießen, und zugleich hatte sie Angst, es nicht zu tun. Es war eine äußerst sonderbare Situation, inmitten der zerstörten Computeranlage mit diesem Mann allein zu sein.

»Anders!« rief sie. *»Anders!«* Ihre Stimme hallte durch das Kellergeschoß.

Benson tat einen weiteren Schritt. Er ließ ihr Gesicht nicht aus dem Auge. Er strauchelte und stützte sich auf eins der Magnetband-Laufwerke. Die scharfe Metallkante zerriß seine weiße Jacke an der Achsel. Er sah benommen darauf. »Sie ist kaputt…«

»Bleiben Sie da, Harry. Bleiben Sie stehen.« Es ist, als redete man mit einem Tier, dachte sie. Die Tiere nicht füttern und nicht reizen. Sie kam sich vor wie ein Löwenbändiger im Zirkus.

Er hielt sich einen Augenblick lang schwer atmend an dem Gerät fest. »Ich will den Revolver«, sagte er. »Ich brauch ihn. Geben Sie ihn mir.«

»Harry –«

Mit einem Knurren stieß er sich von dem Gerät ab und kam auf sie zu.

»Anders!«

»Es hat keinen Sinn«, sagte Benson. »Dafür bleibt keine Zeit, Doktor Ross.« Sein Blick ruhte auf ihr. Sie sah, wie sich seine Pupillen unter einer Stimulation kurz weiteten. »Das ist schön«, sagte er und lächelte.

Die Stimulation schien ihn einen Augenblick lang zu bremsen. Er war ganz nach innen gewendet, genoß die Empfindung. Als er wieder sprach, klang seine Stimme ruhig und distanziert. »Wissen Sie«, sagte er, »die sind hinter mir her. Sie haben ihre kleinen Computer auf mich gehetzt. Das Programm heißt Jagen. Jagen und Töten. Das ursprüngliche Programm des Menschen. Jagen und Töten. Verstehen Sie?«

Er war nur wenige Schritte von ihr entfernt. Sie hielt den Revolver steif in der Hand, wie sie es bei Anders gesehen hatte. Allerdings zitterte ihre Hand unbeherrscht. »Kommen Sie bitte nicht näher, Harry«, sagte sie. »Bitte.«

Er lächelte. Er tat einen weiteren Schritt auf sie zu.

Erst als sie merkte, daß sie den Abzug betätigte und der Schuß sich löste, wußte sie, wie sie sich verhalten würde. Das

Geräusch war quälend laut und der Rückschlag des Revolvers so heftig, daß ihr Arm hochfuhr und sie gegen die andere Wand des Raumes geschleudert wurde. Fast wäre sie zu Boden gestürzt.

Zwinkernd stand Benson inmitten des Rauchs. Dann lächelte er erneut. »Das ist nicht so einfach, wie es aussieht.«

Sie packte den Revolver fester. Der Knauf fühlte sich jetzt warm an. Sie hob die Waffe, aber ihre Hand zitterte noch stärker als zuvor. Sie hielt sie mit der anderen Hand fest.

Benson kam näher.

»Bleiben Sie, wo Sie sind, Harry. Es ist mir ernst.«

Eine Flut von Bildern überwältigte sie. Sie sah Benson vor sich, wie sie ihn kennengelernt hatte, einen sanftmütigen Menschen, der unter einer entsetzlichen Krankheit litt. Vor ihrem inneren Auge lief ein Film mit all den stundenlangen Gesprächen, den Tests und den Medikamentenversuchen ab. Benson war ein guter, ein anständiger Mensch, der Angst hatte. An nichts von dem, was geschehen war, trug er die Schuld. Schuld waren sie, Ellis, McPherson und Morris.

Dann dachte sie an Morris, dessen Gesicht ein einziger roter Brei war, wie ein Stück Fleisch im Metzgerladen.

»Doktor Ross«, sagte Benson. »Sie sind meine Ärztin. Sie würden doch nie etwas tun, das mir schaden könnte.«

Er war jetzt ganz nah. Seine Hand griff nach dem Revolver. Ihr ganzer Körper zitterte, als sie sah, wie sich seine Hände bis auf wenige Zentimeter dem Lauf näherten, danach griffen, danach griffen …

Sie feuerte aus kürzester Entfernung.

Bemerkenswert flink sprang Benson hoch, drehte sich um die eigene Achse und wich der Kugel aus. Sie war froh. Es war ihr gelungen, ihn zurückzudrängen, ohne ihn zu verletzen. Jeden Augenblick würde Anders kommen und ihr helfen, ihn zu bändigen, bis man ihn in den Operationssaal bringen konnte.

Hart prallte Benson gegen den Drucker, so daß dieser umstürzte. Die Nadeln begannen mit eintönig mechanischem Geräusch zu klappern, hämmerten irgendeine Botschaft aufs Papier. Benson rollte auf den Rücken. In kräftigen Stößen quoll ihm Blut aus der Brust. Seine weiße Pflegerjacke färbte sich dunkelrot.

»Harry?« fragte sie.

Er rührte sich nicht.

»Harry? Harry?«

An das, was danach geschah, hatte sie keine klare Erinnerung. Anders kam zurück und nahm ihr den Revolver aus der Hand. Er führte sie beiseite, während drei Männer in grauen Anzügen eine lange Kunststoffkapsel brachten, die auf einer Bahre lag. Sie klappten die Kapsel auf, die mit einer sonderbaren gelben Isolierschicht ausgeschlagen war. Sie sah aus wie eine Bienenwabe. Sie legten Benson hinein. Ihr fiel auf, wie sorgfältig sie darauf achteten, daß kein Blut auf ihre Schutzanzüge gelangte. Sie klappten die Kapsel zu und verschlossen sie mit speziellen Schlüsseln. Zwei der Männer trugen sie davon. Ein dritter kontrollierte den ganzen Raum mit einem laut knatternden Geigerzähler. Irgendwie erinnerte das Geräusch sie an das Gezeter eines wütenden Affen. Der Mann kam zu ihr herüber. Sie konnte sein Gesicht hinter der Scheibe im Visier seines grauen Helmes nicht erkennen, sie war beschlagen.

»Sie sollten besser hier verschwinden«, sagte der Mann.

Anders legte ihr den Arm um die Schultern. Sie begann zu weinen.

Bibliographie

Allgemeine Literatur

Apter, Michael J., *The Computer Simulation of Behavior.* New York, Harper Colophon, 1971.

Bruner, Jerome, *On Knowing, Essays for the Left Hand.* Cambridge, Harvard University Press, 1962.

Calder, Nigel, *The Mind of Man.* New York, Viking, 1970.

Delgado, J. M. R., *Physical Control of the Mind: Toward a Psychocivilized Society.* New York, Harper & Row, 1968; deutsch: *Gehirnschrittmacher. Direktinformation durch Elektroden.* Berlin, o. J.

Koestler, A., *The Ghost in the Machine.* New York. Macmillan, 1967; deutsch: *Das Gespenst in der Maschine,* München, Wien, o. J.

London, P., *Behavior Control.* Harper & Row, 1969; Perennial Taschenbuch 1971.

Wiener, N., *The Human Use of Human Beings: Cybernetics and Society.* Boston, Houghton Mifflin, 1954; Avon Taschenbuch, 1967; deutsch: *Mensch und Menschmaschine. Kybernetik und Gesellschaft.* Frankfurt, 1966.

Wolstenholme, G., Hsg., *Man and His Future,* London, Churchill 1963.

Woodridge, D. E., *The Machinery of the Brain,* New York, McGraw-Hill, 1963: deutsch: *Mechanik der Gehirnvorgänge,* München, 1967.

Medizinische und sonstige Fachliteratur

Adams, John E., »The Future of Stereotaxic Surgery.« *J. Am. Med. Assn.,* 198 (1966): 648 – 652

Aird, R. B., et al., »Antecedents of Temporal Lobe Epilepsy.« *Arch. Neurology,* 16 (1967): 67–73.

Anastasopoulos, G., et al., »Transient Bulimia-Anorexia and Hypersexuality Following Pneumoencephalography in a case of Psychomotor Epilepsy.« *J. Neuropsych.,* 4 (1963): 135–142.

Bennett, A. E., »Mental Disorders Associated with Temporal Lobe Epilepsy.« *Dis. of the Nervous System,* 26 (1965): 275–280.

Bishop, M. P., et al., »Intracranial Self-Stimulation in Man.« *Science,* 140 (1963): 394–396.

Bloch. S., »Aetiological Aspects of the Schizophrenia-Like Psychosis of Temporal Lobe Epilepsy.« *Med. J. Australia,* 66 (1969): 451–453:

Carleton, R. A., et al., »Environmental Influence on Implantable Cardiac Pacemakers.« *J. Am. Med. Assn.,* 190 (1964): 938–940.

Chase, R. A., et al., »Ictal Speechautomatisms and Swearing: Studies on the Auditory Feedback Control of Speech.« *J. Nervous and Mental Disease,* 144 (1967): 406–420.

Crandall, P. H., et al. »Clinical Applications of Studies on Stereotactically Impanted Electrodes in Temporal-Lobe Epilepsy.« *J. Neurosurgery,* 20 (1964): 827–840.

Delgado, J. M. R., et al. »Intracerebral Radio Stimulation and Recording in Completely Free Patients.« *J. Nervous and Mental Disease,* 147 (1968): 329–340.

Duffy, J. C., et al., »Psychic and Somatic Interactions in Psychomotor Epilepsy.« *Psychosomatics,* 7 (1966): 353–356.

Ellinwood, E. H., Jr. »Amphetamine Psychosis: Theoretical Implications.« *Intern. J. of Neuropsych.,* 4 (1968): 45–54.

Falconer, M. A., Problems in Neurosurgery: 1. Temporal Lobe Epilepsy.« *Trans. med. soc. London,* 82 (1967): 111–126.

Falconer, M. A., »Surgical Treatment of Temporal Lobe Epilepsy«, *New Zealand Med. J.,* 66 (1964): 539–542.

Falconer, M. A., et al. »Temporal Lobe Epilepsy Due to Distant Lesions: Two Cases Relieved by Operation.« *Brain,* 85 (1961): 521–534.

Fenton, G. W., et al. »Homicide, Temporal Lobe Epilepsy and Depression: A Case Report. *Brit. J. Psychiatry,* 111 (1965): 304–306.

Fenyes, I., et al. »Temporal Epilepsies with Deepseated Eliptogenic Foci: Postoperative Courses«. *Archives of Neurology,* 4 (1964): 559–571.

Glaser, G. H., The Problem of Psychosis in Psychomotor Temporal Lobe Epileptics.« *Epilepsia,* 5 (1964): 271–278.

Green, J. R., »Temporal Lobectomy, with special Reference to Selection of Epileptic Patients.« *J. Neurosurg.,* 26 (1966): 584–593.

Greenberg, R., et al. »Sleep Patterns in Temporal Lobe Epilepsy.« *Comprehensive Psychiatry,* 9 (1968): 194–199.

Hierons, R., et al. »Impotence in Patients with Temporal Lobe Lesions«. *Lancet,* 2 (1966): 771–763.

Holowach, J., et al. »Psychomotor Seizures in Childhood, a Clinical Study of 120 Cases.« *Pediatrics,* 59 (1961): 339–345.

Hommes, O. R., »Psychomotor Epilepsy: A Neurological approach to Hysteria.« *Psychiat. Neurol. Neurochir.,* 67 (1964): 497–519.

Hunter, E., et al. »Temporal Lobe Epilepsy Supervening on Longstanding Transvestism and Fetishism: A Case report.« *Epilepsia,* 4 (1963): 60–65.

Kenna, J. C., et al. »Depersonalization in Temporal Lobe Epilepsy and the Organic Psychoses.« *Brit. J. Psychiatry,* 111 (1965): 293–299.

Knapp, D. E., et al. »Nuclear Electrical Power Sources for Biomedical Applications.« Proceedings of the Fourth Intersociety Energy Conversion Engineering Conference, Washington, D. C., September 22–26, 1969, New York: American Institute of Chemical Engineers, 1969, pp. 101–106.

Kolarsky, A., et al. »Male Sexual Deviation: Association with early Temporal Lobe Damage.« *Arch. Gen. Psychiat.,* 17 (1967): 735–743.

Norman, J. C. et al., »Implantable Nuclear-Powered Cardiac Pacemakers.« *New Engl. J. Med.,* 283 (1971): 1203–1206.

Pickers, B. A., et al. »Inhibition of a Demand Pacemaker and Interference with Monitoring Equipment by Radio-Frequency Transmissions.« *Brit. Med. J.,* 2 (1969): 504–506.

Rand, R. W., et al. »Chronic Stereotactic Implantation of depth electrodes for Psychomotor Epilepsy.« *Acta Neurochirurgica,* 11 (1968): 606–630.

Reiher, J., et al. »Combined Electroencephalography and Sonoencephalography in Temporal Lobe Epilepsy.« *Neurology,* 19 (1969): 157–159.

Roth, M., et al. »Temporal Lobe Epilepsy and the Phobic Anxiety-Depersonalisation Syndrome.« *Comprehensive Psychiatry,* 3 (1963): 130–151, 215–226.

Serafetinides, E. A., et al. »Some Observations on Memory Impairment After Temporal Lobectomy for Epilepsy.« *J. Neurol. Neurosurg. Psychiat.,* 25 (1962): 251–255.

Serafetinides, E. A. »Aggressiveness in Temporal Lobe Epileptics and Its Relation to Cerebral Dysfunction and Environmental Factors. *Epilepsia,* 6 (1965): 33–42.

Serafetinides, E. A., et al. »The Effects of Temporal Lobectomy in Epileptic Patients with Psychosis.« *J. Ment. Sci.,* 108 (1962): 584–593.

Slotnik, D. L., »The Fastest Computer.« *Sci. Am.,* 224 (1971): 76–87.

Stevens, J. R. »Psychiatric Implications of Psychomotor Epilepsy.« *Arch. Gen. Psych.,* 14 (1966): 461–471.

Stevenson, H. G., »Psychomotor Epilepsy Associated with Criminal Behaviour.« *Med. J. Australia,* 60 (1963): 784–785.

Strobos, R. J., et al. »Mechanisms in Temporal Lobe Seizures.« *Arch. Neurology,* 5 (1961): 48–57.

Walker, E. A. »Temporal Lobectomy.« *J. Neurosurgery,* 26 (1966): 642–649.

Weiss, A. A. »Psychodiagnostic Follow-Up of Eight Cases of Temporal Lobectomy.« *Israel Ann. Psychiat.,* 3–4 (1962): 259–266.

Yatteau, R. F. »Radar-Induced Failure of a Demand Pacemaker.« *New Eng. J. Med.,* 283 (1971): 1447–1448.